KAMPF UM IHRE PARTNERIN

INTERSTELLARE BRÄUTE® PROGRAMM:
BUCH 12

GRACE GOODWIN

Kampf um ihre Partnerin Copyright © 2019 durch Grace Goodwin

Interstellar Brides® ist ein eingetragenes Markenzeichen
von KSA Publishing Consultants Inc.
Alle Rechte vorbehalten. Dieses Buch darf ohne ausdrückliche schriftliche Erlaubnis des Autors weder ganz noch teilweise in jedweder Form und durch jedwede Mittel elektronisch, digital oder mechanisch reproduziert oder übermittelt werden, einschließlich durch Fotokopie, Aufzeichnung, Scannen oder über jegliche Form von Datenspeicherungs- und -abrufsystem.

Coverdesign: Copyright 2020 durch Grace Goodwin, Autor
Bildnachweis: Deposit Photos: sdecoret, ALotOfPeople

Anmerkung des Verlags:
Dieses Buch ist für volljährige Leser geschrieben. Das Buch kann eindeutige sexuelle Inhalte enthalten. In diesem Buch vorkommende sexuelle Aktivitäten sind reine Fantasien, geschrieben für erwachsene Leser, und die Aktivitäten oder Risiken, an denen die fiktiven Figuren im Rahmen der Geschichte teilnehmen, werden vom Autor und vom Verlag weder unterstützt noch ermutigt.

WILLKOMMENSGESCHENK!

TRAGE DICH FÜR MEINEN NEWSLETTER EIN, UM LESEPROBEN, VORSCHAUEN UND EIN WILLKOMMENSGESCHENK ZU ERHALTEN!

http://kostenlosescifiromantik.com

INTERSTELLARE BRÄUTE® PROGRAMM

*D*EIN Partner ist irgendwo da draußen. Mach noch heute den Test und finde deinen perfekten Partner. Bist du bereit für einen sexy Alienpartner (oder zwei)?

Melde dich jetzt freiwillig!
interstellarebraut.com

1

Captain Seth Mills, ReCon-Einheit 3, Sektor 437, kontaminierter Frachter

RAUCH VERNEBELTE DIE SICHT, mein Team schwärmte trotzdem in die engen Gänge des Frachters aus und legte Sprengsätze. Das Raumschiff war seit mindestens achtzehn Stunden unter Kontrolle der Hive. Zu lange nach Koalitionsstandards, was bedeutete, dass ich meine Leute einschleusen, die im Maschinenraum eingeschlossenen

Prillonen befreien und anschließend dieses verfickte Schiff in die Luft jagen musste, damit die Hive es nicht wieder zusammenflicken konnten.

"Die Sache ist im Arsch, Sir." Der Mann neben mir, Jack Watts, war ein früherer SEAL aus Atlanta und sprach mit einem typischen Südstaatenakzent. Außer der Tatsache, dass wir beide von der Erde kamen, hatten wir nichts gemeinsam. Ich war bei der Armee, einsfünfundneunzig und neunundneunzig Kilo schwer und duldete keinerlei Bullshit. Was einer der Gründe war, warum Kommandant Karter mir diese Einheit anvertraut hatte. Jack auf der anderen Seite war in der Navy, fünf Jahre jünger und wenn wir auf Mission waren, versprühten seine Augen noch immer eine aufgeregte Unruhe.

Allerdings hatte er auch nicht zwei Brüder an diese Scheiß-Hive verloren.

"Halt's Maul, Watts, und mach die Sprengsätze klar," fauchte ich. "Du kennst die Vorschriften."

Er brachte eine Ladung an der Wand neben uns an und aktivierte den Zünder. "Ich weiß, aber diese ganzen Schiffe zu sprengen, nur weil die Hive sie für ein paar Stunden besetzt haben, kommt mir wie eine Riesenverschwendung vor. Das verfluchte Schiff gehört uns."

"Nicht mehr länger." Die ReCon-Einheiten hatten drei Stunden Zeit. Drei Stunden, um die Hive an Bord zu eliminieren, oder das Schiff würde als kontaminiert eingestuft werden. Zu gefährlich, um wieder bei der Koalitionsflotte in Betrieb zu gehen. Wir rückten weiter den vernebelten Gang entlang, zwei Männer schlichen als Späher voraus und der Rest folgte, wir prüften unsere Bomben und hielten uns gegenseitig im Auge. Sechs Mann.

"Ihr Menschen haltet die Klappe und schwingt eure Ärsche hier runter. Wir stecken in Schwierigkeiten." Die vertraute Stimme eines Prillonischen Kriegers tönte durch das Kommunikationsgerät in unseren

Helmen. Lautes Geschrei, Ionenfeuer und Rufe nach *sichert-die-Tür* waren zu hören.

Ich lief schneller. "Dorian. Hier Mills. Was ist bei euch los?"

"Die Hive haben die Tür gesprengt. Wir halten die Stellung, aber die Hälfte von uns haben sie schon erwischt. Wir werden nicht lange durchhalten."

"Wie viele?" Ich begann zu rennen und mein Team heftete sich an meine Fersen; wir alle konnten die Brenzligkeit der Situation an der Stimme des Piloten heraushören. Dorian Kanakor war ein großer, goldfarbener Hurensohn und einer der besten Piloten unseres Sektors. Sein Cousin und sein Bruder dienten früher ebenfalls in der Kampfgruppe Karter und wenn das Trio irgendwo auftauchte, erinnerten sie mich an riesige Löwen. Goldenes Haar, goldene Haut, gelbe Augen und der älteste, Dorians Bruder Xanthe, mit ewig finsterer Miene.

"Zwölf. Wahrscheinlich mehr.

Doppelt so viele sind hineintransportiert, aber wir haben mindestens sechs ausgeschaltet und der Rest ist aufs Kommandodeck verschwunden." Wo sie den Kurs des Schiffes ändern und ihre kontaminierten Programme ins System unseres Frachters hochladen konnten.

"Scheiße." Das kam von Jack, und ich wollte ihn nicht rügen, denn ich dachte genauso.

"Soldaten oder Aufklärer?" hakte ich nach.

"Soldaten und ..." Die lange Pause macht mich nervös und ich blinzelte den beißenden Schweiß aus meinen Augen.

"Und?"

"Sie haben einen Atlanen. Oder was von ihm übrig ist."

Das konnte nicht wahr sein. Mein gesamtes Team erstarrte für ein, zwei Sekunden. Wenn das stimmte, waren wir erledigt. "Ist er zur Bestie geworden?"

"Noch nicht."

"Alles Roger." Ich wusste nicht, ob mein irdischer Slang verständlich war oder nicht und wandte mich meinem Team zu. "Zeitzünder auf zehn Minuten."

Keine Einwände. Entweder würden wir uns zur Prillonischen Crew durchschlagen oder eben nicht. Wie dem auch sei; eine in die Falle gegangene Atlanische Bestie, die zum Hive umprogrammiert worden war? Sie musste sterben. Dieses Schiff und alle Kreaturen an Bord mussten zerstört werden.

Ich blickte jedem Mann und der einen Frau in meinem Team kurz in die Augen. Ich checkte jeden einzeln und wartete auf ihr Kopfnicken. Als ich meinen eigenen Zünder betätigte—die Fernsteuerung, die die übrigen Sprengsätze aktivierte—, fing die Uhr an zu ticken.

Mit geschlossenen Augen atmete ich tief durch, dann öffnete ich die Augen und wählte den korrekten Befehl auf dem Display in meinem Helmvisier aus. Ein leichtes Tippen auf mein Handgelenk aktivierte den Zünder und in einer Ecke unserer Displays tauchten rote Zahlen auf. Der Countdown.

"Checkt eure Waffen. Maximale Feuerkraft. Mir ist egal, ob wir ein Loch in dieses verfluchte Schiff ballern. Die Hive werden nicht entwischen." Ich stürmte auf den Feind zu und fütterte meiner Einheit den Plan während wir voraneilten. "Ich gehe links rein, mit Jack. Zwei Männer rechts. Ich werfe die DPG, dann eröffnen wir das Feuer und gehen zurück. Der Rest wartet, bis wir sie zur ersten Abzweigung im Gang gelockt haben. Wir ködern sie weg von der Crew und dann knallen wir sie im Seitengang ab."

Jack machte ein grimmiges Gesicht. "Und wenn er zur Bestie wird?"

Er kannte die Antwort auf seine Frage, aber unsere ganze Einheit musste sie hören. "Wir beschäftigen den assimilierten Atlanen so lange, bis die Sprengsätze hochgehen. Egal was passiert, keiner darf entkommen. Ist das klar?" Die experimentelle DPG, der Prototyp einer disruptiven Granate, war so neu, dass wir die ersten Anwender waren. Der Geheimdienst hatte sich eine neuartige Hive-Technologie unter den Nagel gerissen, eine Technik, die meine Freundin Meghan während der Schlacht auf Latiri 4 aus dem Schädel eines blauen Ungetüms entfernt hatte. Ich kannte keine Einzelheiten und sie konnte mir auch nicht mehr darüber verraten, aber um meine Soldaten lebend von diesem Schiff herunterzubekommen würde ich alles versuchen.

"Klar." Die verrauchte Stimme gehörte Trinity, der einzigen Frau in meinem Team, einer tüchtigen und ebenso trinkfesten Britin aus der Nähe von London. Seit zwei Monaten war sie bei mir und ich wusste nichts über ihren

Hintergrund. Ich bemühte mich nicht mehr, ihre Lebensgeschichten zu lernen. Dermaßen viele Soldaten hatte ich schon an die verfluchten Hive verloren, dass ihr Tod umso mehr schmerzte, wenn wir uns nahestanden. Alle paar Monate verlor ich etwa ein Drittel meines Teams.

Die Chancen, wieder nach Hause zurückzukehren waren gleich null, und wir alle wussten das. Wie ich so lange überlebt hatte, blieb ein Rätsel. Die anderen ReCon-Einheiten hatten mir den Spitznamen "Seven" verpasst, sieben Leben, wie bei einer Katze. Aber in Wahrheit hatte ich einfach nur Glück gehabt. Als die Hive mich gekidnappt hatten, hatten meine Schwester Sarah und ihre Bestie von einem Mann mich aus der Hölle befreit. Danach war ich vorsichtiger geworden, plante alles peinlich genau. Aber nichts, was ich tat, rettete alle. Jedermann hielt mich für eine Art Glücksbringer. Jeder wollte bei der ReCon 3 dabei sein.

"Zu spät, Mills." Dorians Stimme klang unglimpflich und durch den Gang hindurch ertönte ein lautes Brüllen, dessen Vibration wie ein Donnerschlag in meiner Brust widerhallte.

"Heilige Scheiße." Das war Trinity und sie sprach für uns alle. Der Atlane war zur Bestie geworden. Eine aufgemotzte, Hive-gesteuerte Cyborg-Bestie.

"Immer mit der Ruhe, Leute. Ionenfeuer wird ihn niederstrecken. Wir werden sie alle ausschalten."

"Nicht, ohne dabei draufzugehen," bemerkte Trinity.

"Wir werden sowieso alle draufgehen, Trin. Also halt die Fresse und mach dich an die Arbeit." Das war Jack, mein zweiter Kommandant, und sein gnadenloser Befehl war begründet. "Es sei denn du willst, dass die Bestie bis zur Karter gelangt und das ganze Universum mit in den Abgrund reißt."

Die Kampfgruppe Karter war ein Verbund aus Militär- und Zivilschiffen, die diesen Sektor des Weltalls vor dem Vorrücken der Hive verteidigten. Über fünftausend Krieger sowie zivile Mitarbeiter, Partner und Kinder lebten unter Kommandant Karters Schutz. Und wir dienten Karter. "Diese Mistkerle werden nicht einmal in die Nähe der Karter kommen." Damit war genau genommen das Hauptschlachtschiff auf dem wir stationiert waren gemeint, aber der Spitzname bezog sich auf die gesamte Armada. Meine Worte waren ein wütendes Fauchen, konnten die Anderen aber gerade noch beruhigen.

Wieder ertönte ein Brüllen.

Die letzte Kurve. Dreißig Schritte. Vielleicht weniger.

Ich machte meinem Team ein Zeichen, damit sie warteten und rannte mit Jack und zwei weiteren Männern nach vorne. In der linken Hand hielt ich die DPG, mein Gewehr in der rechten.

"Deckung!" rief ich, dann ging ich aufs Knie und schleuderte die DPG nach vorne. "Feuert auf das Loch!"

Die Prillonischen Krieger waren nahe und ich konnte hören, wie sie sich zuriefen und in Deckung gingen. Die Hive ... keine Ahnung, was die Hive taten, denn meine Männer und ich kauerten mit zugehaltenen Ohren vor der letzten Biegung. Wir warteten auf eine Explosion, die nie kam.

"Ein-ein-tausend. Zwei-ein-tausend. Drei-ein-tausend." Jack zählte laut, während wir warteten.

Nichts.

"Nun, dem Geheimdienst können wir wohl offiziell sagen, dass das Ding ein Blindgänger war," Trinitys knapper, britischer Akzent war das Sahnehäubchen.

Mit gezücktem Gewehr schwang ich herum, um nachzusehen. Die Hive krümmten sich lautlos schreiend, Hände auf den Ohren. Zwei mussten kotzen, einige strauchelten und stolperten ineinander. Sie waren orientierungslos und durcheinander, verwirrt. Die DPG wirkte ... bei den Hive.

Nur bei der Bestie wirkte sie nicht. Sie stand weiterhin aufrecht, die Fäuste in die Hüften gestemmt und blickte mir direkt ins Auge. Zitternd. Sie zitterte, reagierte aber nicht wie die übrigen Hive. Ich konnte nicht erklären, wie die DPG arbeitete und ich wollte es jetzt auch nicht herausfinden. Offensichtlich aber funktionierte die Technik bei den vollständig Assimilierten und die Reaktion der Bestie war ein Beweis, dass noch ein bisschen Atlane in ihr steckte.

Jack blickte sich um und rief die anderen. "Knallt sie ab. Sofort. Tötet sie. Eröffnet das Feuer."

Die restliche Einheit kam den Korridor entlang gestürmt und es war, als würden wir ein paar Fische in einer Tonne abknallen. Die Bestie erwischte es an der Schulter. Am Bein. An der Hüfte. Die restlichen Hive-Soldaten, überwiegend Prillonische Krieger, die von ihren Integrationseinheiten zu Hive-Marionetten gemacht worden waren, gingen mühelos nieder. Nicht aber die

Bestie. Einen Atlanen im Bestienmodus zu töten war schon schwer genug, nie aber hatte ich einen gesehen, der so viele Treffer einkassiert hatte und trotzdem auf beiden Beinen stand. Zum Teufel, er wirkte, als würden wir mit Paintballkugeln auf ihn schießen.

Ich wollte die Bestie zwar ungern töten, ohne Zweifel aber würde sie in einem lichten Moment sowieso lieber sterben, als in diesem Zustand weiterzuleben. Ich war selbst von den Hive gefangen worden, hatte vor der Aussicht gestanden, ebenfalls in eine hirnlose Drohne verwandelt zu werden. Diese Realität war mehr als grauenhaft. Ich hatte lange genug an der Seite anderer Alienrassen gekämpft, um zu wissen, dass deren Krieger genauso dachten.

Selbst der Partner meiner Schwester, der Atlanische Kriegsfürst Dax, hatte es mehrere Male erwähnt. Niemand wollte mit Hive-Technologie überzogen enden, nicht mehr Herr seiner eigenen Sinne sein.

Dieses Schicksal war schlimmer als der Tod. Und dieser arme Atlane? Der Tod würde zu seinem Besten sein.

"Macht sie nieder. Trinity, bleib bei mir. Nimm die Bestie unter Beschuss. Wir müssen sie ausschalten."

Die Hive-Soldaten fielen einer nach dem anderen. Nach drei oder vier Schüssen waren sie erledigt, aber sie waren weiter wie erstarrt, paralysiert durch unsere neuartige Waffe, die zu ihren Füßen einen hohen, heulenden Ton verströmte, wie das Surren einer Hochspannungsleitung. Mein Team und die Prillonen im Maschinenraum feuerten ohne Unterlass. Einige dieser Soldaten waren einst Prillonische Krieger oder Trionen oder Menschen. Zum Teufel, ich hatte null Ahnung, wo sie herkamen. Einige sahen so merkwürdig aus, ich musste annehmen, dass sie quer durch die Galaxie gereist waren und von Welten kamen, von denen ich nie gehört hatte.

Uns allen war klar, dass es besser war zu sterben, als in die Fänge der Hive zu geraten. Nicht nur war es ein höllisches Dasein, nein, wir würden auch noch zu Tötungsmaschinen umfunktioniert werden. Wir würden Koalitionskämpfer töten, Männer, an deren Seite wir gekämpft hatten, bis die Hive uns umgepolt hatten.

Und eine wütende Bestie konnte ganze Schiffe zerstören. Aus gutem Grunde gab es auf ihrem Heimatplaneten spezielle Sicherheitszellen. Unverpartnerte Bestien wurden hingerichtet, sobald sie ein gewisses Alter erreichten. Sie waren wie ein Ein-Mann-Abräumkommando.

Ich schoss auf die Bestie, traf sie genau in der Brust. Ein Gnadenschuss mitten ins Herz. Das Monster schwankte kaum.

"Mein Gott, was haben die mit ihm gemacht?" Jack gesellte sich an meine

Linke, Trinity an meine Rechte und gemeinsam zielten wir auf die Bestie, und zwar genau, als sie ihre riesigen Hände anhob und ihren Helm abnahm. Ihr Gesicht war fast gänzlich mit Silber bedeckt, an einigen Stellen aber war der Mann darunter noch zu erkennen. Dunkle Augen. Kein Silber.

Ich hob meine Waffe zu einem Kopfschuss an und er blickte mir in die Augen. Zurechnungsfähig. Herr seiner Sinne. Verzweifelt. Die Hände an die Flanken gestützt ließ er den Helm zu Boden fallen und wartete darauf, dass ich ihn tötete. Was zum Teufel?

Ich zögerte.

"Töte mich, Mills." Die tiefe Stimme dröhnte nur so, war aber nicht bedrohlich. Es war eine Bitte. Und woher zum Teufel kannte dieser Atlane meinen Namen?

"Tu es. Ich bin Kriegsfürst Anghar. Töte mich."

"Scheiße. Angh?" Ich erstarrte. Das hier war der Kumpel von Kriegsfürst

Nyko. Sein bester Freund und Kommandant. Ich hatte zwei Jahre lang mit ihm gedient und nicht mitbekommen, dass die Hive ihn geschnappt hatten. Verflucht. "Scheiß drauf. Feuer einstellen."

Ich blickte kurz zu Trinity, dann zu Jack und der unsagbare Schmerz in Trinitys Augen war ein Schock. Jack jedoch schaute mich an, als ob ich von allen guten Geistern verlassen war.

"Sobald das Signal ausgeht, wird nichts mehr von ihm übrig sein. Das ist dir doch klar." Jack verzog das Gesicht zu einer Grimasse und zielte weiter auf den Atlanen. Schussbereit.

"Ich weiß. Aber er steckt noch da drinnen."

"Du darfst ihn nicht erschießen, Jack. Wage es nicht." Trinity senkte leicht den Lauf ihrer Waffe und feuerte auf die übrigen Hive-Soldaten, die hinter der Bestie herumstanden. Fast alle hatten wir erledigt.

Die Bestie starrte nur und ich starrte

zurück, während ich fieberhaft nach einer Lösung suchte. Es musste einen Weg geben ihn zu retten. Wenn Angh da drinnen steckte und gegen die Hive-Technologie kämpfte, die ihn fast vollständig unter Kontrolle hatte, würde ich ihn niemals abknallen können. Er verdiente Besseres. Er verdiente eine Chance.

Das Signal der Granate verblasste und das, was von den Hive übrig war erlangte plötzlich wieder die Kontrolle.

Was nicht viel war. Zwei Soldaten. Es wäre ein Klacks gewesen, eine einfache Säuberung, wäre da nicht die Bestie.

Brüllend machte sie kehrt und stürmte davon, sie durchbrach was von den Türen übrig war und flüchtete in den Raum, in dem die Prillonische Crew in der Falle saß.

"Kümmert euch um die beiden, sammelt die DPG wieder ein und stellt sicher, dass die übrigen tot sind," befahl ich, als ich der Bestie in den

Maschinenraum folgte. Kriegsfürst Anghar. Herrgott. Was für eine Sauerei.

Unsere Prillonischen Teamkollegen hatten nicht nur Däumchen gedreht. In allen Ecken des Raumes hatten sie Barrieren und Schutzsperren errichtet. Aber nichts davon würde die Bestie aufhalten.

"Höchste Zeit, Mills," rief Dorian mir zu, dann kam er hinter einem umgeworfenen Tisch hervor und feuerte auf die Bestie.

Die Bestie brüllte und schritt voran, außer sich. Riesige Fäuste schwangen wie Abrissbirnen hin und her. So viel zum Thema Zurechnungsfähigkeit. Was auch immer von Angh übrig geblieben war, war jetzt weg. Er war eine Drohne. Ein Diener der Hive.

Ich wusste, dass der Atlanische Kriegsfürst immer noch da drinnen steckte. Er hatte sich gezeigt. Einen kurzen Moment lang.

Alles war nach Plan gelaufen, alles außer das hier. "Nicht schießen." Ich hielt meine Hand nach oben gestreckt und erteilte den Befehl, als der Rest von ReCon 3 in den Raum stürmte.

"Die anderen sind tot," informierte mich Jack und ich nickte, während die Prillonische Crew aus ihren Verstecken hervorkam und jede einzelne Ionenkanone auf die Bestie zielte.

"Nicht schießen," rief ich erneut, nur um sicher zu gehen.

"Was zum Teufel soll das, Mills?" raunte Dorian mir zu, als die Bestie auf ihn zu marschierte.

"Vertrau mir." Ich blickte ihn kurz an. "Haltet ihn in Schach, aber keine Kopfschüsse. Körpertreffer werden ihn nicht umbringen. Lenkt ihn ab. Ich brauche etwas Zeit."

"Du bist verrückt, Mills." Der imposante, goldene Prillone nickte aber und trat einen Schritt zurück, er feuerte auf die tobende Bestie, zielte dabei vorsichtig auf ihre Schultern. Ihre Oberschenkel. Ohne Zweifel hatte Dorian nicht mitbekommen, dass es sich um Kriegsfürst Anghar handelte. Das Gesicht der Bestie war praktisch unkenntlich gemacht. Und selbst dann hatte ich Angh nur über Dax und Sarah kennengelernt. Der Prillone hatte den Atlanen wohl niemals getroffen. Nicht alle Einsatztruppen mischten sich auf dem Schlachtfeld.

"Was auch immer du vorhast, jetzt ist der Moment," rief Dorian mir zu, während er immer wieder feuerte. Die Bestie schmorte praktisch, ihre Schultern qualmten sichtbar, aber sie lief weiter. Die Hive-Technologie hatte die Bestie in ein wahres Monster verwandelt. Stärker als jede Kreatur, die ich je gesehen hatte.

"Trinity, mach das Beruhigungsmittel klar."

"Wie viele?" fragte sie.

"Alle," antwortete ich. Ich wollte Angh flachlegen, ihn nach Hause bringen. "Wenn ihn das nicht umhaut, bringt es ihn um."

"Das kann nicht dein Ernst sein,"

murrte Jack, aber Trinity hielt schon das Beruhigungsmittel bereit, während Jack ihr bereitwillig Deckung gab.

Ich trat zurück und entnahm ihr die Spritzen mit dem Beruhigungsmittel, gerade als die Bestie auf Dorian losging. Mit den Händen umpackte sie Dorians Hals und hob ihn nach oben, als ob der reichlich über zwei Meter große Prillone ein Fliegengewicht wäre, dann schleuderte die Bestie ihn gegen die Wand.

Dorian flog zu Boden, rappelte sich aber umgehend wieder auf und ging in Hockstellung. Blut tropfte von seinem Schädel, sein wütender Blick verhieß nichts Gutes. Dann stieß er einen lauten Kampfschrei aus, um die Aufmerksamkeit der Bestie weiter auf sich zu ziehen während ich mich von hinten an das Ungetüm heranpirschte.

Das Ablenkungsmanöver funktionierte, denn die Bestie trat einen weiteren Schritt nach vorne, um ihn zu erledigen.

Ich warf meine Waffe zu Boden und ließ meine gesamte Ausrüstung fallen, damit ich schnell und wendig zum Angriff übergehen konnte. Ich ignorierte Jacks Gefluche und prüfte die Position der Spritzen in meiner Hand.

"Jetzt!" Dorians Befehl donnerte durch den Raum und ich rannte los, während er sich auf die Bestie stürzte und sie mit gesamter Kraft ein paar wertvolle Sekunden lang festhielt, damit ich ihr das Mittel injizieren konnte.

Lautlos preschte ich vorwärts und sprang auf den Buckel der Bestie. Sobald ich an ihm dran war, rammte ich dem Kriegsfürsten die Spritzen in den Hals.

Brüllend fasste die Bestie nach hinten, packte meine Panzerung und schleuderte mich weg, sodass ich mit dem Rücken gegen jene Wand knallte, neben der Dorian wenige Sekunden zuvor gekauert hatte. Wie ein lebloser Haufen rutsche ich zu Boden und hatte Mühe mich wieder zu besinnen. Mein Schädel brummte und schmerzte, als wäre er aufgebrochen. Der Geruch von Blut und Eisen erfüllte meinen Helm, ich aber blinzelte ihn weg, während Trinity auf die Beine der Bestie ballerte, um sie so von mir fernzuhalten.

"Feuer einstellen!" wollte ich rufen, konnte aber nur ein lahmes Krächzen hervorbringen. Ich hatte nichts mehr zu befürchten. Die Bestie begann zu schwanken, sie kämpfte gegen die Medikamente in ihrem Blutkreislauf, aber ich hatte ihr genug verabreicht, um einen großen Elefanten einzuschläfern. Selbst die Atlanen waren nicht so robust.

Jack feuerte einen Schuss. Zwei. Genau wie Trinity, und zielte dabei auf die Hive-Implantate an den Beinen und Schultern der Bestie, bis diese schließlich bewusstlos umkippte.

Trinity nahm ihren Helm ab und blickte zu mir, dann blickte sie mit einem zaghaften Leuchten in den Augen auf den gefallenen Atlanen. "Warum hast du das getan, Seth? Warum sollten wir ihn retten?"

"Weil er mein Freund ist." Einer der wenigen, die noch am Leben waren, wenn man ein Dasein mit Hive-Implantaten als Leben bezeichnen konnte. Aber zumindest hatte er jetzt eine Chance. Die Ärzte würden ihm den Großteil der Technik entnehmen und ihn in die Kolonie schicken. Er würde nie wieder kämpfen, aber wenigstens würde er überleben.

Vielleicht würde er mich dafür hassen. Irgendwie konnte ich es ahnen. Aber ich hatte zu viele Tote gesehen. Er würde einfach damit klarkommen müssen. Er könnte sich für eine Braut testen lassen, so wie meine Schwester Sarah es mir letztes Jahr aufgeschwatzt hatte. In einem schwachen Moment, voller Whisky und Erinnerungen an die Heimat hatte ich nachgegeben und war mit ihr zum Abfertigungszentrum gegangen. Ihr Weihnachtsgeschenk sozusagen. Sie und ihr Auserwählter, Kriegsfürst Dax, waren dermaßen verliebt, dass ich einfach nicht nein sagen konnte. Sie hatte alles riskiert, um mich zu retten. Ihr diesen einen Herzenswunsch abzustreiten stand außer Frage.

Der Test? Nun, der hatte sich als riesiger Fehler entpuppt. Erstens war ein Jahr vergangen, seit ich in diesem blöden Stuhl gesessen hatte und ich hatte immer noch kein Match. Zweitens bezweifelte ich, dass ich bis zum Ende meiner Dienstzeit überleben würde, um eines zu bekommen. Und sollte ich verpartnert werden, bevor mein Dienst zu Ende war, dann würde ich ungern eine trauernde Witwe zurücklassen wollen. Eine schwangere Frau? Ein Kind? Niemals. Denn sollte ich eine Partnerin bekommen, dann würde ich das komplette Programm durchziehen, aber das war unmöglich. Das war mehr als grausam. Ich konnte nicht dermaßen egoistisch sein.

Sarah verstand es nicht. Sie führte ein anderes Leben. Kriegsfürst Dax war nach ihrer Verpartnerung in den

Ruhestand gegangen und die beiden lebten jetzt als Zivilisten auf Atlan. Sie waren wohlhabend, wohnten in einem riesigen Haus mit Dienern und er hatte für seine Zeit in der Koalitionsflotte unendlich viele Auszeichnungen erhalten. Sie veranstalteten Dinnerpartys und spielten mit ihrer Tochter. Ein völlig anderes Leben und nicht das, was ich einer Frau bieten konnte.

Dorian kauerte an meiner Seite und wir blickten uns in die Augen. "Mills, du bist total durchgeknallt."

Ich musste grinsen. Es war nicht das erste Mal, dass Dorian exakt diese Worte zu mir sagte und ich bezweifelte, dass es das letzte Mal sein würde.

"Danke, dass du mich gerettet hast. Und was von meiner Crew übrig ist. Wie lange bleibt uns, bis mein Schiff in die Luft fliegt?" fragte er und wischte sich den Schweiß von der Stirn.

Ich blickte auf den Countdown in meinem Helmvisier. "Zwei Minuten."

Er grinste nur. "Mehr als genug Zeit."

Gruppenweise hetzten wir zum Evakuierungsshuttle, sechs Prillonen trugen den ohnmächtigen Atlanen in ihrer Mitte. In den Transporträumen würde es nur so vor Hive-Gesindel wimmeln und uns blieb keine Zeit für eine weitere Auseinandersetzung.

Dorian stürzte sich auf den Pilotensitz und ich gesellte mich hinter ihn, Trinity nahm zu seiner Rechten Platz. Sie war Pilotin. Ich nicht.

Binnen Sekunden gingen die beiden durch ihre Checkliste und meine Knie knickten kurz ein, als das Shuttle sich vom Frachter abkoppelte. Der Ruck bewirkte, dass alle die nicht angeschnallt waren kurz das Gleichgewicht verloren.

"Bereit?" fragte Dorian.

"Bereit," bekräftigte Trinity, während ihre Hände routiniert über die Steuerung huschten. Ich war zu erschöpft, um auch nur zu versuchen, ihren Bewegungen zu folgen. Das Shuttle schlingerte vorwärts, als die

Druckwelle des explodierenden Frachters uns von der Seite traf und mich gegen eine Steuerkonsole hinter Dorians Pilotensitz schleuderte.

Zu meiner Linken schrillte ein Alarm und Dorian langte mit einer irritierten Handgeste nach hinten. "Mills, rühr hier bloß nichts an."

"Halt's Maul und flieg," pöbelte ich zurück.

Er schmunzelte nur und Trinitys Schultern entspannten sich zusehends, als wir uns weiter und weiter von den zertrümmerten Überresten des Hive-kontaminierten Frachters entfernten.

Als wir in sicherem Gebiet waren, in einer Schutzzone, die von den Patrouillen der Kampfgruppe Karter überwacht wurde, ergriff Trinity das Mikrofon. "ReCon 3 für Karter."

"Schlachtschiff Karter. Ihr Status ReCon 3."

Trinity blickte zu Dorian, dieser seufzte. "Wir haben acht Crewmitglieder verloren sowie alle Ladegüter des Frachters."

"Sieben Überlebende?" Richtig, und sie wusste es. Verdammt, so schwer war die Rechnung nun auch nicht. Ich war überrascht, dass diese sieben Mann so lange durchgehalten hatten.

Als Dorian nickte, gab sie die Information an die Kommandobrücke auf der Karter weiter. Ohne Zweifel hörte Kommandant Karter persönlich mit.

"Hier ist Kommandant Karter."

Ich verdrehte die Augen, als ich die Stimme hörte. Klar hatte er mitgehört.

"Ich möchte gerne Captain Seth Mills Status erfahren."

Trinity blickte erschrocken zu mir auf. Das war eine Premiere, Karter, der nach einem spezifischen Crewmitglied fragte. Ich beugte mich nach vorne, um ihm selber zu antworten. "Hier bin ich, Kommandant."

"Ausgezeichnet." Ich hörte ein scharrendes Geräusch und

Kommandant Karter sprach erneut, aber seine Stimme klang leise, als würde er zu jemandem sprechen, der weiter weg war. "Sagt der Erde sie sollen mit dem Transport beginnen."

"Erde?" fragte ich.

"Ihre ausgewählte Partnerin wird in wenigen Stunden eintreffen, Captain. Ich gratuliere." Der Kommandant klang erfreut, mein Herz aber wurde plötzlich schwer wie Blei, als das nackte Entsetzen mich überkam. Ach du Scheiße. Einen Hive-gesteuerten Atlanen zu bekämpfen fühlte sich jetzt gar nicht mehr so furchterregend an.

Eine interstellare Braut.

Von der Erde.

"Schickt sie zurück," plärrte ich.

Dorian wandte sich um und zog sich den Helm vom Kopf, mit weit aufgerissenen, goldenen Augen starrte er mich an. "Was zum Teufel redest du da, Mills? Eine Braut ist das Beste, was dir passieren kann."

"Nicht für mich." Ich stierte auf das

Steuerpult, als ob ich den Kommandanten dazu bringen konnte mir zu gehorchen. "Schicken sie sie zurück, Sir. Ich kann keine Braut annehmen."

"Das ist nicht ihre Entscheidung, Captain." Die Stimme des Kommandanten klang jetzt ungnädig, meine Antwort hatte jegliche Freude über die frohe Botschaft zunichtegemacht. "Sie sind getestet worden und ihnen wurde eine ausgewählte Partnerin zugesprochen. Ihre Braut wird dreißig Tage lang Zeit haben, sie zu akzeptieren oder zurückzuweisen. Diese Entscheidung obliegt ihnen nicht. Ihre Partnerin hat jetzt das letzte Wort, Mills. Ich schlage vor, dass sie zur Karter zurückkommen und sich am Kopf untersuchen lassen. Deck 3."

"Jawohl, Sir." Dorian antworte eine Bruchsekunde bevor die Verbindung abbrach. Dann wandte er sich Trinity zu. "Kannst du uns reinbringen?"

"Ja, Sir."

"Tu es." Er erhob sich, packte mich am Arm und zerrte mich aus der Pilotenkanzel. "Mills, du kommst mit mir."

2

Chloe Phan, Abfertigungszentrum für interstellare Bräute, Miami

E<small>IN PAAR</small> L<small>IPPEN</small> wanderten über meinen Bauch. Meinen nackten Bauch. Ein sanftes Streifen, dann ein Zungenschnalzen. Hitze überschwemmte meine Sinne und ich spürte raue Bartstoppeln, als er den Kopf wendete, sein Atem über meine verschwitzte Haut fächerte.

Meine Finger waren in seinem Schopf vergraben. Wann hatte ich zugepackt? Ich erinnerte mich nicht daran, durch die seidigen Strähnen zu fahren, an ihnen zu ziehen. Andererseits erinnerte ich mich auch nicht mehr daran, wann das letzte Mal ein Typ vor mir kniete und meine Aromen, meine Falten erkundete.

"Ich kann deine Hitze riechen."

Meinen Geruch. Heilige Scheiße, seine Hände umfassen meinen nackten Arsch und zogen mich nach vorne, sodass sein Mund nach ... eben dorthin gehen konnte.

"Oh!" schrie ich, fand keine Worte. Warum? Weil er eine *sehr* geschickte Zunge hatte.

"Mach die Beine schön breit, Liebling. Ich will an deine Pussy ran."

Seine Stimme klang rau. Tief. Zutiefst erregt.

Anders als frühere Typen, die nicht einmal mit einer Stirnlampe auf dem Kopf und einem Kompass in der Hand meinen Kitzler finden konnten, fand er ihn mit laserartiger Präzision und schnippte sanft über mein geschwollenes Fleisch. Nur ein winziges Schlecken linkswärts, über die Spitze und wieder zurück war nötig, und mein Kopf fiel kapitulierend nach hinten.

Ich war feucht. Begierig. Leer.

Vielleicht war er gleichermaßen Gedankenleser wie Pussyflüsterer, denn sogleich strich eine Hand meinen Innenschenkel hinauf und fand zielsicher meine Mitte, sie umkreiste meine Scheide, dann glitten zwei Finger in mich hinein.

"Du bist so eng," knurrte er.

Ich vergrub meine Finger in seinen Haaren und zog ihn zurück. "Nicht aufhören."

Jepp, das kam von mir. Ich bettelte.

An meiner empfindlichsten Stelle spürte ich ihn lächeln.

"Es gefällt ihr."

Und wie. Es gefiel mir verdammt gut, aber ich verstand nicht ganz, warum er in der dritten Person über mich sprach.

"Das sehe ich."

Die Stimme kam von hinten und ein paar Hände wanderten nach vorne und umfassten meine Brüste. Hände, die nicht zu jenem Typen gehörten, der mich gerade ausschleckte. Ich wusste das, denn *seine* Hände umpackten immer noch meinen Arsch.

Diese neuen Hände waren groß, gebräunt und mit versprengten dunklen Haaren auf den Handrücken. Ich konnte ein Hauch von Schwielen auf den Handflächen fühlen, als sie zu Heben begannen und das Gewicht meiner Brüste austesteten.

"Ja." Ich drückte den Rücken durch. Nie zuvor hatte ich es mit zwei Typen getrieben, aber das hier fühlte sich so richtig an. Irgendwie wusste ich, dass sie mir gehörten. Und nicht nur "mir" wie in einer heißen Nacht nach ein paar Gläsern in einer Bar. Sondern *mir*. Für immer mir.

Der Gedanke ließ mich aufschreien und ich hörte ihr gedämpftes Gelächter.

"Ja, Liebling?" Seine Stimme war an

meinem Ohr. Sanft, aber tief. Ein Anflug von Bedürftigkeit und ein ordentliches Stück Macht schwangen mit. Seine Hände bekräftigten das; seine Berührung war sanft, aber auf die Art wie seine Finger meine Brustwarzen rollten und zwackten, wollte er mich führen. Er wollte mich dominieren, selbst mit den kleinsten Bewegungen.

Und es funktionierte. Klar, meine Brustwarzen waren empfindlich, schon immer, aber dieser Typ wusste genauestens, was er tat.

Alle beide wussten das.

Ohne viel Anstrengung und in Windeseile brachten sie mich an die Schwelle zum Orgasmus. Allerdings schien ich auch keine Kontrolle mehr über meinen Körper zu haben. Oder über meinen Mund, denn ich flehte darum, dass sie sich beeilten, dass sie mich nahmen. Denn ich nannte sie "Liebling" und sagte ihnen, dass ich sie liebte.

Und das tat ich auch. Gleich einer

Explosion quoll das Gefühl in mir auf, dermaßen heftig und erbittert, dass es mich fast erstickte.

Was absolut keinen Sinn ergab, denn sie gehörten mir nicht. Ich konnte nicht einmal ihre Gesichter sehen. Und ich hatte seit ... nun, einer Weile schon keine Verabredung mehr gehabt. Und nie mit zweien ...

"Zwei Männer sind besser als einer, oder nicht?" Der Mann an meiner Rückseite spreizte die Finger über meiner Brust und drückte mich runter, während sein Kumpane mich immer stärker bearbeitete, einen Finger in mein empfindliches Poloch einführte, während er mich mit den Fingern fickte und meinen Kitzler wie einen Schnuller lutschte.

Hätte der Mann hinter mir mich nicht festgehalten, ich hätte gebuckelt und wäre davongekrabbelt. Ihre Zuwendungen waren zu viel für mich. Zu intensiv. "Ich halt's nicht aus."

"Doch, das kannst du." Er zwickte

meine Brustwarze, feste, gerade als der Orgasmus mich überkommen wollte. Keine Ahnung, woher er es wusste, aber ich konnte seine absolute Aufmerksamkeit spüren. Sein Verlangen. Seine tiefe Zufriedenheit, als ich mich beiden unterwarf.

Es war, als ob wir miteinander verbunden waren.

Und der Typ zwischen meinen Beinen? Irgendwie konnte ich seine Emotionen wahrnehmen. Ich wusste, dass er entschlossen war mich zum Beben zu bringen. Zum Kreischen.

Zum Betteln.

Oh Gott. Ich war soooo am Arsch. Hätte ausflippen sollen. Aber dieser Körper, dieser fremdartige Frauenkörper erlag der Lust. Sie begrüßte es. War mit ihrer speziellen Art des erotischen Spiels vertraut. Sie war gespannter als je zuvor, die Vorfreude war unwiderstehlich. Der Orgasmus würde ihren Leib regelrecht explodieren lassen, bis ihre Zehen sich kräuselten und ihr

Kopf ganz leer sein würde. Und sie wollte es.

Was bewirkte, dass ich es auch wollte. Unbedingt.

Was vollkommen verrückt war, denn ich hatte keine Ahnung, wo ich überhaupt war, dennoch fühlte ich mich sicher und von zwei Fremden beschützt. Dem Körper, in dem ich steckte, waren sie aber ganz und gar nicht fremd, dieser Frau. Sie gehörten ihr. Ihre *Partner*.

Der Mann hinter mir blies seinen heißen Atem über meine Ohrmuschel, seine Zunge folgte zugleich. "Zwei Partner."

"Vier Hände." Seine Handflächen drückten vorsichtig meine prallen Brüste, während sein Kumpel mit einer Hand meine Pussy und meinen Arsch bearbeitete. Seine andere Hand lag auf meinem Abdomen und drückte mich nach unten. Ich war zwischen zwei mächtigen Kriegern gefangen. Ein Finger krümmte sich in meinem Inneren, traf eine Stelle, die mich die

Hüften buckeln ließ. Die Hand auf meinem Bauch hielt mich entschlossen fest.

"Zwei Münder." Ich drehte den Kopf zur Seite, als seine Lippen meinen Nacken hinunterglitten und ein hitziges Erwachen befeuerten. Statt der Zunge, die über meinen Kitzler schnippte, setzte ein heißer, feuchter Mund auf, er leckte und saugte behutsam, als ob er mich dort küssen würde. Er betete mich an. Eine unerwartete Zärtlichkeit, das Gefühl, geliebt zu werden, flutete meinen Geist wie das allmächtigste Aphrodisiakum und ich verkrampfte mich sogar noch stärker. Ich wollte sie verzweifelt. Alle beide. "Oh Gott!"

"Zwei Schwänze."

Ich spürte, wie einer davon fest gegen meinen unteren Rücken stocherte. Er war lang und dick. Dann spürte ich etwas Feuchtes und wusste, dass ihm der Lusttropfen aus der Spitze sickerte. Er war genauso erbärmlich geil wie ich.

"Meine Eier tun weh, ich muss in dich rein."

Der Typ vor mir wischte seine abgeflachte Zunge von dort, wo eben noch sein Finger in mir steckte nach oben über meinen Kitzler. "Du wirst meine Größe spüren. Wie steif ich deinetwegen bin. Wie rappelvoll du sein wirst."

Ich leckte mir die Lippen und zog meine Pussy um seinen Finger herum zusammen. Was nicht ausreichte. Ich wollte diesen Schwanz. Ich wollte das Teil, das an meinem Rücken herumstocherte. Ich wollte sie beide. Ich wollte dermaßen vollgestopft werden, dass ich sie nie mehr vergessen könnte. Ich wollte *dominiert* werden. Und ich wollte diejenige Frau sein, die ihnen das höchste Vergnügen verschaffte. Die ihren Samen in sich aufnahm, jene Frau, die sie vergötterten, für die sie sterben würden. Die *ihnen* gehörte.

Es war verrückt, krank! Ich träumte —es musste ein Traum sein—von zwei

Männern. Nie war ich mit zwei Männern zusammen gewesen und schon gar nicht mit auch nur einem Typen, der mich dermaßen anmachte. Rattenscharf.

Ich hatte nicht zum ersten Mal Sex und ich war nicht prüde. Aber früher fickte ich nur, um aufgestaute Energien abzulassen. Zum Entspannen. Jahrelang hatte ich in einem äußerst stressigen Job gearbeitet und hin und wieder musste es ein Mädel einfach mal richtig besorgt bekommen; Finger oder Vibrator würden es einfach nicht tun.

Nur ein großer, dicker Schwanz konnte dann Abhilfe verschaffen.

Und obwohl ich schon den einen oder anderen dicken Schwanz zwischen die Beine bekommen hatte, konnte keiner davon mit den beiden hier mithalten. Und wir waren noch nicht einmal zur eigentlichen Sache gekommen.

"Aber zuerst wirst du kommen."

"Ich will euch, sofort," forderte ich und wusste, dass sie mich hinhalten würden. Ich wusste, dass sie ihre Zuwendungen, ihre sinnliche Folter steigern würden. Ich keuchte, als sie mich weiter bearbeiteten.

"Du bist unsere Partnerin. Es ist unsere Aufgabe, unser Privileg dich zu verwöhnen," flüsterte der Mann hinter mir, dann zwickte er meine Brustwarzen.

Ich schnaufte laut und der Mann zwischen meinen Beinen knurrte. "Mach das nochmal. Eben hat sie meine Hand vollgetropft."

"Nicht aufhören," flehte ich erneut, als er kurz aufhörte meine Pussy zu lecken.

Wieder zwickte es an meinen Brustwarzen, aber keinerlei Worte folgten. Binnen Sekunden wurde ich zum Höhepunkt gebracht und ich kreischte. Mein Körper erbebte und ich wusste nicht, wo ich war. Sie waren dabei, mich total auseinanderzunehmen, bis nur noch sie existierten. Sie waren real. Heiß. Sie umzingelten mich. Gaben mir Halt, als ich mich wieder sammelte.

Mein Blut pumpte schwerfällig, meine Haut war klitschnass vom Schweiß, meine Ohren rauschten. Vor meinen Augen flackerten sogar grelle Lichter auf. Was für ein Wahnsinn von einem Orgasmus.

"Wir sind noch nicht fertig, Liebling." Der Mann, der eben noch gnadenlos an meinem Kitzler herumgespielt hatte, ließ von mir ab und der hintere wechselte die Stellung, er zog mich hoch, sodass mein blanker Rücken gegen seinen heißen Brustkorb presste. Seinen festen, muskulösen, enormen Brustkorb. Er zog mich an sich heran und plötzlich wurde ich an seinen Schoß gepresst, meine zarten Schenkel rieben an seinem steinharten Kolben, seine Knie waren so angewinkelt, damit ich seine dicke Eichel von hinten über meine nassen und äußerst empfindlichen Falten gleiten spüren konnte. Ich spürte die Härte seines

Körpers, die Hitze, die seine Haut abstrahlte. Er war so viel größer als ich und ich wusste, dass er mir mühelos etwas antun könnte. Aber das war nicht seine Absicht. Seine Absicht war es, mich zu ficken, mich zu verwöhnen. Mission erfüllt, aber nicht vollendet. "Das war nur das Vorspiel, um dich feucht und hitzig zu machen, bereit für unsere dicken Schwänze."

Seine Eichel rutschte ein Stück weit hinein, machte es sich bequem. Himmel, war er groß. Ich spannte meine Pussy an und zog sie um ihn zusammen, gewöhnte mich an die Dehnung.

"Mehr?" fragte er.

"Mehr," keuchte ich und ließ die Hüften kreisen, die Hände an meiner Taille aber ließen mir keinen Bewegungsraum, erlaubten mir nicht, mich auf seine harte Länge zu setzen, so wie ich es wollte. Ich wollte ihn tief. Ausdehnen sollte er mich, wie ein Wilder durchficken. Außer Kontrolle.

"Sie ist ganz schön vorlaut, oder?"

sprach der Mann, der meine Pussy ausgeleckt hatte. Er stand auf, aber ich konnte immer noch nicht sein Gesicht sehen. Was für ein komischer Traum; ich konnte nicht das Antlitz des Mannes erkennen, der mich eben ausgegessen hatte, sehr wohl aber seinen nackten Körper, seinen schlanken Torso und den großen Schwanz, der auf mich deutete, gerne in mir stecken wollte. Aber ich hatte ja schon einen in mir drin, der andere Schwanz glitt in mich hinein, zog ein Stück zurück und füllte mich noch tiefer.

Ich griff nach dem riesigen Schwanz vor meiner Nase, legte meine Finger um seine Eichel und bediente meine Hebelkraft an seinem feinfühligen Organ, um ihn an mich heranzuziehen. Langsam, damit ich es auskosten konnte. Ihn begutachten konnte. Mir die Lippen lecken konnte. Um ihn zappeln zu lassen. Ihn so zu quälen, wie er mich gequält hatte.

Er schmunzelte und strich mit einer

Hand an meinem Kiefer entlang, über meine Unterlippe. "Liebling, du wirst erst gefickt werden, wenn mein Schwanz in diesem heißen Mund steckt."

Der andere Mann hinter mir erstarrte, hielt mich halb aufgespießt und in der Luft schwebend an Ort und Stelle. Ich war verzweifelt.

Lächelnd zog ich den Schwanz noch näher und beugte mich vorwärts, dann legte ich meine Lippen um seine Eichel.

"Den Göttern sei Dank." Der Ausruf des hinteren Mannes rang mir ein zufriedenes Lächeln ab und unverzüglich rammte er seinen Kolben vollständig in mich hinein, vergrub seine harte Länge in meiner engen Pussy, während mein anderer Partner ebenfalls die Hüften nach vorne stieß und seinen Schaft in meinen Rachen schob.

Meine Geschmacksknospen explodierten förmlich, nie hatte ich so etwas erlebt. Sie aber schon. Diese Frau, deren sexuelle Fantasie ich irgendwie gehijackt hatte. Er schmeckte göttlich.

Nach Hitze, Moschus und Kerl und ich saugte ihn, feste, spielte an seinen Eiern herum, während der Andere mich von hinten fickte und meine Brüste mit jedem seiner Stöße nur so wackelten.

Lust baute sich in mir auf. Mir. Ihnen. Es war eigenartig und überwältigend und wunderbar, als wir alle auf einmal abgingen. Meine Pussy zog sich um den einen Partner zusammen, während mein Mund den anderen in sich hineinsog und ich uns regelrecht aneinanderkettete.

Wir waren eins.

Perfekt.

Nachbeben rüttelten durch mich hindurch und die Stimmen der beiden Männer wurden leiser, flüsterten Worte der Liebe. Lob. Verehrung. Ich wollte mich in ihren Worten verlieren. Mich in ihnen wälzen. Nie hatte irgendjemand so zu mir gesprochen. Mit so viel Liebe. Hingabe. Vertrauen.

Ich wollte, dass es nie mehr aufhörte. Aber die Stimmen verstummten. Der

Raum driftete dahin, wie ein Traum, der langsam verblasste. Ich wollte mich festklammern, aber er verschwand. Wie geplündert blieb ich zurück. Allein.

Kalt.

Wo auch immer ich war, es war klirrend kalt. Mein Körper, mein *echter* Körper zitterte unter einem sehr dürftigen Stück Stoff.

Erschrocken wachte ich auf und starrte an die weiße Decke hoch. Ich war außer Atem, als ob ich eben einen hundert-Meter Sprint hingelegt hätte, meine Haut war nass vor lauter Schweiß. Und meine Pussy? Schmerzte, nachdem sie mit Schwanz gefüllt würde.

Einem imaginären Schwanz.

Ich blinzelte und mir wurde klar, dass ich auf dem Teststuhl im Abfertigungszentrum für interstellare Bräute saß. Für den *Test*. Ein *Traum* war das nicht gerade gewesen. Aber was war es dann? Die Aufseherin sagte, die Technologie der Koalition war so fortgeschritten, dass sie förmlich in meinen Verstand blicken konnte, genau sehen konnte, was für einen Partner ich brauchte. Nicht wollte. *Brauchte.*

Brauchte ich zwei Lover? War mir nie in den Sinn gekommen. Aber gütiger Himmel, es war heiß. Sexy. So verdammt sexy.

Meine Mutter musste sich im Grabe umdrehen. Schon wieder. Vor fünf Jahren, als ich freiwillig dem Geheimdienst der Koalitionsflotte beitrat, dachte ich dasselbe.

Aufseherin Egara kam um den Stuhl herumgelaufen und stellte sich mir gegenüber, Tablet an der Hand. Mein plötzliches Erwachen vom Test schien sie nicht zu überraschen, ebenso wenig wie mein Zustand. Schweißbedeckt. Mit dicker, wundgefickter Pussy—nicht, dass sie das mitbekommen hätte. Keuchend. Ich wünschte, ich wäre immer noch im Weltall, oder wo immer das eben war und nicht in diesem blöden Untersuchungsraum, wo ich mir wie ein Versuchskaninchen vorkam, dass mit einem spärlichen Krankenhauskittel bedeckt an einen Zahnarztstuhl festgeschnallt war.

"War das richtig so? Bin ich eingeschlafen? War es ein Traum?" fragte ich und leckte mir dabei die Lippen.

Ich war ganz ausgetrocknet vor lauter Geschrei, aber hatte ich das wirklich getan? Oder hatte ich nur im Traum geschrien, während diese grimmige, ernste Frau über mich gewacht hatte? Der Gedanke ließ mich knallrot werden.

"Ja. Die Technologie erforscht Ihre geheimsten unbewussten Wünsche, um unter den verfügbaren Kriegern den perfekten Partner auszuwählen."

Mein geheimster Wunsch war, es mit zwei Männern zu treiben? Hatte ich nie gemacht. Sicher, manchmal hatte ich mir einen Dreier ausgemalt. Welche Frau hatte das nicht? Mich zwischen zwei heißen Typen wiederfinden? Gerne, aber bisher konnte ich kaum einen einzigen Typen halten, geschweige denn zwei. Wenn es aber wie in diesem Traum laufen würde? Ich hätte nichts dagegen.

"Während des Testvorgangs habe ich mir Ihre Akte angesehen," sprach sie. Ihr Ton war professionell. Sie war von der Erde, arbeitete aber für die Koalition, oder zumindest bei der Bräute-Filiale der Koalition. Ihre Uniform war ein dunkles Rostbraun, schmucklos und familiär.

"Vier Jahre in der Koalitionsflotte. Beeindruckend." Sie wanderte umher und stützte sich schließlich am Tisch in der Mitte des kleinen Untersuchungszimmers ab. "Ich nehme an, ich wäre noch viel beeindruckter, wenn der Großteil Ihrer Dienstzeit nicht versiegelt wäre."

"Wie eigenartig. Ich weiß nicht, was Sie damit meinen." Da war sie. Die Standardantwort, die wie auf Autopilot aus meinem Mund herausplatzte. Ich konnte nicht darüber reden. Nicht mit ihr. Mit niemanden.

Aber ich musste wieder ins Weltall. Sonst würde ich hier ersticken. Die minutiöse Routine meines Bürojobs würde mich sonst erledigen. Mein düsteres Appartement. Rechnungen. Beschissene Fernsehshows. Von Leuten umgeben, mit denen ich einfach nichts gemein hatte. Die Erde? Fühlte sich nicht länger wie mein Zuhause an. Ich wollte ins Weltall zurück und das Bräute-Programm würde es möglich machen.

3

Captain Dorian Kanakor, Prillone, Koalitionsshuttle

Vor lauter Wut packte ich Captain Seth Mills Handgelenk, aber wie von einem Krieger zu erwarten war, wehrte er sich und machte einen auf stur. Der Zoff schien vorprogrammiert. Er war beinahe so groß wie ich, also ziemlich groß für einen Menschen. Und seine seltsam blauen Augen funkelten mich herausfordernd an.

Sie funkelten auch vor Schmerz.

Einen Schmerz, den wir Tag für Tag miteinander teilten.

"Was soll das, Dorian?" Seth blickte finster, seine Stimme hallte bis zu der kleinen Gruppe Krieger hinüber, die sich um uns drängte. Wir alle waren schweißgebadet und rußverschmiert, nachdem wir endlose Stunden lang in dem Frachter gekämpft hatten. Es wurde still im Raum, als meine Crew und sein ReCon-Team gespannt darauf warteten, was als Nächstes passieren würde.

Es kam nicht oft vor, dass der Kommandant höchstpersönlich sich einschaltete. Verdammt, und noch viel seltener kam es vor, dass einem von uns eine Braut zugewiesen wurde.

"Wir müssen reden, Mills. Allein." Ich versuchte meine Aufgebrachtheit zu verschleiern, denn mir war klar, dass er sich gegen meine Idee sträuben würde. Er musste aber kooperieren, damit dieses wahnwitzige Anliegen funktionieren konnte. Eine Idee, die mir in den Sinn gekommen war, nachdem ich die Worte des Kommandanten vernommen hatte.

Er musterte mich in Sekundenschnelle und wandte sich der Copilotin zu, einer bissigen Erdenfrau namens Trinity. "Bring uns zur Karter zurück." Dann blickte er zu seinem ersten Offizier, ebenfalls ein gestählter Krieger von der Erde, den ich zu respektieren gelernt hatte. "Jack, du hast die Führung."

Ich wartete nicht auf ihre Antwort und meine eigene Crew hatte solche Anweisungen nicht nötig, die Kommandostruktur war bei uns fest eingeübt. Unter neugierigen Blicken führte ich ihn in den winzigen Vorratsraum im Heck des Shuttles. Das Evakuierungsshuttle war nicht dazu gedacht, so viele Passagiere aufzunehmen. Mit der gesamten ReCon 3 und den Überlebenden meiner Crew war das Schiff rappelvoll. Seth folgte mir in den kleinen Raum und ich nahm auf einer Kiste Arzneimittel Platz. Er setzte sich ebenfalls und die Tür ging wieder zu, wir waren eingeschlossen.

Sein berechnender Blick tastete mich ab und er wartete. Schweigend. Geduldig. Mir blieb nichts anderes übrig, als mich zu erklären.

"Mein Cousin Orlinthe ist vor ein paar Monaten im Kampf getötet worden."

"Ich erinnere mich," entgegnete Seth. Und das sollte er auch. In den letzten drei Jahren hatten wir mehr als einmal auf der Karter zusammen unseren Kummer ertränkt. Als Orlinthe im Kampf an die Hive verlorenging, war ReCon 3 zur Stelle gewesen und hatte die Mannschaft, mich und meine Prillonischen Waffenbrüder, mit einer Flasche Whisky getröstet, um den Schmerz runterzuspülen. Oder ihn zumindest aus meiner Kehle zu brennen.

"Ich war sein zweiter Mann. Ich habe mich niemals selbst für eine Partnerin testen lassen."

Seth erstarrte, als er dabei war sich den Ruß vom Ärmel zu wischen. Ein auswegloses Unterfangen, da es nichts anderes bewirkte, als den Fleck noch weiter zu verschmieren, aber so musste er meinem Blick nicht standhalten. "Und? Geh einfach zur Krankenstation und zieh es durch."

"Das möchte ich gar nicht."

Er blickte zu mir auf und seufzte. "Verflucht, Dorian. Ihr Aliens seid zum Verzweifeln. Was soll dieses Gespräch?" Seth legte den Kopf schräg, sein verbissener Mund und nervöses Fußgetippel verrieten schließlich seine Anspannung. Er begann hin und her zu rutschen, der Kolben seines eisernen Gewehres ruhte neben ihm auf dem Boden, seine Hand umfasste krampfartig den Lauf und seine Knöchel waren ganz weiß.

"Du hast eine Partnerin, Seth. Eine ausgewählte Braut. Hast du eine Ahnung, wie besonders das ist? Was für ein seltenes Geschenk?" Am liebsten wollte ich ihm einen Tritt verpassen, ihn wachrütteln. Er war ein Vollidiot.

"Oh nein." Seth verdrehte die Augen und hob das Kinn zu einem eigenartigen Winkel an, bevor er befremdliche lächelnd wieder zu mir blickte. Menschliche Emotionen waren manchmal schwer zu entziffern und ich konnte mich auch nicht auf die aufschlussreiche Wirkung eines Prillonischen Halsbands verlassen, um die Gefühle meines Gegenübers besser zu verstehen. "Willst du mir jetzt eine Standpauke darüber halten, wie viel Glück ich doch habe? Dass ich auf die Knie fallen und deinen Göttern danken soll, weil sie mir eine unschuldige Frau als Braut ins Universum geschickt haben?"

"Ja." Also verstand er es *doch*.

"Nein."

"Nein?"

Seth stand auf und ich erhob mich ebenfalls und die Enge des Raumes bewirkte, dass wir uns praktisch Nase an

Nase gegenüberstanden. Zorn kam in mir auf. Wie konnte dieser Krieger, dieser *Mensch* es wagen, seine ausgewählte Partnerin zu verschmähen? Das gehörte sich einfach nicht. "Warum verschmähst du deine Braut?"

Seth fing an zu Lachen, aber ohne jeden Anflug von Freude. Nur Schmerz. "Ich verschmähe sie nicht. Ich *rette* sie."

Ich runzelte die Stirn. "Wovor?"

"Vor mir. Vor dem Kummer. Davor, einen Mann zu lieben, der schon morgen sterben könnte. Ich kann noch nicht mit dem Kämpfen aufhören. Ich kann nicht nach Hause, zur Erde, zurückgehen. Ich habe mich verändert. Zu sehr, um mich mit den banalen Kleinigkeiten auf der Erde herumzuschlagen." Er seufzte. "Ich kann keine Partnerin nehmen. Das werde ich ihr nicht antun."

"Also bist du ein Feigling."

Ich dachte, dass der Erdling mir dafür vielleicht die Fresse polieren würde. Er aber ließ nur die Schultern hängen und schloss die Augen, gab sich geschlagen. Er ließ den Kopf hängen, sodass sein Kinn das Oberteil seiner Panzerung berührte. "So ist es wohl. Ich werde keine Witwe hinterlassen. Kinder ohne einen Vater, der sie beschützt. Eine Partnerin zu nehmen wäre egoistisch, Dorian. Ich würde alles haben wollen, würde sie ficken, bis mein Baby in ihr heranwachsen würde. Und dann noch eins. Ganz einfach."

Sicher, er hatte dieselben Wünsche wie die meisten Männer, egal von welchem Planeten. Ich konnte seinen Standpunkt zwar nachvollziehen, erkannte aber auch das eigentliche Problem dahinter. Das *irdische* Problem dahinter.

"Wenn es keine Gefahr für sie gäbe, keine Möglichkeit bestünde, dass sie allein und ungeschützt zurückbleiben würde, würdest du sie dann akzeptieren?"

Er schaute mich an, als hätte ich

nicht mehr alle Tassen im Schrank."
"Natürlich, aber das ist—"

"Abgemacht," sagte ich und schnitt ihm das Wort ab. "Ich werde dein zweiter Mann sein. Du bist ein Krieger und wirst sie wie es einem Krieger gebührt für dich beanspruchen, mit einem zweiten Mann, um ihr Vergnügen, ihren Schutz und ihr Glück zu gewährleisten. Sie wird von uns beiden verehrt werden, wie bei einer Prillonischen Braut üblich. Die Gefahren, die du erwähnt hast, wären dann nicht länger ein Problem. Ich schwöre, dass ich für deine Partnerin sorgen und deine Nachkommen beschützen werde, solltest du umkommen. Und ich versichere dir—" ich musste lächeln. "—, dass sie doppelt so schnell ein Baby in sich tragen wird, wenn sie uns beiden gehört."

"Was zum Teufel redest du da?"

"Du wirst mir denselben Schwur leisten müssen. Dass du dich um unsere

Partnerin und unsere Kinder kümmerst, wenn mir etwas passieren sollte."

Seth war sprachlos, aber ich wartete einfach. Er kannte die Gepflogenheiten Prillonischer Krieger. Er war lange genug im Weltraum, um mit unseren Bräuchen vertraut zu sein. Wir teilten uns immer eine Braut, um sie vor einem Schicksal, wie Seth es befürchtete, zu bewahren. Eine Prillonische Braut blieb nie allein zurück, wurde nie sich selbst überlassen. Sollte ein Partner umkommen, würde der andere ihre Partnerin und die Kinder beschützen. Ich war davon ausgegangen, mir irgendwann mit meinem Cousin eine Braut zu teilen, aber dazu sollte es nicht kommen. Ich respektierte Seth als Krieger. Er war einer der wenigen Menschen, die ich zu meinen Freunden zählte. Und er hatte mir mehr als einmal das Leben gerettet. Ich vertraute ihm darin, für eine Partnerin zu sorgen. Sie zu beschützen, wie ich es täte.

Aber Seth war ein Mensch und kein

Prillone. Die Menschen waren, wie ich gehört hatte, besitzergreifend, eher wie Atlanische Bestien und nicht wie wir Prillonen. Vielleicht war die Vorstellung eine Partnerin zu teilen, zu weit hergeholt für ihn. Es könnte Eifersucht geben. Rivalität. Streit. Anstatt mit einer gemeinsamen Braut die engste aller Verbindungen einzugehen, würde es uns auseinanderreißen. Also wartete ich ab, damit er sich mein Angebot durch den Kopf gehen lassen konnte. Ich kannte die Macht der Geduld. Des Schweigens.

Als er zu mir aufblickte, erkannte ich Hoffnung, aber auch Zweifel. "Und was, wenn sie damit nicht einverstanden ist? Sie wurde mir zugesprochen. Einem Menschen. Einem Mann. Einen Zweitpartner wird sie womöglich nicht wollen. Verflucht, vielleicht ist sie ja eine verklemmte, puritanische Fanatikerin, die jedes Mal, wenn sie einen Orgasmus hat, den lieben Gott um Vergebung bittet."

Ich konnte mir eine solche Frau zwar

nicht wirklich vorstellen, musste aber davon ausgehen, dass es solche Leute auf der Erde gab. Eigenartig.

"Würdest du etwa so dein perfektes Match beschreiben?" fragte ich nach.

"Verdammt, nein."

Ich nickte beruhigt. Ich bezweifelte, dass ein tüchtiger Krieger wie Seth sich zu so einer Frau hingezogen fühlen würde. Und wenn es nicht das war, was er sich wünschte, dann würde er auch nicht so eine Partnerin bekommen. "Nimm sie. Ich werde dein zweiter Mann sein. Und wir werden sie zusammen verführen. Wir werden sie überzeugen, dass zwei Männer besser sind als einer."

Seth streckte mir die Hand aus, wie es bei den Menschen üblich war, wenn man ein Abkommen besiegelte. "Sie hat das letzte Wort. Und wenn sie nicht uns beide will, dann wird sie zurück nach Hause gehen, oder zu jemand anderem. Ich werde keine heulende Witwe hinterlassen."

Ich legte meine Hand in seine.

"Abgemacht. Außer für den Fall, dass du nicht wissen solltest, wie man eine Frau beglückt, mache ich mir darum keine Sorgen."

Diese unverblümte Beleidigung ließ ihn zum Gegenschlag ausholen. "Was für eine große Klappe du hast, Prillone. Dabei hast du von den Frauen auf der Erde keine Ahnung."

"Dann klär mich auf."

Seth zuckte nur die Achseln. "Anhänglich. Hilfsbedürftig. Zart besaitet. Sie machen sich nicht gerne die Finger schmutzig."

"Ich benötige kein schmutziges Weib. Ich will, dass sie mich braucht und dass sie sanft ist." Mein Schädel brummte vor Verwirrung. "Würdest du etwa so Trinity beschreiben? Kommt sie nicht von der Erde?"

Seth schmunzelte. "Sie ist keine Frau, sondern eine Soldatin, wie meine Schwester. Soldaten sind anders gestrickt. Knallhart, schwierig. Sie führen dich an den Eiern herum und bestimmen über dein Leben. Das gefällt mir allerdings auch nicht."

"Was willst du dann?" erkundigte ich mich.

"Wenn ich das nur wüsste. Wenn euer Bräutewahlverfahren so gut ist, wie ihr Aliens immer behauptet, werden wir es wohl bald herausfinden."

In der Tat.

Chloe

"Ich gehe nicht davon aus, dass Sie mir erläutern können, was genau Sie in den letzten vier Jahren für die Koalition getan haben? Ich würde Ihre Akte gerne mit ein paar grundlegenden Informationen für Ihren Partner ergänzen. Dadurch wird er Sie und Ihre Vergangenheit besser verstehen können."

"Nein, ich glaube nicht, dass ich das

darf," entgegnete ich. Ich war seit einem Jahr wieder auf der Erde. Vier Jahre lang hatte ich beim Geheimdienst gedient. In den vergangenen zwölf Monaten aber wurde ich nur selten zu meiner Zeit bei der Koalition befragt. Kaum jemand auf der Erde glaubte an die Existenz der Hive—besonders, weil die Nachrichtenagenturen nichts über das Grauen, das dieser Abschaum des Weltraums verübte, berichteten. Bis zum jetzigen Zeitpunkt war die Erde dank der anderen Koalitionsplaneten von den Hive verschont geblieben. Und obwohl es Leute gab, die sich wie ich freiwillig zum Dienst in der Flotte gemeldet hatten, so war der Anteil doch verschwindend gering. Die Erde erfüllte ihre Quote an Freiwilligen, um weiter vom Schutz der Koalition zu profitieren, sonst nichts.

Die Regierungen auf der Erde waren zu sehr damit beschäftigt, sich gegenseitig zu bekriegen, anstatt dem Weltall mehr Ressourcen zu widmen.

Und meine Rückkehr zur Erde? Niemand, der *da draußen* gewesen war, durfte darüber reden. Selbst wenn die Vorschriften weniger streng gewesen wären und wir reden dürften, würde es niemand verstehen können oder uns auch nur Glauben schenken. Niemand, außer die Leute in der Notrufzentrale in Houston, hatte mir geglaubt. Ich nahm fünfzig Stunden in der Woche Notrufe entgegen und half dabei, die übelsten Probleme zu lösen. Häusliche Gewalt. Amokläufe an Schulen. Hurrikans. Überflutungen. Herzinfarkte. Autounfälle. Die Leute glaubten Geschichten über Geister oder Hellseher im Fernsehen, die ihnen ihr Liebesleben voraussagten. Aber die tödlichen Hive im Weltraum? Meine Undercovermission im Weltraum? Ich, wie ich gegen Aliens gekämpft und den Feind infiltriert hatte? Meine Arbeitskollegen hätten sich wahrscheinlich schlapp gelacht.

Viel konnte ich sowieso nicht

erzählen. Genau wie bei Mitarbeitern in der US-Armee war alles streng geheim. SEALs konnten auch nicht verraten, wohin sie entsendet wurden. Den Ehefrauen konnte ihr Standort nicht mitgeteilt werden. Missionen waren Geheimsache. Top Secret.

Und ganz besonders die neu entwickelten Technologien, mit denen die Kommunikationsfrequenzen der Hive gestört wurden. Leute wie ich, die ein gewisses Talent dafür hatten, ihrem Geschwätz zuzuhören und zu enträtseln, was sie sich untereinander so alles erzählten. Ich konnte nicht erklären, wie ich das fertigbrachte, aber ich hörte einfach hin und manchmal machten diese merkwürdigen Laute auf unerklärliche Weise einfach "Klick" mit meiner NPU. Es gab zwar andere Leute wie mich, aber nicht viele.

Und besonders einer unter ihnen, Bruvan, lag viel zu oft daneben. Zu oft. Aber irgendwie brachte er es jedes Mal fertig, jemand anderes die Schuld in die

Schuhe zu schieben. Die Hive waren schuld, weil sie ihre Pläne geändert hatten.

Oder ich.

Auf der letzten Mission hatte er beinahe mein gesamtes Team ausgelöscht, fast wäre ich auch draufgegangen und dann wurde ich nach Hause geschickt, aus gesundheitlichen Gründen ausgemustert und er war immer noch da draußen. Er verbreitete weiterhin seinen Bullshit, ließ gute Krieger ins Messer laufen.

Ich biss meine Lippe, um den Zorn herunterzuschlucken, als die Aufseherin mir ihr offenes Ohr anbot. Aber ich wusste nicht, auf welcher Ebene sie mitspielte und ich würde nicht danach fragen. "Ich kann ihnen wirklich nichts darüber sagen."

Die Aufseherin zog eine dunkle Augenbraue hoch und spitzte die Lippen. "Nun, der Bericht sagt, Sie haben zwei Einsätze für den

Geheimdienst absolviert und vier Jahre lang dort gedient, bevor Sie zur Erde zurückgekehrt sind. In Ihrer Heimatstadt haben Sie als Notrufmitarbeiterin gearbeitet, sind ins zivile Leben zurückgekehrt. Mit einem Job, einem Appartement. Freunden. Und dennoch haben Sie sich dazu entschlossen, eine Braut zu werden. Warum?"

Ich runzelte die Stirn. "Ist das von Bedeutung? Ich bin aus freien Stücken hierhergekommen."

Ich blickte auf meine Hände herunter, die mit dicken Metallbändern an die Armlehnen des Teststuhls gefesselt waren. "An diesen Stuhl gefesselt zu sein, fühlt sich allerdings gar nicht so freiwillig an."

Sie blickte auf ihr Tablet und mit einem Fingerwischen befreite sie mich von den Fesseln. "Die sind zu ihrer Sicherheit während des Testvorgangs gedacht und um mich vor den verurteilten Straftätern unter den

Bräuten zu schützen. Bis der Test abgeschlossen wurde und sie auf ihrem neuen Heimatplaneten eintreffen, bleiben diese Frauen Häftlinge."

"Danke." Ich rieb meine Handgelenke, obwohl sie nicht weh taten. Die Bewegung gab mir eine Gänsehaut und in dem Krankenhauskittel wurde mir plötzlich kalt. Ein Luftzug am nackten Arsch? Nichts lieber als das.

"Sie sind alles andere als ein Häftling, Chloe. Ganz im Gegenteil. Ich nehme an, dass Ihre Akte vor Auszeichnungen der Flotte nur so strotzt."

"Wie beim Angeln," erwiderte ich und konnte der Frau ein Lächeln abgewinnen.

"Ist das so?" Sie seufzte. "Sie können mir wenigstens verraten, warum Sie sich freiwillig als Braut melden."

Ich zuckte mit den Achseln. "Ich war im Weltall. Ich kenne die Koalition, die Art von Typen, die sich für eine Braut qualifizieren. Und ich kenne mich selbst. Ich bin von der Erde, aber vier Jahre im Weltraum haben mich verändert. Die Erde ist nicht mehr dasselbe für mich. Ich kann über meine Vergangenheit nicht reden. Selbst wenn ich es könnte würde mir niemand glauben. Mir ist einfach ... langweilig. Ich gehöre hier nicht mehr hin."

"Dann gehen Sie zurück zum Geheimdienst."

"Kann ich nicht."

"Warum nicht?" wollte sie wissen.

Ich deutete auf ihr Tablet. "Steht da nicht, dass ich nicht zurück kann?"

Sie blickte nach unten und schaute genauer hin, ihr Finger wischte mehrmals über den Bildschirm. Sie las das Kleingedruckte, musste ich annehmen. Ich hatte nie meine eigene Akte zu Gesicht bekommen. "Ach ja. Hier steht, dass Sie aufgrund von Verletzungen ausgeschieden sind. Aber da steht nicht was für Verletzungen Sie erlitten haben." Mit hochgezogener

Augenbraue wartete sie darauf, dass ich sie aufklärte.

"Auf meiner letzten Mission bin ich verwundet worden. Irgendwann bin ich wieder gesund geworden, wollte aber nicht an den Schreibtisch verbannt werden." Das war alles, was ich ihr anbieten konnte. Es stimmte. Ich musste ihr nicht noch verklickern, dass ich gar nicht zurückkehren durfte. Sie hatten mich vor die Wahl gestellt entweder freiwillig aus dem Dienst auszuscheiden oder letztendlich zum Ausstieg gezwungen zu werden. Der Geheimdienst rechnete nicht mit meiner Rückkehr.

Ich selbst hätte nie gedacht, dass ich je zurückwollte.

Vielleicht war meine Kopfverletzung schlimmer als angenommen. Vielleicht war ich verrückt geworden, weil ich ins Weltall zurückwollte. Aber ich würde nicht zurückgehen. Zumindest nicht in mein altes Leben dort. Ich wusste, wie es lief und es war mehr als unwahrscheinlich, dass ich mit Bruvan oder irgendwem sonst aus meinem früheren Team verpartnert werden würde.

Diese Leute mochte ich einfach nicht genügend.

Aber mit wem würden sie mich verkuppeln? Ich hatte die meisten Alienrassen getroffen. Atlanen. Prillonen. Trionen. Ich hatte nur einen Kopfgeldjäger vom Planeten Everis kennengelernt und der war verdammt sexy gewesen. Alle davon wären mir recht. Und nach diesem Traum mit zwei Kerlen war ich mir ziemlich sicher, dass es für mich nach Prillon Prime gehen würde. Ich musste es wissen. Vor lauter Neugierde würde ich sonst sterben.
"Haben Sie ein Match für mich?"

Aufseherin Egara erhob sich, kam um den Tisch herumgelaufen und setzte sich auf den Metallstuhl. "Sie haben ein Match. Und es ist eine Premiere für mich."

"Oh?"

"Sie wurden mit einem Menschen verpartnert. Einem Mann von der Erde." Sie blickte erneut auf ihr Tablet. "Die Übereinstimmung beträgt neunundneunzig Prozent."

Ich kletterte aus dem Stuhl und stemmte die Hände auf die Hüften. "Was? Ich werde nicht hierbleiben." Ich war zum Testen hergekommen, um diesen Planeten zu verlassen, nicht um hier festgenagelt zu werden.

Sie schüttelte den Kopf. "Nein. Sie bleiben nicht hier. Sie wurden einem Koalitionskämpfer von der Erde zugesprochen. Er ist Captain einer ReCon-Einheit in einer Kampfgruppe der Koalition."

"In welchem Sektor?" Ich war immer noch am Taumeln, meine Gefühle ein wildes Durcheinander nach dieser Neuigkeit. Ein Mann. Von der Erde. Ich hatte nichts gegen Männer— also menschliche Männer. Aber nach diesem heißen Traum hatte ich mir zwei riesige Prillonische Schmackos erhofft, die mich um den Verstand bringen würden.

"437. Kampfgruppe Karter."

"Was, im Ernst?" Sektor 437 war ein bekannter Hive-Brennpunkt. Von der Kampfgruppe Karter hatte ich gehört. Äußerst fortschrittliche Technologie war in diesem Sektor beschafft worden. Die erste Nexus-Einheit der Hive war dort gefangen und eliminiert worden, von einer anderen Erdenfrau, mit der ich zusammen beim Geheimdienst gedient hatte. Meghan Simmons. Wir waren befreundet gewesen, bis sie mit einem Atlanischen Kriegsfürsten, Nyko, verpartnert wurde und sich ins zivile Leben auf Atlan zurückgezogen hatte. Ich freute mich für sie, aber nach ihrem Ausscheiden war ich allein zurückgeblieben, mit einer ganzen Menge Testosteron um mich herum.

Und dann wurde unser Schiff in die Luft gejagt. Bruvan beschuldigte mich deswegen. Das war verdammt lustig und brachte mir die Suspendierung ein.

Aber ich gehörte nicht mehr hierher. In meiner eigenen Stadt kam ich mir wie eine Fremde vor. Niemand verstand mich. Über meinen Dienst bei der Koalition konnte ich nicht reden. Morgens stand ich auf, ging zur Arbeit, gab der Nachbarkatze etwas zu fressen. Das war's. Tag für Tag.

Ich dachte an den Traum zurück, der sich so schnell verflüchtigt hatte. Zwei Typen. Definitiv nicht menschlich. Keiner der Männer, die ich je getroffen hatte, war dermaßen geschickt. Oder vielleicht hatte ich einfach noch nicht den Richtigen getroffen? "Sind Sie sicher, dass ich nicht gerade einen riesigen Fehler mache?"

"Überaus sicher. Sollten Sie das Match akzeptieren, werden Sie zu seinem Standpunkt transportiert werden."

Ich begann auf und ab zu marschieren und hob den Arm, um mir eine lange schwarze Haarsträhne hinters Ohr zu klemmen. Meine dunkle Mähne war eine Erinnerung an meine vietnamesische Großmutter und mehr als alles wünschte ich mir, dass sie noch am Leben wäre. Dass alle von ihnen noch da wären. Aber abgesehen von ein paar Cousins, die ich ein oder zweimal in zehn Jahren gesehen hatte, war ich auf mich allein gestellt. "Was, wenn ich ihn nicht mag?"

"Sie haben dreißig Tage Zeit, um das Match abzulehnen und jemand anderen zugeteilt zu werden."

"Sind sie sicher, dass ich mit einem Menschen verpartnert wurde?"

"Ja. Warum fragen Sie?" Ihre Brauen zogen sich mit mehr als bloßer Neugierde nach oben und ich fragte mich, wie viel genau sie über die perversen Fantasien wusste, die sie mir ins Hirn gesetzt hatte, als ich auf dem Teststuhl lag.

Ich dachte zurück an den Traum. Zwei Männer berührten mich, ließen mich vor Lust und Verlangen regelrecht dahinschmelzen. Zuvor hatte ich diese

Möglichkeit zwar nie in Betracht gezogen, aber ich konnte mich anpassen. Ein Mann reichte mir vollkommen. Ich würde bestens zurechtkommen. Mein perfektes Match. Ein Erdling. Wenigstens würde er keine Tentakel oder sonst eine Abartigkeit haben. Hervorquellende Insektenaugen. Eine gespaltene Zunge. Schuppen. Klauen. Igitt. Ich erschauderte. "Kann er zur zurück zur Erde gesendet werden, wenn sein Dienst vorüber ist?"

"Nein."

"Warum nicht?" fragte ich wie aus der Pistole geschossen.

"Weil verpartnerte Männer nicht auf der Erde leben. Sobald er das Match akzeptiert, darf er nicht mehr zur Erde zurückkehren, dieselbe Regel gilt für Sie."

"Dann werden wir den Rest unseres Lebens auf einem Raumschiff verbringen?"

Die Aufseherin seufzte.

"Frau Kommandantin, setzen sie sich bitte."

Sie sprach mich mit meinem Dienstrang an und das beruhigte mich. Sie behandelte mich wie jemand aus dem Weltall und nicht wie eine gewöhnliche Erdenfrau. Also kam ich ihrer Bitte nach.

"Es sind noch nicht alle Fragen geklärt worden, genau wie zu Ihrer Zeit in der Flotte nicht alles klar ist. Aber *Eines* kann ich Ihnen sagen, der Test ist zu neunundneunzig Prozent zuverlässig. Ich kann Ihnen mit Sicherheit bestätigen, dass Sie mit ihrem Partner zufrieden sein werden."

Ich dachte daran, wie *zufrieden* die Männer aus dem Traum mich gemacht hatten. Einen Moment lang dachte ich darüber nach, dann an eine Einzelheit, die sie eben erwähnt hatte. "Sie sind sich nur deswegen so sicher, dass das Ganze funktioniert, weil Sie selber im Weltraum waren."

Sie nickte.

"Und trotzdem sind Sie wieder hier."

"Ich wurde mit zwei Prillonischen Kriegern verpartnert. Sie sind im Kampf gestorben. Ich habe mich entschieden, weiterhin eine Bürgerin von Prillon Prime zu bleiben und diene der Koalition als Aufseherin, hier auf der Erde. Irgendwann, wenn ich bereit bin, werde ich neu verpartnert werden."

Ich konnte sie verstehen. Ich sah den Kummer in ihren Augen, die Trauer über den Verlust nicht nur eines Partners, sondern zweier. Fühlte sie sich besser, wenn sie andere Bräute testete, oder verstärkte das nur den Schmerz?

Sie ließ mir keine Gelegenheit, um nachzufragen, denn sie stand auf und der Stuhl quietschte über den Boden.

"Für die Akten, nennen sie mir Ihren Namen."

"Chloe Phan."

"Sind Sie gegenwärtig verheiratet?"

"Nein."

"Haben Sie biologische

Nachkommen? Oder adoptierte Kinder?"

"Nein."

"Über das Testprotokoll wurde Ihnen ein Partner zugeteilt und Sie werden vom Planeten transportiert und können nie mehr zurückkehren. Ist das korrekt?"

Nie mehr zur Erde zurückkehren. Genau, was ich wollte. "Sie meinen, ich werde die Erde verlassen und zum Schlachtschiff Karter geschickt?"

"Ja, Chloe. Genau das meine ich damit."

Ich blickte über ihre Schulter hinweg an die Wand. Ich wollte weg hier. Ich wollte mich wieder heimisch fühlen. Dorthin, wo ich hingehörte und ein Schlachtschiff fühlte sich eher wie ein Zuhause an. Vielleicht lag der Test ja richtig.

Zum Teufel. Ich würde es schon bald herausfinden.

"Ich willige ein."

Aufseherin Egara schaute auf ihr

Tablet, wischte mit den Fingern. "Gut. Legen Sie die Hände wieder auf die Armlehnen. Ja, danke sehr. Stören Sie sich nicht an den Fesseln, die sind notwendig, damit sie für den Transport vorbereitet werden können."

Vorbereitet? Transport? Nie zuvor war ich auf einem Stuhl transportiert worden. Und nie hatte ich dabei einen Krankenhauskittel angehabt. Ich probierte die Fesseln aus, aber es war eher eine pragmatische Geste als Panik —wie beim Klarmachen fürs Gefecht.

Wieder wischte sie über den Bildschirm und zu meinem Entsetzen schob sich der Stuhl in Richtung Wand, wo sich ein großes Loch auftat. Der Untersuchungsstuhl bewegte sich wie auf Schienen direkt auf den neuen Raum hinter der Wand zu. Der Raum war winzig und wurde von hellblauen Lichtern erleuchtet. Dann stoppte der Stuhl abrupt und ein Roboterarm mit einer langen Nadelspitze kam lautlos an meinen Hals herangefahren und hielt an, als eines der Lichter rot aufleuchtete.

"Was?" Die Aufseherin blickte verwundert auf ihr Tablet, also ersparte ich ihr eine weitere Verzögerung und erklärte ihr so viel ich konnte.

"Ich brauche keine NPU. Ich habe schon eine—mehr oder weniger." Das Ding, das man mir damals in den Kopf gepflanzt hatte, war keine normale NPU, aber das durfte ich ihr auch nicht sagen.

Ihre grauen Augen blickten zu mir herüber, ihr Blick versprühte Neugierde und Scharfsinn zugleich. "Und warum sehe ich dann nichts davon auf meinen Scannern?"

Ich zuckte die Achseln. "Das weiß ich wirklich nicht."

"Natürlich nicht." Sie wirkte irritiert und ich grinste nur, um die Situation zu entspannen. Meine NPU übersetzte alle Sprachen der Koalitionsflotte, genau wie die anderen auch, war aber ... mehr als nur ein Dolmetscher. Doktor Helion, der Spezialist für Hirnimplantate beim

Geheimdienst hatte mir gesagt, dass diese experimentelle neurale Prozessionseinheit mit einem speziellen Material überzogen war, damit die Integrationseinheiten der Hive im Falle der Gefangennahme sie nicht aufspüren konnten.

Was Gott sei Dank nie eingetreten war.

"Na schön, Miss Phan. Viel Glück da draußen."

Ein wohliges Gefühl der Müdigkeit ließ meinen Körper erschlaffen, als ich in die warme, blaue Flüssigkeit getaucht wurde. Es war so schön warm ...

"Entpannen Sie sich, Chloe." Ihr Finger presste auf das Display und ihre Stimme hallte zu mir herüber, als wäre sie weit, weit weg. "Ihre Abfertigung beginnt in drei ... zwei ... eins ..."

4

Dorian, Schlachtschiff Karter, Transportraum

Als ich diesen Morgen aufwachte, war ich davon ausgegangen womöglich im Kampf gegen die Hive zu sterben und nicht, eine Partnerin in Empfang zu nehmen. Heilige Scheiße.

Und doch, als das vertraute elektrische Wummern der Transportanlage ihre Ankunft ankündigte, standen mir alle Haare zu Berge. *Ihre Ankunft.* Ich blickte kurz zu

Seth, der, obwohl er vollkommen entspannt wirkte, fast am Durchdrehen war. Seine Hände waren zu Fäusten geballt. Nicht, um irgendjemanden die Fresse zu polieren, vielleicht aber als einziges äußeres Anzeichen seiner Furcht, seiner Angst und Sorge darüber, eine Partnerin willkommen zu heißen und was es für sie bedeuten würde, sollte er im Kampf das Leben verlieren.

Nachdem er mir erklärt hatte, warum er dieses *verfluchte Weihnachtsgeschenk* seiner Schwester Sarah gar nicht haben wollte—genau das waren seine Worte—, erschien seine Aufgebrachtheit sehr viel nachvollziehbarer. Er war, verständlicherweise, vollkommen paranoid, was aber mit unseren Verpflichtungen in diesem Krieg zu tun hatte. Für Seth waren diese Befürchtungen umso schwerwiegender, nachdem er von den Hive gefangen und gefoltert worden war.

Ich war nicht dabei gewesen, als er

gekidnappt wurde, wusste aber sehr wohl, was für ein Schweineglück er hatte, dass er nicht getötet oder, schlimmer noch, *integriert* worden war.

Er war unversehrt geblieben, hatte Glück gehabt. War ohne irgendwelche Cyborg-Implantate davongekommen. Aber er sah es nicht so.

Für ihn war es ein Vorgeschmack auf das Unvermeidbare. Er wollte keine Partnerin haben, weil er sie oder ihre gemeinsamen Kinder nicht allein und wehrlos zurücklassen wollte. Seine Ansichten glichen denen eines Prillonischen Kriegers, obwohl Seth von der Erde stammte. Was die Verpartnerung eines Kriegers anbelangte, so teilte er aber die eigenartigen Moralvorstellungen seines Heimatplaneten. Ein Mann für eine Frau. Auf Prillon gab es immer zwei Krieger für eine interstellare Braut. Zwei Männer, um sie zu beschützen, zu verehren, zu lieben und ihre Partnerin in den siebten Himmel zu ficken.

Ich rührte mich und der bloße Gedanke daran, diese Frau für mich zu beanspruchen, ließ meinen Schwanz hart werden. Mir und Seth würde sie gehören. Eine Frau, um sie miteinander zu teilen.

Und als ich diesen Morgen aufwachte, hatte ich definitiv nicht gedacht, mit meinem besten Kumpel zusammen heute eine Frau ins Bett zu bekommen. Wir würden ihr das Hirn rausvögeln und ihr derartiges Vergnügen bereiten, dass sie sich nicht mehr daran erinnern würde, von welchem Planeten sie kam.

Zu kühn? Götter, und wie. Mein ganzes Leben lang hatte ich auf meine Partnerin gewartet, nach dem Tod meines Cousins hatte ich die Hoffnung schon aufgegeben. Ich war nicht getestet worden, hatte im Grunde gar kein Anrecht.

Seth allerdings war durch die Hölle gegangen. Er hatte eine Partnerin verdient. Er *brauchte* sie.

"Transport." Die Worte des Technikers unterbrachen meinen Gedankenflug.

Seth verkrampfte sich sichtlich.

Das Knistern und Summen des Transportvorgangs wurde eindringlicher und verstummte, als eine weibliche Gestalt auf der Transportfläche materialisiert wurde. Sie sah aus wie eine ohnmächtige Flüchtige aus einer Krankenstation, ihr kleiner Körper war in ein familiäres Gewand gehüllt, aber die Worte, mit denen der Stoff bedruckt war, waren fremdartig. Englisch. Seth sprach ebenfalls Englisch und während ich die Sprache perfekt verstehen konnte, wann immer er mit mir redete, funktionierte die NPU ohne vorherige Praxis nicht bei der geschrieben Sprache.

War sie verletzt? Oder vor dem Transport krank gewesen? Seth eilte an ihre Seite und fiel vor ihr auf die Knie.

"Ruft die Sanitäter!" brüllte er, ohne

darauf zu achten, ob seiner Anweisung Folge geleistet wurde.

Aber ich achtete darauf. Mit zusammengekniffenen Augen beobachtete ich die beiden Techniker und stellte sicher, dass umgehend ein Arzt zur Stelle sein würde. Diese Frau war meine Partnerin und was sie betraf, so würde ich keine Risiken eingehen, auch keine Verzögerung dulden, sollte jemand halbherzig seinen Job machen. Ich hatte noch nicht einmal ihr Gesicht gesehen. Nur bemerkt, dass sie winzig war, im Vergleich zu mir. Der dünne Kittel bedeckte ihren Torso und reichte ihr bis zu den Knien, aber der Schlitz—am Rücken entlang—entblößte ihren schlanken Oberschenkel. Ihre Haut war dunkler als Seths, jedoch heller als mein goldener Teint. Ihr Haar war schwarz wie endloser Weltraum und als Seth sie in die Arme schaufelte, fiel es in einer seidigen Welle über ihren Rücken und über Seths Brust.

Er strich ihr das Haar aus dem

Gesicht, während er jeden Zentimeter an ihr begutachtete. "Sie atmet."

Mir war nicht bewusst, wie angespannt ich war, bis meinen Lungen ein aufgestauter Atemzug entwich. Erleichtert ließ ich die Schultern hängen. Wenn sie atmete, dann hatte sie auch einen Puls. Sie war nicht tot. Als sie ein zartes Wimmern verlauten ließ, zog Seth sie noch enger an sich heran.

Ich knickte ein und berührte sie, behutsam umfasste ich ihr Sprunggelenk, ich spürte die Wärme ihrer Haut, wie zart sie war. Ich spürte den Pulsschlag in der Vertiefung zwischen ihren schmalen Knochen.

Ich blickte zu Seth und sah etwas, was ich nie zuvor an ihm gesehen hatte.

Ehrfurcht.

Staunen.

Eifersucht.

All das konnte ich ausmachen, denn ich fühlte genau dasselbe. Jedes einzelne dieser Gefühle. Aber als Prillone war ich auch stolz darauf, dass Seth unsere

Partnerin in den Armen hielt, dass er sie mit seinem Leben beschützen würde, wie ich mein Leben für sie geben würde.

"Wo zum Teufel bleibt der Doktor?" fragte ich.

Der Techniker wurde ganz bleich und schluckte schwer, als er meine Frage hörte.

"Sir, sie ist unterwegs."

"Sie wacht auf," sprach Seth, in seiner Stimme lag ein Hauch von Hoffnung und ... Verwunderung.

Ich sprang an ihre Seite und rutschte ebenfalls auf meine Knie, damit sie zwischen uns lag, auch wenn sie weiterhin auf Seths Schoß ruhte.

Blinzelnd öffnete sie die Augen und ich spürte einen Ruck in der Magengegend. Es war wie ein Betäubungsschuss aus einer Ionenkanone. Ihre Augen waren groß und grün. Ich hatte nur wenige Leute mit dieser Augenfarbe gesehen und diese waren definitiv alle von der Erde. Mit ihrem schwarzen Haar und ihrer getönten Hautfarbe aber leuchteten ihre Augen beinahe.

Ich beobachtete ihre schlanke Kehle, als sie schluckte und wie ihre rosa Zunge hervorhuschte und ihre dralle Unterlippe befeuchtete. Auf einmal war sie wach, zu meiner Überraschung—und Seths. Sie setzte sich auf, ihr Scheitel stieß gegen Seths Kinn und klappte ihm den Kiefer zu, sodass er nach hinten fiel und auf dem harten Boden landete.

"Langsam," beschwichtigte Seth und strich ihr über den Arm.

"Alles bestens," sprach sie, ihre Stimme klang bestimmt, aber lieblich. Alles an ihr war lieblich, fein. Sanft. Sie wirkte … verletzlich.

Wie zum Teufel sollte ich sie nur ficken, ohne ihr dabei eine Rippe zu brechen oder die Zähne zu ramponieren? Ich war alles andere als klein oder zaghaft. Vorsichtig richtete ich sie auf und setzte sie etwas ungeschickt auf meine Oberschenkel, da ich weiter auf den Knien hockte. Ich wollte sie nicht auf dem kalten Boden sitzen lassen. Sie sollte es bequem haben. Das verdiente sie.

Wieso? Weil sie meine Partnerin war. Kein weiterer Grund war nötig.

"Sicher, alles bestens, lass dir aber einen Moment Zeit," sprach ich. "Du hast einen weiten Weg hinter dir."

Daraufhin hielt sie inne, dann drehte sie sich zu Seth um.

Ich hatte zwar nicht die Tür gehört, aber ich hörte deutlich die hastigen Schritte, bevor ich den Unterkörper der Ärztin sehen konnte, als sie sich neben uns hockte.

"Sie sehen gut aus," merkte sie zu unserer Partnerin an.

Ich hatte die Ärztin zuvor schon getroffen. Eine sachkundige Atlanin.

Unsere Partnerin befreite sich aus meinem Griff, sie stützte sich auf meinen Arm und stand auf. Mit einer Hand fasste sie sich an den Rücken, um die Lücke ihres eigenartigen Umhangs zu schließen. Seth stand hastig auf und stellte sich hinter sie.

Gut. So bekamen die Techniker nicht ihre nackte Haut zu sehen. Auf keinen Fall. Wenn Seth sich nicht ihrer Blöße angenommen hätte, dann hätte ich es getan. Stattdessen aber blieb ich unten, was unseren Größenunterschied nur umso eindringlicher machte. Seth war ein Mensch, überragte sie aber um gut einen Fuß. Ich würde noch weitere fünfzehn Zentimeter draufsetzen und ich wollte sie nicht verschrecken.

Sie durfte keine Angst vor mir bekommen. *Niemals.*

"Alles bestens," wiederholte sie. "Bis auf den Kopfschmerz."

"Hmm," summte die Ärztin und musterte sie mit professionellem Blick von Kopf bis Fuß. "Dann fangen wir mal von vorne an. Wie lautet ihr Name?"

"Chloe Phan."

Chloe.

"Woher kommen Sie?"

"Von der Erde. Texas." Chloe seufzte.

"Sehen Sie, ich brauche nur einen ReGen-Stift für den Kopfschmerz und alles ist wieder in Ordnung. Nach dem Transport bekomme ich immer einen."

Die Ärztin legte verwundert den Kopf zur Seite, sparte sich aber jeden Kommentar. Seth allerdings nicht.

"Du bekommst nach dem Transport immer einen? Wie oft hast du das schon gemacht?" Er packte ihren Kittel und knüllte die Enden in seiner Faust zusammen, als er sich vorbeugte und ihr in die Augen blickte.

Sie rüttelte ihre Schultern, um sich aus seinem Griff zu befreien, fasste aber nach hinten, um ihr schmuckloses Gewand selbst zusammenzuhalten. Ich wollte sie in etwas sehen, das nicht wie ein schlaffer Kartoffelsack aussah. Verdammt, ich wollte sie gänzlich unbekleidet haben—aber erst, wenn wir zurück in Seths Quartier sein würden. Einem Quartier für *frisch Verpartnerte*.

Einen Moment lang wirkte Chloe nachdenklich. "Zu oft, um mitzuzählen."

Die Ärztin stocherte auf ihrem Tablet herum, blickte auf den Bildschirm. "Können Sie mir "Phan" bitte buchstabieren?"

Chloe tat, wie sie wünschte.

Die Ärztin erstarrte.

"Ist sie krank?" wollte ich wissen, als die Ärztin wie angewurzelt dastand und auf den Bildschirm starrte. Mein Herz setzte einen Schlag aus, genau wie meine Atmung, während ich auf ihre Antwort wartete.

Anstatt zu antworten, nahm sie ihren ReGen-Stift vom Gürtel und überreichte ihn unserer Partnerin.

Chloe fuchtelte nicht unbeholfen damit herum, sondern betätigte ihn zielgerichtet und das blaue Licht leuchtete auf, als sie mit dem Stab über ihrem Kopf hin und her wedelte. Sie schloss die Augen und ließ den Stift seine Arbeit tun.

"Stopp. Was zum Teufel ist hier los?" fragte Seth und verschränkte die Arme vor der Brust. "Warst du schon mal im Weltraum?"

"Ja."

"Als Braut?"

Sie schüttelte den Kopf, hielt ihre Augen aber geschlossen. "Nein. Nicht als Braut. Ist das wichtig?"

"Nein." Seth und ich antworteten im Gleichtakt und ihr Mund verzog sich zu einem zaghaften Lächeln. Die dünnen Sorgenfältchen um ihre Augen und Lippen entspannten sich und sie erschien, wenn das überhaupt möglich war, sogar noch schöner als zuvor, während sie sich der heilenden Wärme des ReGen-Stifts hingab. Ich kannte dieses Gefühl nur zu gut, wenn der Schmerz sich einfach in Luft auflöste. Ihre Stimme klang jetzt weicher, als ob sie halb eingeschlummert war und mein Schwanz richtete sich in freudiger Erwartung auf, bis ich ihre nächsten Worte registrierte.

"Ich war eine Koalitionskämpferin."

"Ich würde sagen," die Ärztin erhob

sich grummelnd aus ihrer Hockstellung, "... ich bin hier überflüssig. Denken Sie daran, Chloe, Sie sind nicht im Dienste der Koalition hier, sondern als Braut. Ihre Partner werden sich hervorragend um Sie kümmern."

Sie machte auf dem Absatz kehrt und entfernte sich. Wovon zum Teufel redete die Ärztin da?

"Halt." Chloe riss die Augen auf und ließ die Hand mit dem ReGen-Stift in ihren Schoß fallen. "Partner?"

Daraufhin musste Seth grinsen. "Du bist mit mir verpartnert worden. Mein Name ist Seth Mills." Mit dem Kinn deutete er in meine Richtung. "Und Dorian ist mein Zweiter."

Sie runzelte die Stirn, zwischen ihren zarten Augenbrauen formte sich ein kleines V. "Du bist von der Erde. Amerikaner, Kanadier?"

"Amerikaner. Durch und durch, Liebling." Seth grinste über beide Ohren.

Ihre grünen Augen wanderten von

Seth zu mir. "Ja, aber Erdenmänner teilen sich normalerweise keine Frauen. Es sei denn, sie stehen auf Dreier."

Als Seth lachen musste, blickte sie wieder zu ihm. "Nur mit Dorian." Er trat näher und strich ihr Haar zur Seite. "Ich werde dich ausschließlich mit ihm teilen. Solltest du uns aber nicht zu zweit haben wollen, musst du es nur sagen, Liebling."

Mein Herz setzte aus, als Seth ihr ein Schlupfloch anbot, vor ihm. Vor mir. Ich war erst ein paar Minuten lang in ihrer Nähe, aber ich wollte sie schon jetzt für mich behalten. Sie ficken. Sie beschützen und für mich beanspruchen. Sie war ein Traum, die wahr gewordene Fantasie eines Kriegers, voller Kurven und seidiger Schönheit. Ihre Augen sprangen von Seth zu mir und ihre Atmung beschleunigte sich, ihr Puls hämmerte an ihrem Hals.

Ich starrte sie an, ohne irgendetwas zu verbergen, weder meine Lust noch die Art, wie ich ihre Schönheit bewunderte. Sie sollte genau wissen, was ich ihr zu bieten hatte. Was wir von ihr erwarten würden. Selbstaufgabe. Unterwerfung. Ihr Herz. Ich würde mich nicht mit weniger begnügen und ich wusste, dass Seth genauso unnachgiebig sein würde wie ich, wenn es darum ging, unsere Partnerin auf jede erdenkliche Art zu erobern. Mit Leib und Seele.

Ich erkannte den Augenblick, als sie ihre Entscheidung traf, die Sehnsucht in ihren Augen, nur Momente, bevor ihre Wangen dunkelrosa anliefen. "Bist du dir darüber sicher?" Die Frage galt mir, aber wie wandte sich wieder Seth zu. "Er ist Prillone. Du bist ein Mensch. Wenn wir das hier durchziehen, dann kannst du es dir hinterher nicht anders überlegen und sauer werden, wenn ich ihn ins Bett kriegen will. Oder falls ich mich auch in ihn verliebe. Oder falls ich ein Prillonisches statt ein menschliches Baby bekomme." Sie zählte diese Möglichkeiten auf, als handelte es sich um unausweichliche Tatsachen. Dass sie mich lieben würde. Mich wollen würde. Mein Kind in sich tragen würde.

Meine Instinkte erwachten zum Leben und ich wollte an sie herantreten, sie packen und an Ort und Stelle durchficken. Ich wollte Seth sagen, er solle sie entweder für sich beanspruchen oder den Weg frei machen. Aber ich wusste, dass sie ihm ganz zurecht diese Fragen stellte. Es würde nämlich kein Zurück mehr geben, für keinen von uns. Sobald sie mir gehören würde, konnte Seth es sich nicht einfach anders überlegen. Er würde mich töten müssen, um mich von unserer Frau loszureißen und ohne Zweifel würde sie das vernichten.

Mein Kumpel wendete sich von ihr ab und blickte mich an. Wir verstanden uns ohne Worte. Dieser Moment war nicht anders, als unsere zahlreichen Kämpfe Seite an Seite. Außer, dass es diesmal nicht ums Überleben ging, oder darum den Feind zu vernichten, sondern um *sie*.

Seth drehte sich wieder zu ihr und strich seinen Daumen über ihre Unterlippe. "Ich bin absolut sicher, Chloe. Dorian ist ein unerbittlicher, gnadenloser Krieger. Es ehrt mich, dass er sich als dein zweiter Mann zur Verfügung stellt. Ich verspreche, dass ich dir alles geben werde. Aber wir können nicht aufhören, für den Schutz unserer Leute zu kämpfen. Auf diese Weise wirst auch du verehrt und beschützt werden, sollte einer von uns ..."

Er brachte den Satz nicht zu Ende, aber das war auch nicht nötig. Chloe ergriff seine Hand und presste sie an ihre Wange. "Ich weiß. Ich kenne das Risiko." Sie ließ den ReGen-Stift los und ihre freie Hand bewegte sich langsam, beinahe unmerklich an ihre Flanke. Ich sah, wie ihre Fingerspitzen zitterten, als sie sich über ihren Kittel fuhr, als ob sie dort Schmerzen verspürte.

Chloes grüne Augen blickten geheimnisvoll, als sie sich schließlich mir zuwandte. "Ich nehme an, du willst das hier genauso? Mich mit einem schwächlichen Erdenmann teilen, statt mit einem starken Prillonischen Krieger?"

"Ja," bekräftigte ich und musste sie einfach angrinsen. *Schwächlich?* "Ich habe mich mit den physischen Attributen deines Primärpartners abgefunden." Dann konnte ich mir das Lachen nicht länger verkneifen. Seit Monaten hatte ich nicht mehr so gelacht, zumindest nicht seit dem Tod meines Cousins.

Seth brummte, dann beugte er sich vor, um ihr etwas ins Ohr zu flüstern. "Diesen Schwächlings-Kommentar wirst du mir später büßen, und zwar nackt."

Zu meinem Erstaunen warf Chloe den Kopf in den Nacken und lachte. "Na dann leg mal los, Captain."

Die Stimmung war sofort wie ausgewechselt und sie begann, an Seths Daumen herumzuknabbern, als der widersprechen wollte. Meine Sorge über ihr merkwürdiges Verhalten war verflogen. Nein, sie war nicht verletzt worden. Sie war frech wie sonstwas und ich konnte es kaum erwarten, diese Leidenschaft zu reiten und meinen Schwanz in diesem Inferno zu vergraben, das hinter ihren grünen Augen loderte.

"Du gehörst definitiv zu Seth." Aber ja, selbst nach dieser kurzen Zeit konnte ich schon sagen, dass sie einen Tick vorlaut und definitiv gebieterisch war. Verdammt, wenn sie wirklich eine Koalitionskämpferin war, dann war das auch besser für sie. Und Seth konnte die Augen nicht mehr von ihr lassen. Angeblich wollte er keine Kriegerin, aber Chloe hatte ihn in dieser Hinsicht bereits als Lügner entlarvt. Er wollte sie. Genau wie ich. "Aber mir gehörst du auch."

Chloe atmete tief durch, ihr Verstand war am Arbeiten und diese unverzügliche Wandlung in ihrer Stimmung war faszinierend mit anzusehen. Sie blickte zu Seth. "Die

Aufseherin sagte du bis in einer ReCon?"

"Captain von ReCon 3, dir zu Diensten." Seth grinste und griff nach dem ReGen-Stift in ihrem Schoß. Er stellte ihn wieder an und wedelte ihn über ihren Kopf. "Alles gut?" fragte er.

Sie nickte, schürzte aber die Lippen, als ob ihr sein besorgtes Getue missfallen würde. Sie ignorierte ihn und blickte zu mir. "Und du, Dorian? Was machst du hier draußen?"

Mein Name auf ihren Lippen war wie ein Elektroschock. Ich wollte ihn noch einmal hören. Und noch einmal. "Ich bin Pilot, werte Dame."

"Oh." Gut, vom Klang dieses einzigen Lautes nach zu urteilen wusste sie genau, was das für uns beide bedeutete. Die Implikationen. Die Gefahren.

"Kein Wunder, dass ihr so besorgt seid," entgegnete sie. "Adrenalinjunkies?"

Ich wusste nicht genau, was dieser Ausdruck zu bedeuten hatte, aber Seths

Schultern verspannten sich und ich wartete ab, bis er auf ihre komische Frage antwortete. "Keine Ahnung, Chloe. Fest steht aber, dass ich nicht einfach von diesem Kampf davonrennen kann. Und Dorian ebenso wenig."

Sie nickte. "Ich verstehe. Glaubt mir, ich kann das nachvollziehen."

"Dann weißt du, warum ich Dorian zu meinem Sekundanten ernannt habe? Warum es so besser ist?"

Ich türmte mich zu meiner vollen Größe auf und sah zu, wie Chloe den Kopf in den Nacken legte, um weiter Blickkontakt zu halten. "Ja," bekräftigte sie und leckte sich erneut die Lippen.

"Wenn du schon mal hier draußen warst, dann weißt du, wie es läuft." Ich mochte zwar Seths zweiter Mann sein, aber das würde nicht bedeuten, dass ich meine Prillonischen Bräuche einfach aufgeben würde. Ich blickte kurz zum Transporttechniker rüber, der wie gebannt unsere Unterhaltung beobachtete. Bräute trudelten nicht allzu oft ein. Hier anwesend zu sein, war auch für ihn etwas Besonderes und er benahm sich dementsprechend. "Haben sie, wonach ich gebeten habe?"

Er blickte auf und kam um sein Steuerpult herumgelaufen. "Ja, Captain."

Er reichte mir meine Halsbänder, jene schwarzen Bänder, die bei keiner Prillonischen Verpartnerung fehlen durften. Sie waren mir bestens vertraut. Ich hatte sie seit meiner Teenagerzeit besessen und auf genau diesen Moment gewartet, um sie meiner Partnerin zeigen zu können. Ich war hier der Zweitpartner und normalerweise übernahm der Primärpartner diese Pflicht, aber Seth hatte keine Halsbänder. Er war kein Prillone. Chloe war zwar ihm zugesprochen worden, aber sie gehörte genauso zu mir wie zu Seth.

Ich würde nicht auf die tiefe emotionale Bindung verzichten, die andere Paare über ihre Halsbänder miteinander teilten. Ich hatte ewig auf sie gewartet. Auf diesen Moment. Wenn Seth etwas dagegen hatte, dann konnte er die magische Verbindung einfach ablehnen. Chloe aber? Sie gehörte mir. Ich musste fühlen, was sie fühlte und wissen, wann sie glücklich oder ängstlich oder erregt war. Sie würde mein Halsband tragen.

Ich dankte dem Techniker und wandte mich wieder Chloe und Seth zu.

"Ein Prillonisches Paarungshalsband," säuselte sie und starrte mich an.

"Es wäre meine Ehre, mein Privileg, dasselbe Halsband zu tragen wie du. Mein Halsband wird allen verkünden, dass du unter meinem Schutz stehst. Dass du meine Partnerin bist, und dass ich dir gehöre. Ich bin ziemlich besitzergreifend, Chloe. Ich muss mein Zeichen an deinem Körper sehen, muss die Gewissheit haben, dass niemand es wagen wird dich anzurühren. Wirst du mir die Ehre erteilen und mein Halsband umlegen?"

"Was ist mit dir?" wollte sie von Seth wissen.

Er blickte zu mir herüber. Er wusste, was es mit den Halsbändern auf sich hatte, was für ein Zeichen er aussenden würde, sollte er es anlegte. Was ein Halsband um meinen Hals bedeuten würde. Um ihren. Er wusste auch um die Verbindung, die wir dann miteinander teilen würden. "Dorian?"

Ich reichte ihm eines der Halsbänder und Seth entnahm es meiner Hand, während ich weiter ausführte. "Es ist deine Entscheidung. Aber ich werde nicht nachgeben. Sie gehört mir genauso, wie sie dir gehört."

Seth nickte. "Ich kann dir ja nicht den ganzen Spaß alleine überlassen."

Chloe lächelte, als Seth aber eine ernste Miene aufsetzte, verflog ihr Lächeln wie eine welke Blume im Wüstensand. "Ich werde dein Halsband tragen, Chloe. Von nun an gehöre ich dir. Du und ich, wir Menschen, haben keine eigenen Bräuche hier draußen. Es gibt keine Kirchen oder Priester, niemand der uns verheiraten könnte. Aber eines sollst du wissen, Liebling, wenn ich dich das erste Mal nehme, wird es kein Zurück geben. Du wirst mir gehören."

Sie konnte es nicht fassen. "Ich habe dreißig Tage, um mich zu entscheiden, du Maulheld," konterte sie.

Seth zuckte kaum merklich mit den Achseln. "Nach dem Koalitionsrecht, ja. Aber das bedeutet nicht, dass du nicht mir gehören wirst."

Sie runzelte die Stirn, seine großkotzige Art schien ihr nicht zu gefallen.

"Das Halsband ist schwarz. Sobald Seth und ich dich in Prillonischer Tradition beanspruchen werden, wird es golden anlaufen, entsprechend der Farbe meiner Familie."

Sie trat zurück. "Ich weiß Bescheid über die Prillonischen Verpartnerungszeremonien und ich werde mit euch Jungs nicht in der Öffentlichkeit ficken. Auf keinen Fall."

Sie verschränkte die Arme vor der Brust und ich bekam mit, wie die leichten Hügel ihrer Brüste unter dem dünnen Material ihres Krankenhauskittels anschwollen.

Seth blickte mich nicht einmal an. "Ich werde dich mit Dorian teilen, Liebling. Niemanden sonst. Was den Prillonischen Paarungsbrauch anbelangt, so wird Dorian sich mit seinen Halsbändern begnügen. Den Rest kann er vergessen. Keine öffentlichen Orgien für dich. Niemals."

Ihre Schultern sackten erleichtert nach unten.

Meine eigene Reaktion überraschte mich. Mein ganzes Leben war mir klar gewesen, dass ich meine Partnerin zusammen mit einem Anderen ficken würde, sie öffentlich beanspruchen würde. Für mich war das in Ordnung so. Bis jetzt.

Chloe stand mit gekreuzten Armen da, die Hinterseite ihres Umhangs war offen und enthüllte ihre Kurven und am liebsten wollte ich sie über meine Schulter werfen und in unser Privatquartier tragen. Als wir von unserem letzten Einsatz zurückgekommen waren, hatten wir ein neues Quartier angefordert und in weniger als einer Stunde alle unsere Habseligkeiten dorthin verfrachtet.

Wir waren Krieger. Das Einzige, was uns wirklich gehörte und wirklich wichtig war stand jetzt vor uns. Chloe. Sie gehörte uns und ich musste mich mit ganzer Kraft zusammenreißen, um nicht jetzt gleich auf sie zuzustürzen und jeden Zentimeter ihres Körpers mit Mund und Zunge zu erkunden. Mein Verlangen wurde immer stärker, heftiger. Unerwartet schwer zu kontrollieren.

Allerdings hatte ich auch nicht erwartet, dass unsere Partnerin so verdammt hübsch sein würde. So frech. So zart und makellos.

Der Transporttechniker schaute dem Spektakel unverblümt zu und sein einschlägiges Interesse für unsere Braut war jetzt nicht länger schmeichelhaft, sondern einfach nur nervig. Er beäugte, was uns gehörte. *Wollte*, was unser war.

Nein. Ich würde sie nicht öffentlich nehmen. Diese zarte Erdenfrau gehörte uns und uns allein. Ihr Verlangen, ihre Haut, ihre Unterwerfung? Nur für uns.

"Kein öffentliches Ficken," bestätigte ich schließlich.

Ich legte mein Halsband an meinen Nacken, schloss die Enden zusammen und spürte, wie es sich versiegelte und das Material sich passgenau meinem Hals anschmiegte. Ein leichtes Rauschen fuhr durch meinen Körper, als ob sich ein Kommunikationskanal auftat, aber die andere Seite der Leitung war tot.

Chloe blickte zu mir, dann zu Seth, dann wieder zurück und musterte mein neues Halsband. Eine Minute verstrich, dann streckte sie mir die Hand aus, ich aber trat näher an sie heran.

"Gestatten sie, Lady Mills." Zum ersten Mal sprach ich sie mit ihrem neuen, offiziellen Titel an und konnte regelrecht spüren, wie Seth neben mir erschauderte, als ihm die Endgültigkeit dieser Worte klar wurde. Lady Mills. Vergeben. Mit einem Halsband versehen. Unsere Partnerin.

Ich legte ihr das Band um den Hals. Seth kam um sie herumgelaufen und hob ihre üppige Haarpracht an, damit ich es um ihren schlanken Nacken fassen konnte. Meine Hände streiften ihre zarte Haut. Sie war so warm, so geschmeidig. Das Halsband versiegelte sich und ich ließ von ihr ab, um mitanzusehen, wie das Halsband sich an ihren Nacken anpasste.

Mein Schwanz fing umgehend an zu pochen und als ich über mein eigenes Halsband ihre Emotionen zum ersten Mal spürte, musste ich aufstöhnen.

Seth blickte zu mir und ich bemerkte, wie Chloe überrascht die Augen aufriss. "Spürst du mich, Liebling?" erkundige ich mich.

Sie nickte und ich geriet ins Torkeln, als ihr Verlangen wie eine glühende

Klinge durch mich fuhr. Schön, sie wollte uns also. Sie wollte uns fast so verzweifelt, wie ich sie wollte.

Seth verpasste ihrem Nacken einen züchtigen Kuss und ihre flatterige Antwort darauf rauschte wie ein Dutzend rasanter Flügelschläge durch mich hindurch. Seth ließ ihr Haar wieder fallen und trat zurück, um sich das verbleibende Halsband umzulegen.

Seine besitzergreifende Glut vereinte sich mit dem Strudel der Gefühle, der uns umtrieb und Chloe geriet ebenfalls ins Taumeln und leckte sich sehnsüchtig die Lippen, während ihre Augen vor Verlangen, ja vor Lust ganz glasig wurden.

"Dorian, ihr Prillonen seit wahre Genies," murmelte er, sobald er sein Halsband ebenfalls umgelegt hatte. Seine Augen waren wie Laserstrahlen auf unsere Partnerin fixiert.

Ich konnte sie beide spüren. Ihre Emotionen, ihre Bedürfnisse. Nicht nur Seths Verlangen nach Chloe—sie war sehr attraktiv—, sondern auch ihr Verlangen nach uns beiden.

"Sind wir hier fertig? Ich würde gerne aus diesem Transportraum raus kommen." Chloe begann, nervös mit den Händen herumzufuchteln, während sie uns förmlich mit den Augen verschlang und die Übermacht unseres kombinierten Verlangens nach ihr schließlich akzeptierte. Seth war zwar kein Prillone, aber seine Sehnsucht, die besitzergreifende und vereinnahmende Wucht seiner Gefühle stand meinen in nichts nach und in diesem Moment wusste ich, dass ich die richtige Entscheidung getroffen hatte, die einzig wahre Entscheidung, nämlich die, sein zweiter Mann zu werden.

Chloe. Die wunderschöne Chloe gehörte uns. Und jetzt, mit dem Halsband um ihren Nacken wusste sie genau, wie sehr wir sie wollten.

"Wir sind noch nicht fertig hier," knurrte Seth.

"Nichtmal ansatzweise," fügte ich hinzu.

Chloe schüttelte den Kopf, als ob die Gefühle, die jetzt zwischen uns herumschwirrten, sie fassungslos machten. Es war heftig. Intensiv.

Es würde kein Entrinnen mehr geben, für keinen von uns.

Ich hob sie in meine Arme, konnte dem Verlangen sie zu berühren nicht länger widerstehen. Seth hatte nichts dagegen einzuwenden, denn er spürte mein Bedürfnis sie zu erobern und führte uns einfach zu unserem Quartier. Es war Zeit, Chloe zu unserer Frau zu machen.

5

eth

Ich führte uns zu unserem neuen Privatquartier, jenem Ort, den ich mir mit dem Prillonischen Krieger und mit Chloe, unserer Partnerin, teilen würde.

Eine Partnerin. Vor wenigen Tagen noch war mir dieser Begriff ein Dorn im Herzen gewesen. Alles, was ich damit verband, war Verlust und Kummer und die Sehnsucht nach etwas, das ich nie erfahren würde. Ich war ein Mensch. Ich war in der ReCon. Mein Team witzelte gerne, dass ich sieben Leben hatte, aber ich kannte die Wahrheit, und zwar mit absoluter Sicherheit. Ich hatte nur eines.

Und jetzt gehörte es ihr.

Egal, wie peinlich genau ich meine Einsatzpläne schmiedete, egal, was ich alles unternahm, um mein Team zu beschützen, in diesem Moment schwor ich, meine Anstrengungen zu verdoppeln. Niemand würde mich ohne Widerstand Chloe entreißen. Und sollte das Undenkbare eintreffen, dann würde ich in Frieden gehen, denn dieser enorme, überfürsorgliche, herrische, klugscheißerische Krieger, der sie gerade den Gang entlang trug, würde unsere Partnerin bis zu seinem letzten Atemzug beschützen und verehren.

Das wusste ich. Dank dieser verdammten Halsbänder. Sein Verlangen und das instinktive Bedürfnis sie zu erobern hatte ihn fest im Griff und stellte meine Selbstbeherrschung auf die Probe. Die Aussicht sie zu ficken stachelte uns beide dermaßen an, dass ich mich kaum noch daran erinnern konnte, wo ich in dem cremefarbenen Gängelabyrinth abbiegen musste.

Ziviler Wohnbereich.

Dank Chloe hatten wir jetzt ein erstklassiges Quartier.

Wenige Minuten später—die mir wie Stunden vorkamen—erreichten wir die Tür. Ohne aufzuschließen, wandte ich mich Dorian und der winzigen Frau in seinen Armen zu.

Gott, sie war umwerfend. Langes, schwarzes, seidig glattes Haar. Mandelförmige Augen, deren grüne Iris einen verblüffenden Kontrast zu ihrer cremefarbenen Haut bot. Ihre Augen waren groß und sie blickte mit einer Gefühlsmischung zu mir auf, die ich ohne die Hilfe dieser genialen Halsbänder nie und nimmer hätte entziffern können. Hoffnung. Nervosität. Lust. Angst. Sehnsucht.

Ich blickte zu meinem Zweiten auf. "Lass sie runter, Dorian. Auf der Erde gibt es einen Brauch, den ich gerne weiterführen würde."

Dorian zuckte mit den Achseln und stellte Chloe vorsichtig auf ihre nackten Füße. Es war vormittags und alle Leute hier waren im Dienst. Der Gang war leer, als ich Chloe auf die Arme hob und Dorian bat, uns die Tür zu öffnen, während ich meine Braut in den Armen hielt. Sie trug zwar kein langes, wallendes Hochzeitskleid, hatte keinen Diamantring am Finger stecken, aber sie gehörte mir und ich würde sie über diese Türschwelle in unser neues gemeinsames Leben tragen.

Die Tür glitt auf und ich blickte ihr in die Augen. "Bist du bereit?"

Sie grinste und schlang die Arme um meinen Hals. Es war ein Bilderbuchmoment, Milliarden von Kilometern von der Heimat entfernt. Ohne weißen Palisadenzaun. Ohne Hunde oder Blumenbouquet oder den anderen Dingen, die man auf der Erde mit diesem Augenblick in Verbindung brachte. Nur ich. Und sie.

Und ein Alien, der uns anblickte, als wären wir beide übergeschnappt. "Das ist ein eigenartiger Brauch von der Erde?" fragte Dorian.

"Ja." Erwiderten wir im Chor.

"Der Mann trägt die Frau über die Schwelle, wenn sie zu ersten Mal ihr neues Zuhause betritt," klärte ich ihn auf.

"Warum?"

Chloe blickte lächelnd zu ihm auf. "Keine Ahnung, aber so ist es."

Dorian schaute uns einen Augenblick lang an, dann nickte er, als ob er eine schwerwiegende Entscheidung traf. "Dann werde ich mich diesem Brauch anschließen."

Bevor ich reagieren konnte, ging er hinter uns und hob uns alle beide hoch. Chloe quietschte und krallte sich an mir fest, als ginge es um Leben und Tod. Dorian mühte sich mit uns durch den Eingang und ich lachte mich unter seinem hochangestrengten Grollen und Gefluche fast krank.

"Ihr Erdlinge seid schwerer, als ihr ausseht."

Chloe lachte sich ebenfalls kaputt und durch das Halsband spürte ich ihre irrsinnige Freude, ihr überschwängliches Glück und jegliche Kritik an Dorians merkwürdigem Verhalten versiegte in mir. Chloe bekam sich gar nicht mehr ein vor lauter Lachen. "Ihr zwei seid durchgeknallt, so viel steht fest."

Als Dorian mich wieder auf meine Füße stellte, gluckste sie immer noch. Aber ich trug sie weiter in den Armen, konnte sie einfach nicht loslassen.

Die Tür hinter uns schob sich zu und Dorian lief zum anderen Ende des Zimmers und öffnete eine Schublade. Ich achtete nicht weiter auf ihn, denn die Frau in meinen Armen hatte mich regelrecht verzaubert. Es war schon viel zu lange her, seitdem ich etwas so zartes, unverfälschtes und großzügiges in den Armen gehalten hatte. Sie verkörperte

Liebe, Lachen und Unbeschwertheit und ich konnte die Kraft ihrer Seele spüren, die sich hoffnungsvoll zwischen uns vergnügte. Nach den Jahren des Horrors war ich zu schwach, um mich abzuwenden oder sie loszulassen, nicht einmal einen Moment lang konnte ich mir ihre tröstende Umarmung verwehren, aus Angst, dass ich ihr irgendwie weh tun würde.

Oder mich selbst verlieren würde.

Als ich Chloe in die Augen blickte, verblasste ihr Lächeln und die Intensität wurde unerträglich.

"Ich kann dich einfach nicht loslassen."

Sie legte ihre Hand an mein Gesicht. "Ich weiß. Ich spüre es. Alles okay."

Ich beugte mich vor und vergrub mein Gesicht in ihrem Haar. Sie roch wie Zuhause. Wie Zimtgebäck und Frühlingsluft und Sonnenschein.

Alles war verschwommen, als ich zum Bett lief. Ich kannte die Einrichtung. Eine dunkelblaue Couch und Stühle. Ein kleiner Tisch für drei Personen. Ein Bad und in der Ecke eine S-Gen-Anlage. Wandschränke und Schubladen.

Und unser Bett. Das Größte, das ich je gesehen hatte. Dorian hatte uns ein standardgemäßes Bett besorgt, wie es bei verpartnerten Prillonen üblich war und es bot mehr als genug Platz für drei Leute.

Es war mit ebenfalls blauen Laken bespannt, denn Dorian hatte sich über Chloes Vorlieben schlau gemacht; blau war ihre Lieblingsfarbe.

Die Kissen waren goldfarben, ein Verweis auf seine Abstammung und die Farbe, die unsere Halsbänder annehmen würden, sobald Chloe offiziell uns gehörte. Er hatte meine Meinung dazu eingeholt und ich hatte ihm die Wahrheit gesagt. Es war mir scheißegal, welche Farbe hier irgendetwas hatte, so lange unsere Partnerin nackt zwischen diesen Bettlaken liegen würde.

Nackt, und glücklich. Das Bedürfnis

sie glücklich zu machen lag wie eine tonnenschwere Last auf meinen Schultern und als ich mich mit Chloe auf dem Schoss aufs Bett niederließ, schlichen sich die alten Zweifel, die alten Befürchtungen wieder ein. Ich setzte sie ab und schlang meine Arme um ihren Torso, zog sie enger an mich heran und drückte sie so behutsam ich konnte an meinen Leib.

Was kaum möglich war. Ich zitterte vor Anstrengung und wollte mich zurückhalten, wollte behutsam mit ihr sein, obwohl mein Verlangen wie ein wildes, scharfkralliges Tier in mir wütete. "Ich kann dich nicht loslassen." sprach ich erneut und bettelte praktisch um Vergebung. Ich hatte mir eigenhändig diesen Traum versagt, der Aussicht auf eine Partnerin den Rücken gekehrt und den Schmerz und die Einsamkeit in Kauf genommen. Ich hatte einen bitteren, einsamen Tod akzeptiert, um die Erde vor einem Feind zu schützen, der so grauenhaft war, dass ich einfach weiter gegen ihn kämpfen musste. Ich musste die Hive aufhalten.

Sie jetzt in den Armen zu halten, ließ diese alte Wunde wieder aufreißen und die Emotionen, die sich jahrelang in mir aufgestaut hatten, brachen wie eine Flutwelle über mich hinein und waren dabei, mich zu ertränken.

Wir alle würden untergehen.

Dorian geriet ins Schwanken und fiel vor mir auf die Knie. Neben ihm befand sich etwas, das ich schon längst vergessen hatte, nämlich die Trainingsbox mit der die Prillonen ihre neuen Bräute darauf vorbereiteten, zwei Partner auf einmal willkommen zu heißen, einen mit der Pussy und den anderen im Arsch.

Der bloße Gedanke daran, sie zusammen mit Dorian zu ficken ließ meinen Schwanz hart werden, bis meine Eier schmerzten. Nie hätte ich mir dieses Szenario auch nur ausgemalt, aber jetzt? Ich wollte es. Ich wollte sie weit auseinandergespreizt vor mir sehen, bereit für unsere Schwänze. Sie sollte um mehr betteln und den Verstand verlieren, während wir ihren Körper anbeteten. Ich musste stöhnen und Chloe begann, sich in meinen Armen hin und her zu winden. Mein schraubstockartiger Griff wurde immer fester. Sollte ich mich jetzt bewegen, würde ich die Kontrolle verlieren.

"Seth," sie flüsterte meinen Namen und ihre Stimme war wie Balsam für mich. Frei von jeglicher Verurteilung, reine Akzeptanz. Und voller Verlangen, welches meinem in nichts nachstand. Ein Hoch auf die verdammten Halsbänder. Sie wusste es. Ich brauchte mich nicht zu erklären.

Ich atmete schwer, meine Nase und Lippen schmiegten sich an ihren nackten Hals. "Chloe, ich möchte alles über dich wissen. Alles. Ich muss dich kennenlernen. Aber für den Moment …" Wie konnte ich einer wildfremden Frau nur sagen, dass ich kurz vorm Überschnappen war, dass das Alien-

Halsband um meinen Nacken mich vor lauter Lust in den Wahnsinn trieb, dass, sollte ich mich nur einen Zentimeter rühren, ich sie zu Boden werfen und wie ein wildes Tier in sie hineinrammeln würde?

Dorian krümmte sich, seine Hände waren zu Fäusten geballt und pressten in den Boden und auch er kämpfte mit sich. "Bei den Göttern, Seth, du treibst uns alle in den Wahnsinn."

Ich schüttelte den Kopf. Ich hatte einen Plan. Ich hatte mir eine Million Male vorgestellt, wie ich sie zum ersten Mal nehmen würde. Wie wir mit ihr reden würden, sie erkunden und langsam berühren würden, damit sie in Stimmung kam. Bis in die winzigsten Details hatte ich es mir ausgemalt—wo ich sie küssen würde, was ich zu ihr sagen würde, während ich sie zu meiner Frau machte und was ich zu Dorian, meinem zweiten Mann sagen würde, weil er das hier erst möglich gemacht hatte. Ich schuldete ihm etwas, denn niemals hätte ich mir alleine eine Braut genommen.

Als ihre Finger sich in meinem Haar vergruben und sie den Kopf zur Seite drehte, sodass ihr Mund auf meinen traf, verpufften meine Pläne wie ein Staubwölkchen im Wind. Die Halsbänder schienen auch bei ihr zu funktionieren.

"Küss mich. Fick mich. Reiß mir diesen blöden Kittel vom Leib und nimm mich. Ich will dich. Ich will euch beide. Jetzt. Sofort." Chloes Worte schlugen ein wie eine Bombe; ohne zu zögern riss ich ihr den Stoff vom Leib und im nächsten Moment war ich dabei ihren Mund mit meiner Zunge zu erobern und ihre heiße, nasse Pussy mit zwei Fingern zu ficken. Ich pumpte regelrecht in sie hinein, rieb ihren Kitzler hart und schnell, gnadenlos, bis sie sich mit einem stummen Schrei in meiner Umarmung krümmte und ihre heiße, enge Grotte wild um meine Finger herum pulsierte.

Einer. Das war Nummer eins. Und sie hatte nicht einmal meinen Namen gekreischt. Sie hatte nicht gebettelt.

Ich würde sie betteln lassen.

Chloe

O*H*. *Mein*. *Gott*.

Seths Zunge fiel über meinen Mund her, forderte und kostete mich unnachgiebig. Sie erkundete mich. Nahm mich mit einem Kuss in Besitz. Seine Finger stießen tief in mich hinein, ohne Vorspiel, ohne Neckereien und seine derbe Berührung bewirkte, dass ich die Hüften durchdrückte, ich brauchte es. Brauchte mehr.

Dorian sah uns zu, er lauschte und seine Anwesenheit bewirkte, dass ich mir hübsch und sexy und verdammt versaut vorkam. Mir gefiel es, dass er auch dabei war und ich wünschte mir, dass er sich uns anschloss, anstatt uns zu beobachten und mich mit den Augen zu verschlingen. Ich konnte es über das Halsband spüren. Seth war ein Mensch und sein Sex-Appeal war irgendwie vertraut, Dorian aber war ein Alien. Ein goldiger Löwe. Sein Haar, seine Haut, wunderschön. Seine Züge waren markanter als die eines Menschen, seine Zähne irgendwie spitzer, und seine Augen? Bernsteinfarben, wie bei einer Katze und hoch fokussiert. Seine Züge ähnelten denen eines Menschen, waren aber kantiger, seine Nase und Wangenknochen standen deutlich hervor. Seine primitive, maskuline Erscheinung bewirkte, dass ich mir überaus feminin vorkam. Seine rohe Lust loderte durch das Halsband zu mir herüber wie Benzin, das aufs brennende Feuer gegossen wurde und innerhalb von Sekunden musste ich kommen, als ob mein Körper nicht länger mir gehörte. Nie zuvor war ich so gekommen. Nicht dermaßen mühelos und schnell. Oder mit einer solchen Bedürftigkeit.

Seths Hand hielt inne, sie drückte tief in mich hinein und hielt mich auf seinen dicken Fingern geöffnet und aufgespießt, während er mich von oben bis unten abküsste. Sein Hunger war wie eine Droge, die meinen eigenen Appetit befeuerte.

Ich streckte die Hand aus und vergrub meine Finger in Dorians langem, goldenen Haar und zog ihn an mich heran, bis seine Lippen meinen Nippel berührten. Dorian knurrte und der Ton fuhr direkt in meinen Kitzler, sodass ich in Seths offenen Mund schreien musste, während er an mir saugte. Dann wanderte seine Hand an meinen Schenkel und schob mein Bein zur Seite, damit Seth mich weiter erkunden konnte.

Seth legte den Kopf an meine Stirn. "Du musst ihre Pussy kosten, Dorian. Sie schmecken. Ich will wissen, wie süß sie schmeckt."

Dorian antwortete mit einem Stöhnen und er ließ von meinem Nippel ab, um mit dem Mund an meiner Flanke herunterzugleiten. Ein paar Sekunden verweilte er dort, nachdem er meine Narben entdeckt hatte, jenes dreißig Zentimeter lange Andenken an meine Vergangenheit und Bruvans Hirnrissigkeit; Missgeschicke, mit denen ich zu leben gelernt hatte. Aber er wanderte geschwind weiter, zog mein Bein weiter seitwärts und klemmte es schließlich über seine Schulter. Mein anderes Bein blieb auf Seths Schenkel liegen und mein Arsch hing förmlich in der Luft, als Dorians Mund über meiner Pussy schwebte. Seths Finger waren weiter dabei, die Tiefen meines klitschnassen Inneren zu streicheln und mich ganz wild zu machen.

Sobald Dorian in Position war, glitten Seths Finger langsam nach oben über meinen Kitzler hinweg, um seinem Sekundanten die Bahn frei zu machen.

Ich dachte Seth wäre hin und weg,

aber ich irrte mich, denn seine Finger wanderten meine Flanke entlang und fuhren über die Narbe dort, jene Narbe, die Dorian kaum länger als eine Sekunde lang in Augenschein genommen hatte.

Seine Fingerspitzen erkundeten voller Feingefühl die alte Verletzung und durch das Halsband spürte ich sein Entsetzen über mein Martyrium. Ich musste winseln und die Tränen drohten mich zu überwältigen; die emotionale Achterbahnfahrt mit den beiden wurde dermaßen heftig, dass ich mich kaum noch im Griff hatte.

Seth erkundete mich weiter, bis dieselbe Hand sich in mein Haar grub und zupackte, um mich meisterhaft zu küssen.

Ich schmolz dahin. War komplett in seinem Bann.

Und dann setzte Dorians Mund auf meiner Pussy auf, seine Zunge schob sich tief in mich hinein und glitt wieder hinaus, dann saugte und neckte er meinen Kitzler. Ich lag in ihrer Mitte, auseinandergespreizt, fixiert, ohne Alternative als mich ihnen zu unterwerfen. Mich ihnen auszuliefern.

Und ich wollte auch gar nicht, dass sie damit aufhörten. Ich brauchte es genauso sehr, wie sie es brauchten.

Dorian brachte mich rasant zu einem zweiten Höhepunkt, mein Orgasmus war diesmal tiefer, länger als die erste turbulente Erleichterung. Meine Zehen kräuselten sich und ich konnte mir mein ausgiebiges, wehleidiges Stöhnen nicht verkneifen, als Dorian sich an meinem Kitzler festsaugte, zwei Finger in meine Pussy schob und mich endgültig die Kontrolle verlieren ließ.

Noch bevor ich wieder zur Besinnung kam, riss Seth den Mund von meinem. "Dorian, zieh dich aus und nimm sie auf deinen Schoß. Fick sie."

Dorians Lippen küssten ausgiebig meine Innenschenkel, seine Berührungen waren dermaßen sanft und ehrfürchtig, dass ich nicht einmal daran dachte, mich für meine Reaktion darauf zu schämen. Vor keinem der beiden. Wie konnte ich auch, wenn ich über die Halsbänder genau wusste, wie sie sich fühlten, was sie sich wünschten? Dorian schüttelte den Kopf und seine Nase rieb sanft über meine zarte, hochempfindliche Haut. "Nein, Seth. Als ihr Primärpartner hast du das Recht, sie zuerst zu beanspruchen, sie zu schwängern. Ich kann ihre Pussy nicht nehmen—"

"Ich bin kein Prillone, Dorian," konterte Seth. "Ich will sehen, wie du sie fickst. Und ihr Arsch? Ich möchte daran herumspielen, wenn du sie fickst."

Seine Worte ließen Dorian zusammenzucken, aber er protestierte nicht. Er stellte sich auf und binnen Sekunden entledigte er sich seiner Kleidung. Ich starrte zu ihm auf, blickte wie gebannt auf seine gestählten Bauchmuskeln und die nicht-enden-wollenden Berge seiner Brustmuskulatur. Seine Schultern waren riesig. Seine Schenkel kräftig. Sein Schwanz? Meine Pussy zog sich wild zusammen und ich konnte einfach nicht mehr den Blick von seiner harten, goldenen Länge wenden. Ich war nicht sicher, ob er reinpassen würde. Ob ich ihn vollständig nehmen könnte. Oder sie gleichzeitig nehmen könnte.

Mein Körper aber zog sich verheißungsvoll zusammen, wollte es probieren.

"Chloe. Liebling. Schau mich an." Dorian stemmte die Hände in die Hüften und beobachtete, wie ich ihn anstarrte, wie ich mich an seiner umwerfenden Figur ergötzte.

Ich blickte ihm in die Augen und wartete.

"Ich will dich ficken, Chloe. Ich bin nicht dein ausgewählter Partner. Ich bin dein Zweitpartner, ein Partner, den du dir nicht gewünscht hast. Ich muss sicher gehen, ob du das hier auch wirklich willst."

Ich zögerte keine Sekunde lang,

denn der Traum aus dem Abfertigungszentrum kam mir aller Deutlichkeit wieder in den Sinn. Zwei Männer, die mich wollten. Mich liebten. Mich beschützten. Mich *berührten*. "Ja, Dorian. Ich will dich. Euch beide."

Unverzüglich riss er mich aus Seths Armen und drückte mich an seine Brust. Seine Lippen fanden meine und er eroberte meinen Mund mit derselben Inbrunst, mit der Seth mich zuvor geküsst hatte. Er war groß. Riesig. Meine Füße baumelten neben seinen Knien, als er mich an seinen Körper presste. Er musste mindestens zwei Meter fünfzehn groß sein. Seth war auch nicht gerade klein, wohl eins-fünfundneunzig, aber Dorian? Er war ein Hüne. Riesige Schultern. Massive Brust. Seine Hände bedeckten fast meinen ganzen Rücken, als sein Kuss mich nur so dahinschmelzen ließ und ich mein Verlangen auf seinen Lippen schmecken konnte.

Er drehte uns um, ich aber achtete

gar nicht darauf, bis er sich setzte und meine Beine links und rechts von seinen Hüften weit auseinanderspreizte. Ich war dabei ihn zu reiten, die Spitze seines riesigen Schwanzes presste gegen den Eingang meiner leeren Pussy und ich verharrte dort, über ihm balancierend, meine Hände wuschelten sich in sein Haar und ich warf einladend den Kopf in den Nacken. Ich wollte seinen Mund auf mir haben, er sollte meine Nippel lutschen, während ich ihn tief in mich hineinnehmen würde.

Ich musste nicht darum bitten. Er ging nach unten und ich wölbte den Rücken, damit er mich weiter tragen konnte, als seine Lippen sanft an meiner Brustwarze zupften.

Ich langte nach unten, um meinen Hintern herum und wand mich in seinem Griff, damit ich seinen Schwanz genau dort positionieren konnte, wo ich ihn haben wollte. Als ich sicher war, dass er nicht entwischen konnte, verlagerte ich mein Gewicht. Ich nahm ihn,

Zentimeter für Zentimeter, sein dicker Schwanz dehnte mich bis es brannte und ich stöhnend die Hüften kreisen ließ. Ich wollte mehr. Ich brauchte ihn tiefer. Ganz bis zum Ansatz. Er sollte mich dehnen, mich ausfüllen.

Ich spannte meine Pussymuskeln an und ließ locker, ich arbeitete mich auf seiner harten Länge hinunter, bis er ganz drin war. Mein Arsch presste auf seine Schenkel. Er war so tief drin, wie es nur möglich war.

Sein Mund ließ von meinem Nippel ab, dann warf er den Kopf in den Nacken und knurrte laut, er wackelte auf dem Bett hin und her, hob die Hüften leicht an und schob sich sogar noch ein Stück tiefer in mich hinein.

Mit den Händen umfasste ich seinen Hals und hielt mich fest, während er unter mir buckelte. Sein Körper war felsenfest, sein Schwanz füllte mich bis zur Schmerzgrenze. Als ich sicher war, dass er gleich die Beherrschung verlieren musste, verharrte er. Seine

Hände landeten auf meinem Arsch und zogen meine Pobacken auseinander. Er öffnete mich und ich schnaufte, als etwas Warmes und Feuchtes gegen meinen Hintereingang drückte.

"Dieser Arsch gehört uns, Chloe. Wir werden dich abwechselnd hier ficken. Deine Pussy. Deinen Mund. Du gehörst jetzt uns." Seth kniete hinter mir und widmete sich ausgiebig meinem Poloch, während Dorian mich für ihn offenhielt. Ich blickte mich um und entdeckte eine Schachtel voller Analplugs in allen erdenklichen Größen an seiner Seite. Er hielt einen kleineren davon in der Hand, um mich damit zu erkunden und zog fragend die Augenbrauen hoch, selbst als sein Finger schon in diese empfindliche Stelle hineindrückte und mich innen mit einer warmen, öligen Flüssigkeit auskleidete. Mich vorbereitete.

Sein Finger kreiste langsam. Behutsam. Dorians zärtliche Worte dröhnten in meinem Ohr, als ich mich gegen seine Brust presste. "Entspann dich, Liebling. Lass ihn rein. Gib uns alles. Wir werden uns um dich kümmern." Seine riesigen Hände tätschelten meinen Rücken, strichen hoch und runter, während er weiter bis zu den Eiern in mir vergraben war. Ich staunte nicht schlecht darüber, dass er in diesem Moment stillhalten konnte. Wenn Seth nicht gerade an meinem Arsch herumgespielt hätte, dann wäre ich wohl kaum ruhig geblieben. Meine Pussywände zogen sich wie verrückt um Dorians Schwanz zusammen.

Ich blickte Seth in die Augen und nickte, dann schloss ich die Augen und schmiegte mein Gesicht wieder an Dorians harte Brust. Ich atmete ihn ein. Er roch wild, nach Wald und Wind und zornigem Gewittersturm. Ich konnte es nicht richtig in Worte fassen, vielleicht weil er kein Mensch war, aber seine Wärme, sein Duft und seine riesigen Hände an meinem Rücken bewirkten, dass ich mich sicher fühlte. Beschützt.

Geliebt.

Seth arbeitete behutsam den Plug in mich hinein, er durchbrach mein straffes Poloch mit einem sanften Plopp und ich schnappte nach Luft, als mein Körper sich an den Eindringling, das leichte Brennen gewöhnte.

Aber danach?

Feuer.

Ich war zu voll. Dorians Schwanz saß plötzlich noch enger in meiner feuchten, geschwollenen Mitte. Ich stöhnte, als bisher unbekannte Nervenenden wie Blitze aufzuckten und meinen Rausch, mein Verlangen ins Unbeschreibliche trieben. Seths Blick wanderte über meinen Körper, sein Verlangen und seine Befriedigung über das, was er da eben mit mir angestellt hatte, verlieh mir das Gefühl von primitiver, verführerischer Schönheit. Er spürte meine Lust an dem ungewöhnlichen Übergriff genauso sehr, wie ich seinen Stolz spüren konnte.

"Himmel, Dorian." Seine Worte

waren eine zarte Bitte und Dorian antwortete, indem er mich von seinem Schoß hob und mich hart und schnell nach unten drückte.

"Dreh sie um," befahl Seth.

Er wartete nicht erst darauf, dass Dorian ihm Folge leistete, sondern hob mich einfach von Dorians Schoß und drehte mich um, sodass nach vorne blickte, bevor er mich über Dorian nach unten setzte. Mit einer Art stillschweigendem Einverständnis hielt er mich fest, bis Dorian seinen Schwanz genau an meiner Pussy platziert hatte und mich runterschob. Mich fickte. Wenn ich mich recht erinnerte, war das eine Art verkehrte Reiterstellung, aber ich bezweifelte, dass die Frau dabei einen Plug im Arsch stecken und einen zweiten Mann vor sich hocken hatte. Der Plug in meinem Arsch war außen abgeflacht, als er aber gegen Dorians Abdomen stieß und sein Schwanz tief in mich hineinglitt war es, als ob sie mich gleichzeitig ficken würden. Mich ausfüllten.

Ich schloss die Augen. Anstelle meiner Stimme war jetzt nur noch ein primitiver Laut zu hören und mir war gar nicht bewusst, dass ich so etwas von mir geben konnte. Dorian hielt meine Hüften, er stieß mich vom Bett hoch und fickte mich von unten, während Seth vor mir kniete. Sein Mund klebte an meinen Nippeln und seine Finger fanden meinen Kitzler und streichelten einen Orgasmus nach dem anderen aus mir heraus, während Dorian von hinten in mich hineinpumpte.

Dorians Höhepunkt stieß mich einmal mehr über den Abgrund, sein riesiger Schwanz pulsierte nur so in mir drin, seine Emotionen rauschten durch mich hindurch wie eine Sturzflut. Wimmernd ließ ich mich von der Gezeitenwelle fortspülen und mein Körper gehörte mir schon lange nicht mehr.

Dann war es vorüber, ich wurde aus

seinen Armen gehoben, mein Rücken presste auf die weiche Matratze und Seth erschien einer antiken Gottheit gleich zwischen meinen Schenkeln.

"Schau mich an." Seine Worte waren nichts Geringeres als ein Befehl.

Keuchend blickte ich ihn an. Wartete. Ich wollte ihn in mir drin haben. Er sollte mich ficken. Mich zu seiner Frau machen. Ich brauchte ihn genauso dringend, wie ich Dorian brauchte.

Als wir uns in die Augen blickten, verharrte Seth, weder ließ er mich los, noch ließ er mich entwischen, als seine Hüften sich langsam vorwärts schoben und er mich mit seinem enormen Schwanz füllte.

Ich drückte die Hüften nach oben, um ihn in willkommen zu heißen und spreizte die Beine, um ihn tiefer zu nehmen. Mit dem Plug in meinem Arsch fühlte er sich riesig an und Dorian saß neben uns und beobachtete uns. Er machte mich heiß. Ich fühlte mich schön.

"Du gehörst mir, Chloe," murmelte Seth und begann, immer rasanter die Hüften zu bewegen.

"Ja." Dem war nichts hinzuzufügen, als Seth zurückzog und tief in mich hineinstieß. Feste.

Schließlich brach er auf mir zusammen, seine Hände waren mit meinen verschlungen und er pumpte in mich hinein, bis wir beide explodierten.

Als es vorbei war, ruhten meine Partner links und rechts von mir und beide pressten eine große Hand an meinen Körper. Sie deckten mich zu, hielten mich fest und Seth zog schließlich die Decke über uns und wir schlummerten gemeinsam ein.

6

*C*hloe, Büro von Kommandant Karter

Es war merkwürdig, im Büro eines Kommandanten zu stehen und dabei keine Koalitionsuniform zu tragen. Stattdessen trug ich einfache eine schwarze Hose und ein langärmeliges Oberteil. Die Kleidung war bequem, locker, weich. Ohne harte Panzerung. Kein Pistolenhalfter am Bein. Ich fühlte mich jetzt noch nackter als kurze Zeit zuvor, als ich zwischen Seth und Dorian lag und vor Lust ihre Namen brüllte. Immer wieder.

Die letzten beiden Tage war ich praktisch nicht aus unserem Privatquartier herausgekommen. Sie hatten mich ausgezogen. Durchgefickt. Mich mit Schokolade und exotischen Alien-Früchten gefüttert. Mich gebadet und dann noch mal von vorne angefangen. Nie in meinem gesamten Leben war ich dermaßen verhätschelt worden.

Meine Pussy war leicht wundgefickt —ihre Schwänze waren eindrucksvoll und bei mir war es schon eine Weile her —und meine Nippel scheuerten an meinem schmucklosen BH. Ich hatte den Eindruck, dass sie sich zurückhielten, schließlich hatten wir uns eben erst kennengelernt. Ohne Zweifel würden sie mit der Zeit noch hemmungsloser werden. Fordernder. Weniger Rücksicht nehmen auf ihre kostbare, zerbrechliche Partnerin.

Ich konnte es kaum erwarten.

Gott, hatte ich erst vor zwei Tagen auf der Erde in diesem Teststuhl gesessen? Und jetzt sieh an. Ich stand dem massiven Prillonischen Befehlshaber einer gesamten Kampfgruppe gegenüber.

Und zwar gut gefickt.

Mit einem Halsband versehen.

Ich spürte das Gewicht des Bandes an meinem Hals, wie es gegen mein Schlüsselbein drückte. Es war nicht wirklich schwer, sondern einfach nur ... da. Genau wie die ständige Präsenz von Seth und Dorian. Sobald ich das Halsband umgelegt hatte, fühlte ich eine eigenartige Verbindung zu ihnen, die niemand auf der Erde hätte erklären können. Es war übernatürlich. Es war, als ob unsere Gehirne miteinander vernetzt waren. Ich konnte zwar nicht ihre Gedanken lesen—was ihren angepissten Gesichtern nach gar nicht so schlecht war—, aber ich spürte ihren Ärger und ihre Frustration darüber, dass der Kommandant uns zu sich einberufen hatte.

Wahrscheinlich, weil sie so eine Art Dauerständer hatten.

"Kommandant, Sie waren es, der mir die Anweisung gegeben hat, zum Schiff zurückzukehren und meine Partnerin zu beanspruchen. Uns nach ein paar Stunden jetzt von ihr fortzureißen, erscheint mir ein wenig lächerlich," sagte Seth. Während er einen respektvollen Ton anschlug, waren seine Worte alles andere als das.

Kommandant Karter stand von seinem Sessel auf, kam um den Tisch gelaufen und lehnte sich gegen die Tischkante. "Das war, bevor ich herausgefunden habe, wer Ihre Partnerin ist. Und warum zur Hölle sind Sie hier, Captain?" Er fragte Dorian.

"Ich bin Captain Mills zweiter Mann, Sir. Wir haben Chloe gemeinsam beansprucht."

"Ja, das kann ich an den Halsbändern

sehen." Kommandant Karter blickte zu mir. "Per Testprotokoll sind Sie einem Partner zugesprochen worden. Seth Mills. Im Handumdrehen aber haben Sie sich zwei meiner Krieger geangelt. Sind Sie mit dieser Vereinbarung einverstanden?" Sein Blick fiel unverblümt auf das Halsband um meinen Nacken, während er mit dem Finger von Seth auf Dorian und wieder zurück deutete.

"Ja, Sir," antwortete ich. Der Testtraum hatte mir zwei Männer gezeigt und es hatte mir so gefallen. Trotzdem wurde ich nur einem zugesprochen. Oder war ich von Anfang an Seth und Dorian zugeteilt worden, ohne dass sie davon gewusst hatten? Stand für Seths Unterbewusstsein schon immer fest, dass Dorian sein zweiter Mann war? Davon musste ich ausgehen, denn mit den beiden zu ficken war besser als im Traum. Ausnahmsweise war die Realität noch besser als jede noch so blumige Fantasie. Ich konnte nach dieser Erfahrung nicht einfach zu nur einem Mann zurück. Und Seth und Dorian? Für alle anderen Männer hatten sie mich verdorben, selbst meine Pussy zog sich bestätigend zusammen.

Kommandant Karter nickte.

Seth runzelte die Stirn. "Darf ich etwas dazu sagen, Sir?"

"Haben Sie das nicht bereits?"

Oh, der Typ gefiel mir. Er war streng, aber ohne ein Bürokrat zu sein. Dieses Schiff befand sich mitten im Kampf gegen die Hive und er hatte keine Zeit, um sich hardcoremäßig an die Regeln zu halten. Wenn er das täte, würde einfach nichts vorankommen. Sich hier und da ein bisschen zu verbiegen, flexibel zu bleiben, wenn die Kacke am Dampfen war, zeichnete meiner Meinung nach einen guten Anführer aus. Anders als Bruvan. Gott, dessen miese Führungsqualitäten hatten schon epische Proportionen. Er entschied nach seinem Belieben, nicht aufgrund von Informationen, die ich ihm lieferte. Und er lag falsch. Leute starben seinetwegen.

Unser Schiff wurde getroffen und ich wurde nicht nur verletzt, sondern auch noch aus dem Geheimdienst gedrängt und für das Debakel verantwortlich gemacht. Acht Tote. Ein verlorenes Schiff. Verlorene Technik. Ich wurde nach Hause geschickt, während Bruvan ein neues Team bekam und ein mitfühlendes Schulterklopfen obendrauf.

Der typische bürokratische Schwachsinn eben.

Nein, Kommandant Karter schien ein kompetenter Mann zu sein, der die Alphatypen in seiner Truppe im Zaum zu halten vermochte. Allerdings hatte er noch nicht ihre Eifersucht heraufbeschworen. Aber das würde noch kommen. Er wusste, wer ich war. Als Kommandant einer Kampfgruppe hatte er vollen Zugang zu meiner Akte. Ich ahnte schon, was er von mir wollte und meinen übereifersüchtigen Partnern würde das nicht gefallen.

Seth rührte sich und atmete tief

durch. Dorian türmte sich schweigend über uns auf. Aber nicht über dem Kommandanten, denn der war ebenfalls ein riesiger Prillone.

"Wir hatten nicht erwartet, unsere Partnerin vorm befehlshabenden Kommandanten beschützen zu müssen," sprach Seth. Und da war er, jener eifersüchtige Partner, an den in *eben* gedacht hatte.

Kommandant Karter blickte auf die schwarzen Halsbänder an unseren Nacken und musterte die ernsten Mienen meiner beiden Männer. Dann blickte er zu mir und zog fragend die Augenbraue hoch. Ich konnte nur die Achseln zucken ... und grinsen. Wenn meine Partner mir etwas zusätzliche Aufmerksamkeit schenken wollten, dann hatte ich nichts dagegen. Zu meinem Schock aber warf der riesige Prillon-Kommandant den Kopf in den Nacken und fing lauthals an zu lachen. "Sie hat ihren Schutz gar nicht nötig."

Meine Partner sträubten sich

sichtlich. Klar, sie waren eifersüchtig, besitzergreifend.

"Was soll das bitte heißen?" wollte Seth wissen.

Kommandant Karter zückte die Hand. "Wegtreten, Mills."

Nur zwei Worte und er erwartete, dass diese zwei dominanten Alphamänner einfach den Schwanz einziehen würden. Ich spürte ihre Verärgerung über das Halsband und der Kommandant schien ihre Verstimmung auch ohne Halsband zu bemerken. Ich war nicht sicher, was als Nächstes passieren würde, also blieb ich ruhig. Ich hatte schon vor langer Zeit gelernt, dass es manchmal am besten war, einfach abzuwarten.

"Ihre Partnerin ist keine einfache Braut von der Erde. Sie war früher eine Koalitionskämpferin. Sie ist durchaus in der Lage, sich alleine auf dem Schlachtschiff zurechtzufinden." Er räusperte sich und warf mir einen eindeutigen Blick zu. "Und auch anderswo im Weltraum."

"Uns ist bekannt, dass sie eine Veteranin ist," sagte Seth. "Aber wir ... ähm, waren zu beschäftigt seit ihrer Ankunft, um uns näher kennenzulernen."

War Seth etwa dabei, gerade rot im Gesicht zu werden? Einfach entzückend. Im Ernst. Ich wollte mich auf die Zehenspitzen stellen und ihn küssen.

Der Kommandant räusperte sich, als er Seths Worte durchblickte.

"Während sie mit ihrer Braut beschäftigt waren, hat ihre Akte mich beschäftigt."

Und da waren wir ... Jetzt war ich diejenige, die rot im Gesicht wurde.

"Mir war nicht bekannt, dass Sie sich persönlich den neuen Bräuten auf diesem Schlachtschiff widmen," fügte Dorian hinzu. Er lungerte an der Wand herum und wirkte ganz entspannt, war es aber nicht. Er musste nur den Arm anheben und schon war seine Hand wieder auf meiner Schulter. Mit einer fixen Geste seiner linken Hand konnte er mich packen und seine rechte Hand könnte seine Ionenpistole aus dem Halfter ziehen.

"Das tue ich nicht. Das überlasse ich ganz dem Bräute-Programm. Aber als die Ärztin sie im Transportraum untersucht hat, schlug das Verteidigungsschild des Schiffs Alarm. Die Ärztin hielt es für angemessen, mich umgehend über ihre Anwesenheit an Bord in Kenntnis zu setzen."

Daraufhin drehte Dorian mich sanft zu ihm um. Ich musste den Kopf zurücklegen ... weit zurück, um in seine hellen Augen zu schauen. "Warum sollte dein Name das Verteidigungsschild anschlagen lassen?"

Der finstere Ton, mit dem er eben noch den Kommandanten angefaucht hatte, war wie weggeblasen. Er machte sich ganz sanft für mich; ich konnte es durch das Halsband spüren.

Ich räusperte mich. "Ich bedaure, Dorian, aber das kann ich nicht sagen."

So viel zum Thema sanft. Ich spürte eine Welle der Frustration auf mich einschlagen und wich zurück. Dorian umfasste meinen Oberarm und hielt mich fest, seine Berührung verstärkte die Verwirrung und die Anspannung, die auch er verspürte. Und das ließ nichts Gutes verheißen. Wow, die Halsbänder waren echt der Hammer.

Ich rieb mir den Nacken. "Kann man diese Dinger irgendwie abstellen?"

"Nein." Seth schien sich an meiner Frage sogar noch mehr zu stören, aber er hatte seine Gefühle besser im Griff und so kam ich mir nicht wie mitten in einer Vulkaneruption menschlicher Rage vor.

Dorian zog die Augenbrauen zusammen. "Warum kannst du uns das nicht sagen? Wir werden dich nicht verurteilen, Chloe. Wir sind deine Partner. Wir gehören dir. Voll und ganz. Du kannst uns alles sagen."

"Sie kann es Ihnen nicht sagen, weil

sie es nicht sagen darf," sprach der Kommandant.

"Wenn sie es uns nicht sagen darf, warum zur Hölle haben Sie dann damit angefangen?" fragte Dorian.

"Captains, ich habe *Sie* auch nicht in mein Büro gebeten, sondern *Kommandant Phan*. Ich muss einen Einsatz mit ihr besprechen. Und ihre neue Aufgabe als Mitglied in meiner Kommandocrew."

"Was?" fragte ich ungläubig. Bingo! Verdammt, in den letzten Monaten auf der Erde wäre ich fast durchgedreht. Die letzten Tage mit Dorian und Seth waren einfach wunderbar. Sexy. Heiß. Aber ich konnte nicht jeden Tag den ganzen Tag lang nur ficken.

Also, das *konnte* ich schon, aber ich brauchte mehr als das. Genau wie meine Partner auch.

Auf der Erde Däumchen drehen? Während die Hive da draußen immer weiter voranschritten? Uns töteten, alles auf ihrem Weg vernichteten. Ich konnte nachts nicht mehr schlafen, starrte in den Sternenhimmel, wusste, was da draußen vor sich ging. Ich blickte zum Kommandanten. "Ich darf in meiner früheren"—ich suchte nach dem richtigen Ausdruck—"Position aber nicht in den aktiven Dienst zurück."

Der Kommandant nickte wenig überrascht. "Ich habe Ihre Akte gelesen. Mir ist bekannt, dass—" Er blickte von seinem Schreibtisch auf und suchte ein paar Sekunden lang nach den passenden Worten. "Ich habe Ihre Akte gelesen. Sie werden nicht in Ihr Einsatzgebiet zurückkehren."

Ich ließ erleichtert die Schultern hängen. Er kannte die Details meiner Vergangenheit. Meine Verletzungen. Das eigenartige Ding in meinem Kopf. Und er würde einen Weg finden, um das alles zu seinem Vorteil einzusetzen. Zu meinem Vorteil. Ich wollte die Faust in die Luft schmettern und jubeln. Aber den bestürzten Mienen meiner Partner nach zu urteilen, war jetzt nicht der richtige Zeitpunkt. "Ich nehme Ihr Angebot an. Vielen Dank, Herr Kommandant."

"Ausgezeichnet, Kommandant Phan." Er stand erneut auf, kam um seinen Schreibtisch herumgelaufen und streckte mir die Hand aus, von Krieger zu Krieger. "Sie werden in der Befehlskette der Kampfgruppe Karter die Nummer vier einnehmen. Ich erwarte, Sie morgen zur Frühschicht zu treffen, damit ich Ihnen den Rest der Kommandocrew und unsere Teamleiter vorstellen kann."

"Kommandant Phan? Ernsthaft?" Seth quiekte, als ob er eben mit der Peitsche geschlagen wurde. "Du bist eine Kommandantin?"

Kommandant Karter verschränkte die Arme vor der Brust. "Haben Sie nicht gehört, wie ich ihre Partnerin angesprochen habe? Falls Sie wünschen, kann ich es auch noch ein drittes Mal wiederholen. Und außerhalb ihres Privatquartiers würde ich Ihnen empfehlen, werte *Captains*, dass Sie die Kommandantin mit dem für einen gehobenen Offizier gebührenden Respekt ansprechen."

"Soll das sein Witz sein, Kommandant? Ich finde das gar nicht lustig." Dorians Ton war trügerisch mild im Vergleich zu den wütenden Emotionen, die durch das Halsband auf mich einstürzten.

"Ich war Kommandantin," sprach ich und streckte die Hände von mir, um meine aufgebrachten Partner zu beschwichtigen. Schhh. Testosteron mochte im Bett großartig sein, aber jetzt gerade war es gar nicht so toll, als ihr Zorn und Beschützerinstinkt mich durch unsere unsichtbare Verbindung regelrecht fertigmachten. "Ich *war* eine Kommandantin."

Kommandant Karter räusperte sich und ergriff das Wort. "Kommunikationsgerät an. Hier spricht Kommandant Karter. Vermerken sie im offiziellen Protokoll, dass Kommandant

Phan mit sofortiger Wirkung wieder ein aktives Mitglied der Koalitionsflotte ist und als befehlshabende Offizierin die Hive-ReCon und Kommunikationsüberwachung beaufsichtigen wird." Je mehr sich meinen Partnern die Haare sträubten, desto doller musste er grinsen. Offensichtlich genoss er diesen Moment ein bisschen zu sehr. "Sie *sind* ab sofort Kommandantin, Lady Phan."

"Lady Mills."

Der Kommandant machte eine herablassende Handgeste. "Noch nicht. Das Halsband ist immer noch schwarz, Gentlemen."

Seths Stimme war abgekühlt. Seelenruhig. "Sie kann nicht gleichzeitig Braut und Koalitionskämpfer sein. Wir haben sie genommen, sie beansprucht."

"Ich kenne die Regeln sehr wohl, Captain," sprach der Kommandant. "Diese Vorschrift gilt allerdings nur für militärisches Personal im Kampfeinsatz. Mir hier auf der Karter zu dienen ist aber genau genommen kein Kampfeinsatz."

Seth gesellte sich an Dorians Seite, damit er mich anblicken und mein Gesicht mustern konnte.

Ich legte die Hand in den Nacken. "Jungs, ihr müsst euch wieder einkriegen. Ich merke, dass ihr mich über eure Schulter werfen und in unser Quartier schleppen wollt."

"Die Halsbänder lügen also nicht, denn genau das denke ich," sprach Seth. An seiner Schläfe pochte eine kleine Vene.

Ich blickte zum Kommandanten. "Morgen früh werde ich mich auf dem Kommandodeck einfinden, Sir."

"Ausgezeichnet. Sie können wegtreten."

Ich ging zur Tür und sie schob sich auf. Meine Männer aber traten im Eingang an mich heran und versperrten mir den Weg. Ihre Blicke wanderten über meinen Körper, dann über meinen Kopf und in Richtung des

Kommandanten. Ohne ein Wort zu sagen, beugte Dorian sich nach unten und warf mich über seine Schulter. Er machte auf den Hacken kehrt und stapfte den Gang entlang. Dank seiner weiten Schritte kamen wir schnell zu unserem Quartier voran. Sie hatten nicht gesagt, wohin es ging, aber das war auch nicht nötig.

"Mach dich auf was gefasst, Liebling," sprach Seth. "Sobald wir zu Hause sind, wirst du dich unterwerfen. Und du wirst uns alles sagen."

"Das kann ich nicht." Das war die Wahrheit, klipp und klar.

Dorian versohlte mir einmal den Hintern, dann umfasste er ihn mit seiner enormen Pranke. "Ich hasse das hier, Liebling. Ich hasse einfach alles daran. Aber wenn das so ist, dann werden wir sich so lange durchficken, bis du alles andere außer unsere Namen vergessen wirst."

Meinetwegen.

7

Chloe, Quartiere für verpartnerte Koalitionskämpfer

"Du bist doch verrückt," rief ich aus, als Dorian mich runterließ, und zwar nachdem die Tür hinter und geschlossen war und Seth sie sicher verriegelt hatte. Diese Maßnahme war nicht wirklich notwendig, schließlich hatte ich nicht die Absicht abzuhauen; nicht, dass meine zwei Hünen das erlauben würden.

"Kann sein, aber das kannst du mir

nicht verübeln. Meine Partnerin hat sich schließlich als Geheimdienst-*Kommandantin* entpuppt," sprach Dorian, als er sein gepanzertes Oberteil über den Kopf streifte.

"Ich habe es nicht absichtlich verheimlicht," entgegnete ich und schlenderte zum Tisch in der kleinen Küchenecke herüber, dann fuhr ich mit den Fingern über die glatte Metallfläche. Ich wollte keinen der beiden ins Auge blicken, während wir diese Unterhaltung führten. Konnte ich sie doch *spüren*, was schon mehr als genug war.

"Zieh dich aus, Kommandantin," sprach Seth. Mit schulterbreit ausgestellten Beinen stand er da, die Arme vor der mächtigen Brust verschränkt.

Das bewirkte, dass ich doch zu ihm rüberblickte. Dorian nahm sein Beinhalfter ab und knallte es zusammen mit seiner Waffe auf den Tisch. Seine Brust war so golden, die verstreuten

Haarbüschel so hell. Ich dachte daran, wie seidig sein Haar unter meinen Finger war, wie warm seine Haut sich anfühlte, wie seine harten Muskeln sich abzeichneten.

Mir standen die Haare zu Berge, da ich aber ihre Erregung durch das Halsband spüren konnte, entspannten sich meine Muskeln sogleich und meinen Lippen entwich ein zartes Stöhnen. Er war nicht wie ein Krieger aggressiv, sondern er war dominant, wie mein Partner hinter geschlossener—nein, verriegelter—Tür.

Und er verlangte, dass ich mich auszog.

Mit zittrigen Fingern—nicht vor lauter Nervosität, sondern weil ihre geballte Lust durch meine Adern jagte und mich ablenkte—zog ich mir mein Oberteil über den Kopf und streifte ich meine Stiefel ab.

Als ich aufblickte, stand Dorian nackt vor mir. Nichts als goldene Haut, sehnige Muskeln und ein großer

Schwanz. Ich leckte mir die Lippen, konnte es kaum erwarten. Ich wusste, wie er in meiner Hand lag, wie ich kaum meine Finger um ihn herum schließen konnte. Ich wusste, wie er sich in mir anfühlte, wenn seine dralle Eichel über jede einzelne meiner empfindlichen Stellen rieb. Ich wollte es.

Dorian schlenderte Richtung Schlafzimmer und ich musste einfach auf seinen perfekten Arsch starren, seine schmalen Hüften und seine langen, muskulösen Oberschenkel. In der Türöffnung drehte er sich um und krümmte einen Finger.

Es brauchte keine Worte. Es war, als wäre ich eine Atlanische Braut und die Halsbänder waren wie Paarungshandschellen, die verhinderten, dass wir uns voneinander entfernten, selbst ein winziges bisschen. Ich wurde zu ihm hingezogen.

Ich machte einen Schritt vorwärts, aber Seths Stimme stoppte mich abrupt.

"Noch nicht, Liebling. Du solltest

dich erst ausziehen."

Ich stand in BH und Hose da und Seth hatte sich nicht von der Stelle gerührt. Er beobachtet mich, genoss es, wie ich mich ihm Stück für Stück enthüllte. Es war kein Striptease. Bei Weitem nicht. Die schmucklose Kleidung und die noch schmucklosere Unterwäsche waren alles andere als sexy. Das vermittelte ich ihm auch.

"Du musst kein Spitzendessous anhaben, damit ich dich in die Knie zwingen kann," antwortete er. Er legte Hand an seinem Schwanz an und begann ihn zu reiben und durch seine Uniform konnte ich deutlich die Silhouette seines Kolbens ausmachen. "Liebling, das hier gehört nur dir. Mach einfach, was ich sage und du kannst ihn haben."

Seine Worte wurden von einem verführerischen Grinsen begleitet.

Ich musste mich nur ausziehen und das war alles? Gesagt, getan.

Ich zog und zerrte und ließ meine

restlichen Hüllen fallen, bis ich nackt vor ihm stand und die kühle Luft meine Nippel aufrichtete.

Seths hitziger Blick wanderte kreuz und quer über meinen Körper. Dann neigte er den Kopf zur Seite. "Gutes Mädchen. Geh zu Dorian. Er wartet schon."

Ich ging ins Schlafzimmer und konnte Seths Blick auf meinem Körper spüren, hörte, wie er mit schweren Schritten folgte.

Dorian saß auf der Bettkante, die Knie weit von sich gespreizt, sein Schwanz bog sich lang und dick nach oben, sodass er seinen Nabel berührte. Auf der Eichel und über seinem Bauchnabel konnte ich einen glitzernden Tropfen Vorsaft ausmachen.

"Umwerfend," kommentierte er derbe und musterte mich von Kopf bis Fuß.

Ich spürte das Wort, wusste, dass er es ernst meinte. Ihnen gefiel, was sie da zu sehen bekamen. Sie wollten mich.

"Außerhalb dieser Gemächer magst du zwar den höchsten Dienstrang innehaben, Liebling, aber hier drinnen haben wir das Sagen," sprach Seth.

Ich zuckte zusammen, stellte mir vor, wie die beiden mich unterwerfen würden. Sie hatte die anderen Male beim Ficken zwar die Führung übernommen, es aber nie so explizit angesprochen. Ich spürte ihre Macht und ließ sie gewähren. Ich *wollte*, dass sie die Führung übernahmen.

Diesmal war es anders.

"Als ich mich als Braut gemeldet habe, hatte ich nicht vor, wieder für die Koalition zu arbeiten."

Dorian blickte zu mir auf—zum ersten Mal überragte ich ihn—und schüttelte langsam den Kopf. "Dann ist es dumm gelaufen für dich. Eine Braut sitzt immer mit ihrem Partner fest, selbst wenn sie dem gar nicht zugeteilt wurde. Da gibt es kein Entkommen."

"Und du sitzt gleich mit zweien fest," fügte Seth hinzu.

Ich drehte mich um, stemmte die Hände auf die Hüften. "Du glaubst also, dass ich mit euch *festsitze*?"

"Aber nein." Seth zupfte an seinem Halsband. "Aber wir sind nicht die einzigen Leute, die von dir beeindruckt sind."

Oh. Jetzt verspürte ich einen Mix aus Stolz und Frustration.

"Ihr seid mir nicht böse?" fragte ich und biss meine Lippe. Nackt herumzustehen und dabei meine Vergangenheit beim Militär zu diskutieren fühlte sich so lächerlich an, aber es musste besprochen werden. Es war wie ein unsichtbarer, sehr realer ... Elefant im Raum.

"Verflucht, und wie."

"Aber nicht auf dich, Liebling," stellte Dorian klar. "Wir sind deine Partner und sollten über dich Bescheid wissen. Keine Geheimnisse. Doch du hast so viele."

"Genau wie ihr auch," konterte ich. Als ReCon-Kämpfer hatten sie viele

Dinge gesehen, von denen sie mir kein Wort sagen konnten.

"Richtig. Und deswegen sind wir böse. Ich hatte nicht erwartet, dass unsere Partnerin denselben Hintergrund haben würde wie wir. Dass sie Tod und Zerstörung gesehen hat. Das Böse. Wir sollten dich eigentlich davor beschützen. Und das können wir jetzt nicht. Jetzt, wo Karter dich zurückhaben will, müssen wir dich vor mehr als nur der Vergangenheit abschirmen."

Ich ging zu Dorian hinüber und stellte mich zwischen seine gespreizten Beine. Sein Gesicht war auf Höhe meiner Brüste, aber er würdigte sie keines Blickes. Stattdessen schaute er mir in die Augen.

"Du willst mich beschützen," sprach ich.

Er nickte.

"Ich bin besitzergreifend."

Seth trat von hinten an mich heran und ich spürte die kühle Panzerung an meinem Rücken. "Definitiv," sprach er.

"Unser Samen klebt noch an deinen Schenkeln."

Dorian fasste mir zwischen die Beine und ich keuchte. Ein Finger glitt tief in mich hinein und ich ging auf die Zehenspitzen. "Mehr noch. Unser Samen hat deine Pussy gefüllt. Wir haben dich so oft genommen, dass du bereits schwanger sein könntest. Und jetzt sollst du an gefährlichen Koalitionsmissionen teilnehmen? Natürlich sind wir böse. Wir werden nicht zulassen, dass unsere Partnerin—und unser Baby—in Gefahr geraten."

All das erklärte er mir, während sein Finger aus und ein glitt. Er hatte recht, das Gemisch ihres Samens machte die Bewegung mühelos. Als er den Finger krümmte und jene Stelle fand, die mich kreischen, betteln und winseln ließ, war ich ihnen ausgeliefert.

"Ich ... ich werde hinterm Schreibtisch sitzen. Keine riskanten Einsätze." Ich bekam kaum noch diese paar Worte hervor.

Seth beugte sich vor, strich mein Haar zur Seite und sein Mund fuhr über meinen Hals. "Du hast das Halsband und unser Match akzeptiert, bevor Karter dir den Job angeboten hat. Wir sind deine Priorität. Und genau daran werden wir dich jetzt erinnern."

"Na gut," entgegnete ich. Was sollte ich auch sonst sagen? Schließlich war Dorian mit einer Fingerspitze dabei, mich fast zu Orgasmus zu bringen.

"Wie gesagt, Liebling, du wirst dich nur noch an unsere Namen erinnern können." Dorians Augen flackerten vor lauter Hitze, als er sprach.

"Gerne," antwortete ich und meine Augenlider erschlafften im Dunst des Verlangens. Ich wollte genau das, was sie mir in Aussicht stellten. Also verlagerte ich die Hüften und begann, diesen einen Finger zu reiten, ihn zu ficken.

Ein Hieb auf meinem Arsch schreckte mich auf. Das knackige Stechen ließ mich kurz aufschreien.

Dann zog ich mich um Dorians Finger zusammen.

Und musste kommen.

Ich erlag der Lust, den grellen Zuckungen, dem beißenden Stechen des Hiebes auf meinen Arsch. Alles verschmolz miteinander und die ausgiebige Wonne überrollte mich einfach. Meine Knie wurden schwach und ich legte eine Hand auf Dorians Schulter, um mich festzuhalten.

Sobald die Gefühle abebbten, setzte eine weitere Hand auf meinem Arsch auf.

"Haben wir dir erlaubt zu kommen, Liebling?"

Seth. Vielleicht war es die Tatsache, dass er keine eingefleischten Traditionen hatte wie Dorian, oder weil er der Dominantere war. Aber das hier war sein wahres Gesicht. Er wollte mich unterwerfen, nicht nur, weil es ihn antörnte, sondern weil es auch mich ganz heiß machte. Er *wusste*, dass ich darauf stand.

Zum Teufel, einmal fix Arsch versohlen, und schon hing ich mit einem Arm am Abgrund. Ich war fast noch nie verhauen worden, also hatte ich keine Ahnung, dass ich darauf abging. Aber mit Seth? Ich reckte den Arsch nach hinten, zumindest so weit es ging und ritt weiter Dorians Finger.

Er flutschte aus mir heraus und steckte ihn in den Mund, lutschte und leckte er ihn, bis er sauber war.

Seths Hand setzte auf, diesmal auf meiner anderen Pobacke. Ich schnappte nach Luft, spürte, wie meine Brüste vom Aufprall nur so wackelten. "Es gefällt dir, oder? Du brauchst es mir nicht zu sagen, wir spüren es über die Halsbänder. Wir merken, wie heiß es dich macht, wie feucht deine Pussy wird. Das bisschen Schmerz hat dich sogar kommen lassen."

Dorian grinste und musterte mein Gesicht. "Runter, Liebling. Lutsch meinen Schwanz."

Seth begann laut zu lachen, denn er

spürte das heftige Verlangen, das Dorians Worte in uns erweckt hatten. Ohne es zu bemerken, leckte ich mir die Lippen.

Ich tat, wie Dorian es mir befohlen hatte, mit den Händen stützte ich mich auf seinen Schenkeln ab und beugte mich runter. Sein Schwanz war genau vor mir, voll freudiger Erwartung. Wie einen Lolli umkreiste ich ihn mit der Zunge und leckte seinen Lusttropfen ab.

"Dein Geschmack liegt mir noch auf der Zunge und mit deinem heißen Mund auf meinem Schwanz werde ich es nicht lange aushalten."

Dorians Worte entlockten mir ein Grinsen und ich lutschte weiter seine dralle Eichel. Plötzlich kam ich mir unheimlich mächtig vor, zumindest bis Seth mir wieder den Arsch versohlte. Ich nahm ihn tiefer in meine Kehle.

"Verflucht," Dorian stöhnte. Ich spürte, wie er voller Lust abging und schluckte eifrig seinen Vorsaft runter, während ich ihn noch fester umschloss.

Dann zog ich zurück und atmete tief durch. Seth verschwand. Ich konnte ihn nicht mehr sehen, also konzentrierte ich mich auf Dorians Schwanz. Wenn ich ihn zum Höhepunkt bringen könnte, wäre das der Beweis, dass ich immer noch das Sagen hatte. Dass ich die ganze Macht hatte.

"Versuchst du etwa gerade, den Spieß umzudrehen?" fragte Seth, als er wieder zurückkam. "Ich spüre es. Du willst Dorian abgehen lassen, um dir etwas zu beweisen, nicht, um ihn zu verwöhnen."

Tat ich das denn?

Ich zog zurück und ließ komplett von ihm ab, während ich zu ihm aufblickte. Er hatte seine Finger in meinem Schopf vergraben, hielt mich fest.

"Ich möchte einfach, dass du kommst," gestand ich ein.

"Weil?" hakte er nach.

"Weil ich es kann."

Er schenkte mir ein mildes Lächeln und zog meinen Kopf an sich heran, um mir einen Kuss zu verpassen. Ich konnte mein eigenes Aroma auf seiner Zunge schmecken und dann mischten sich unsere Säfte. Es schmeckte salzig, nach Moschus. Potent.

Dann ließ er von mir ab und seine lichten Augen blickten mich einfach nur an, unsere Lippen waren nur einen fingerbreit auseinander. "Wir haben jetzt das Sagen, Liebling. Nicht, weil wir stärker sind, sondern weil du uns die Führung überlässt. Es ist wie ein Geschenk. Und wenn du meinen Schwanz lutschst, dann nur zu meinem Vergnügen. Betrachte es als eine Art Service."

"Unterwerfung," sprach ich und das Wort glitt mir über die Zunge, als meine Säfte mir den Schenkel herunterliefen. Ja, ich wollte, dass sie die Kontrolle übernahmen. Ich wollte, dass er mich in den Mund fickte und nicht andersrum.

"Wir werden deine Sorgen, deine Verantwortung übernehmen. Alles. Du musst uns nur gehorchen. Unterwirf dich uns," sprach Seth.

"Spüre es," fügte Dorian hinzu.

"Ja," wiederholte ich und plötzlich wollte ich es so sehnsüchtigst, dass meine Pussy schmerzte, mein Kitzler pochte.

"Jawohl, Sir," sprach er mir vor. "Oder ja, Liebster. Sonst nichts."

Seine tiefe Stimme wies mich genauso zurecht, wie das zwischen-ihnen-eingeklemmt-sein. Ich hatte einen Kommandanten, dem hohe Ziele für mich vorschwebten. Eine verantwortungsvolle Aufgabe, um die ich nicht gebeten hatte, sondern die sich förmlich aufdrängte. Und ich wollte den Job. Ich wollte gebraucht werden. Dermaßen begehrt zu werden war berauschend.

Aber dabei ging es um eine Kämpferin. Eine Spezialistin vom Geheimdienst.

Nicht um mich. Mein Name hätte mit sonst einem Namen ausgetauscht werden können und Karter wäre ebenso verzückt gewesen, ihn oder sie mit an Bord zu haben.

Seth und Dorian aber wollten mich. Mich! Nur *mich*.

Ich war mit ihnen verpartnert worden. Ich gehörte ihnen. Mich ihnen zu unterwerfen war nicht einfach so ein Gedanke. Es gehörte einfach dazu. Es war unbewusst. Aus den Tiefen meines Inneren. Ich musste Dorian nicht erst mit einem unglaublichen Blow-Job an den Eiern herumführen. Sicher, er wäre gekommen. Aber wenn ich ihm meinen Mund schenken würde, meine eifrige Zunge, meine Kehle, würde er trotzdem kommen, ich aber würde ihm ein Geschenk machen, oder, wie er es ausdrückte, einen Service erweisen.

Außerhalb dieser vier Wände war ich Kommandantin Phan. Hier und jetzt, nackt und verwundbar, war ich Chloe Phan, die Partnerin. Sie verlangten nur das, was ich anzubieten hatte. Nichts anderes. Sie wollten von mir das kostbarste aller Geschenke, das schwierigste Geschenk, das man machen konnte, aber gleichzeitig das wertvollste von allen. Meinen Willen.

"Jawohl, Sir," sprach ich und blickte Dorian in die Augen, dann nickte ich kurz. Ich blickte über meine Schulter zu Seth. "Ja, Liebster."

Ich spürte die Aufregung, die Hitze, das Verlangen, wie es durch unsere Halsbänder strömte, kurz bevor ein überwältigendes Gefühl der Autorität auf mich einwirkte.

Nicht meine Autorität.

Ihre.

Ich brauchte mir keine Sorgen mehr machen, weil ich wieder für die Koalition arbeitete. Ich brauchte nicht länger über meine Akte nachdenken. Oder über Bruvan. Oder über meine Kompetenz als Codebrecherin und die Leben, die auf dem Spiel standen, sollte ich mich irren. Oder das Baby, das sie mit mir zusammen machen wollten. Ich musste mich nur darum sorgen, was

Dorian und Seth als Nächstes von mir verlangen würden.

"Lutsch meinen Schwanz, Liebling."

Noch einmal senkte ich den Kopf in Richtung Dorians Schwanz. Diesmal mit gütigem Herzen, offenem Geiste und dem Bedürfnis, ihm möglichst viel Lust zu bescheren.

"Ja, Liebling. Genau so. Gutes Mädchen."

Ich spürte Seths Hand über meine nassen, glitschigen Schamlippen gleiten; der Beweis, dass ich bereit für sie war. Sein behutsames Streicheln ließ mich nach Luft schnappen, was wiederum Dorian aufstöhnen ließ.

Meine Pussy interessierte ihn überhaupt nicht, denn er bediente sich nur meiner Säfte, um meinen Arsch einzuschmieren, sodass er nur ein bisschen kreisen und dann mühelos in mich eindringen konnte, nachdem er die Hand auf meinen unteren Rücken gelegt hatte und sein Daumen zwischen meinen auseinandergespreizten Pobacken in Stellung gegangen war.

Ich musste nicht darüber nachdenken, was er da machte. Ich musste es nur fühlen. Also umpackte ich Dorians Schaft mit einer Hand—mein Daumen und Zeigefinger berührten sich nicht einmal—und ließ sie auf und ab gleiten, während ich ihn so tief wie möglich in den Mund nahm.

Ein kühler Tropfen Gleitgel flutschte über meinen Hintereingang und wurde von Seths Daumen in mich hineingearbeitet, bedächtig kreiste und presste er an meinem Poloch herum, bis der dicke Finger in mich hineinschlüpfte. Von diesem Winkel aus hätte er sich fast mit mir verhaken müssen, er fand aber mühelos seinen Platz.

Als Dorian eine Hand auf meine Schulter legte und mich von seinem Schwanz runterzog, erschrak ich. Ich war von meiner eigenen Reaktion überrascht, ich hatte mich ausschließlich auf seine harte Länge in meinem Mund konzentriert, auf seine dralle Eichel, wie sie an meinen Gaumen stieß, auf meine Atmung, auf die Art, wie Dorian Luft holte. Ich war so fixiert auf ihn gewesen. Wie gebannt.

"Liebling, ich will meinen Samen in deiner Pussy sehen. Du würdest ihn zwar meisterhaft runterschlucken, aber so werden wir dich nicht schwängern."

"Ja, Liebster," antwortete ich, als ich mich an seine Worte erinnerte.

Sein Daumen flippte nach oben, wischte über meine feuchte Lippe. Ich konnte mir nur denken, wie ich jetzt aussehen musste, meine Lippen waren wahrscheinlich rot und angeschwollen, meine Augen vor Lust ganz glasig. Ohne Zweifel konnte er sehen, wie Seths Daumen in meinem Arsch verschwand, wenn er auf meinen Rücken blickte.

Seth ging auf seine Knie, beließ seinen Daumen aber da, wo er war; er steckte immer noch in mir drin, dehnte mich, hielt mich geöffnet.

Dorian packte mich an der Taille und zog mich langsam zu sich heran. "Steig auf, Liebling."

Seth folgte mir, als ich es mir auf Dorians Schwanz bequem machte und ihn tief in mich aufnahm. Seine Hand ruhte weiter auf meinem Steißbein und sein Daumen glitt immer tiefer in mich hinein.

"Oh Gott," rief ich aus und schloss die Augen. Diese zweifache Penetration war verdammt intensiv. Dorians Schwanz war so groß, so dick, dass er mich praktisch spaltete. Mit Seths Daumen aber? Ich war mehr als voll.

Ich konnte Dorians Verlangen auflodern spüren, als ich mich um ihn zusammenzog, ihn zerquetschte und Seths Erfüllung, als ich sie beide so schön in mich aufnahm, mich ihnen unterwarf.

"Reite seinen Schwanz, Chloe. Hoch und runter, nimm ihn so tief, dass er seinen Samen direkt in deine Gebärmutter spritzt."

Seth war ein Experte für versautes Bettgeflüster. Nie hätte ich gedacht, dass der Samen eines Typen mich antörnen würde, jetzt aber, als sie mich mit ihren Säften beanspruchten, mich markierten und schwängerten, wie Dorian es so schön formuliert hatte, machte ihre Wichse mich ganz wild. Ich hätte es hassen müssen, tat ich aber nicht. Nein, ich würde nicht entwischen. Sie in mir kommen zu lassen, sodass sie mich mit ihrem Samen abfüllten und ihr Sperma dieses Ei finden würde, um damit ein Baby zu machen, machte mich ganz geil.

"Ja," Dorian stöhnte. Ich hatte nicht bemerkt, wie ich das Letztere laut ausgesprochen hatte, denn er hatte etwas hinzuzufügen. "Wir werden dich mit unseren Schwänzen und unserem Samen ausfüllen, bis wir dir dieses Baby gemacht haben."

Seth schob seinen Daumen in mich hinein, immer tiefer, bis ich den Ansatz spüren konnte, dann zog er ihn heraus, genau wie er mich schließlich mit seinem Schwanz ficken würde.

"Ich kann spüren, wie sehr du kommen möchtest. Warte."

Ich musste winseln. "Seth, bitte."

"Nein. Warte auf Dorian."

Dorians Hände packten meine Hüften, feste, als er begann, sich auf und ab zu bewegen und mich immer schneller nach oben stieß.

Seine Stirn war schweißbedeckt und er biss die Zähne zusammen. Ich spürte, wie er anschwoll und er begann mich hastig anzuknurren. "Jetzt," befahl er.

Seth zog seinen Daumen ganz heraus, dann schob er ihn wieder hinein. Das brennende Stechen der Dehnung stieß mich schließlich über den Abgrund und ich musste zusammen mit Dorian kommen, mein Geschrei erfüllte den Raum, während seine Finger sich in meine Hüfte krallten und er laut gegen meinen Hals knurrte. "Ja, deine Pussy ist dabei, mich zu melken."

Ich spürte, wie sein Schwanz

pulsierte, wie sein heißer Samen sich in mich ergoss. Es war wild, heftig. Versaut und schmutzig. Fleischlich und primitiv. Und ich liebte es.

Ich war noch vollkommen außer Atem, als Seth endgültig seinen Daumen aus mir entfernte. Dorians Hüften pumpten weiter in mich hinein, dann wurden sie immer langsamer. Dann hielten sie inne.

Er hob mich von seinem Schoß herunter und ich spürte, wie sein Samen aus mir herausflutschte und an meinen Schenkeln hinunterlief. Seth drehte mich sogleich um und zog mich nach unten, sodass ich seine Schenkel ritt. Seine Hosen scheuerten gegen meine empfindliche Haut, sein Kolben rieb gegen meinen Bauch. Ich hatte nicht mitbekommen, wie er seinen Hosenstall aufgemacht und seinen Schwanz hervorgeholt hatte, aber das war alles. Abgesehen von dem zornigen roten Schwanz, der auf mich zeigte war er vollkommen bekleidet.

"Ich bin dran."

Er hob mich an, drückte seinen Schwanz gegen meinen Eingang und drückte mich nach unten, sodass ich mit einem langen, tiefen Stoß ganz ausgefüllt wurde. Ich war noch mit Dorians Wichse ausgekleidet und es tat überhaupt nicht weh, die Dehnung aber ließ mich nach Luft schnappen. Ich keuchte, als er immer tiefer in mich eindrang.

Seth legte eine Hand auf meine Hüfte und drehte uns um, er rollte uns auf den Boden, bis ich auf dem Rücken lag und er sich über mir auftürmte. Sein Schwanz steckte tief in mir drin und er beobachtete mich genau, als er anfing, sich zu bewegen. Seine raue Panzerung scheuerte an meinen Nippeln und ich drückte den Rücken durch.

"Mehr?" fragte er.

"Mehr."

Er knallte in mich hinein.

"Tiefer?"

"Tiefer."

Er stieß zu, feste.

Dorian ließ sich an meiner Seite zu Boden fallen, er packte mein Knie und zog es nach oben und seitwärts, bis es praktisch mein Ohr berührte; er öffnete mich für Seth. Damit ich ihn tiefer nehmen konnte. Genau, was ich brauchte.

Stolz und Verlangen, exquisites Vergnügen und wilde Eifersucht wirbelten zwischen uns umher, bis unsere Egos sich auflösten. Kein Seth oder Dorian mehr. Nur noch wir.

Und als Seth in mir kam, mich bis zur Kante ausfüllte, waren sie noch nicht fertig.

Nein. Sie hatten einiges zu beweisen, denn obwohl ich eine Kommandantin war, so blieb ich doch ihre Partnerin. Ich stand vollkommen unter ihrer Kontrolle.

Und die ganze Nacht lang tat ich das, was sie wollten, und zwar weil sie recht hatten. Meine Unterwerfung war zugleich meine Befreiung.

8

Ich war nervös, als ich meine Partnerin auf dem Weg zu ihrem neuen Posten aufs Kommandodeck begleitete, aber ich war auch unsagbar stolz.

Chloe trug eine zivile Offizierstracht und das helle Beige ließ ihre Haut und ihr Haar noch lebhafter erscheinen. Sie war ungeschminkt—nicht, dass die Frauen auf dem Schiff oft Make-up auflegten—und sie hatte es auch nicht nötig. Ihre dunklen Wimpern rahmten ihre grünen Augen perfekt ein. Wir marschierten durch die Gänge und ich konnte den Blick einfach nicht von ihren Kurven wenden, jenen Kurven, die ich in der Nacht noch berühren und küssen durfte. Ich musste ununterbrochen daran denken, was wir getan hatten, wie sie sich uns unterworfen hatte. Und jetzt musste ich ständig auf die Streifen an ihrem Kragen und an ihrer Brust starren. Meine Partnerin war eine verfluchte Kommandantin. Sie hatte einen höheren Dienstrang inne, als fast alle Leute in dieser Kampfgruppe, außer Kommandant Karter persönlich und einer Handvoll anderer. Und trotzdem war sie vor ihren beiden Partnern in die Knie gegangen, sie hatte die Kontrolle abgegeben, die eigentlich so selbstverständlich für sie war wie ihre Uniform.

Ich hatte sie nackt und gefügig gemacht. Unterwürfig. Still. Trotzdem, hier und jetzt, außerhalb unseres

Quartiers konnte sie mir die Befehle erteilen, konnte sie mich ins Schlachtgetümmel schicken, wie jeder andere Kommandant auf diesem Schiff auch. Und aus irgendeinem Grund brachte das meinen Schwanz zum Zucken.

"Schade, dass du nicht mehr den Plug im Arsch hast," flüsterte ich ihr ins Ohr, damit niemand außer Chloe mich hören konnte.

Sie stoppte abrupt, hob ihr Kinn und blickte mich an. Oh ja, das war der verärgerte Blick eines Kommandanten. "Privat hast du das Sagen, Captain. Hier draußen aber werde ich genauso wenig einen Plug im Arsch stecken haben, wie du."

Ihre krassen Worte ließen meinen Schwanz hart werden. Wir hatten sie mit Plugs und unseren Schwänzen abgefüllt, bis sie sich für die Arbeit fertig machen musste. Ich hätte nichts dagegen, wenn sie diese kleine Erinnerung weiter im Arsch tragen würde, sozusagen als

Gedächtnisstütze dafür, dass sie Dorian und mir gehörte, aber sie hatte recht. Soweit würde es nicht kommen.

Sie tätschelte meine Brust, ging auf die Zehenspitzen und flüsterte mir direkt ins Ohr. "Keine Sorge. Meine Pussy ist ziemlich wund. Ich werde nicht vergessen, wo ich hingehöre."

Ich räusperte mich und trat zur Seite, als zwei Everianer vorbeigelaufen kamen. Sie salutierten vor Chloe und stapften weiter, von unserer Unterhaltung hatten sie nichts mitbekommen.

"Gut," entgegnete ich. Hier auf dem verdammten Flur konnte ich auch nichts anderes sagen, ohne sie danach in den nächsten Lüftungsraum zu zerren und in sie hineinzurammeln. Also fasste ich ihren Ellbogen und führte sie weiter durch den Gang.

Ich wusste nicht genau, was Chloe früher beim Geheimdienst gemacht hatte und ich wollte es gar nicht mehr wissen. Die Gewissheit würde mich nur in den Wahnsinn treiben. Es konnte nichts Gutes gewesen sein. Nichts Harmloses. Sie arbeitete nicht mit kleinen Kindern im Kindergarten. Sie zog keine Pflanzen in der Gärtnerei heran. Nichts dergleichen, kein sicherer, geschützter Job. Nein, was auch immer sie dort getrieben hatte, war verdammt gefährlich und wahrscheinlich würde ich von Geschichten über ihre Vergangenheit nur ein Magengeschwür bekommen.

Gleich mussten wir abbiegen und das hier würde für eine ganze Weile unser letzter Moment unter vier Augen sein. Bestimmt würden sie mich bald wieder auf Mission schicken. Mir blieb keine Zeit und ich konnte sie nicht gehen lassen, ohne sie noch einmal zu küssen, ohne den Erinnerungen an eine ausgiebig durchfickte Nacht noch eins draufzusetzen. Die vorbeilaufenden Everianer oder sonstigen Passanten würden sich einfach arrangieren müssen. Sie war meine Partnerin und bevor wir uns trennten, wollte ich uns beiden genau das geben, was wir brauchten.

Ich stoppte abrupt und drängte sie mit dem Rücken zur Wand, dann eroberte ich ihren Mund. Zu meiner Erleichterung hob sie die Arme an, schlang sie um meinen Nacken und vergrub ihre Finger in meinem Haar. Ja, sie war ebenso verzweifelt wie ich. Von der Art und Weise, wie sie sich an mich schmiegte, hätte ich vor ihrer Ankunft in meinem Leben nur träumen können. Ihr Kuss war genauso hungrig und unersättlich wie meiner.

"Seth, pass gut auf dich auf, wenn du wieder einberufen wirst. Du musst zu mir zurückkommen," flüsterte sie gegen meine Lippen.

"Das werde ich." Wir blickten uns in die Augen. Ich konnte sie nicht mit leeren Versprechungen abspeisen und wir beide wussten, dass der Krieg auf Gefühle keine Rücksicht nahm. Und wir waren im Krieg. Ich beteuerte es trotzdem, denn ich meinte es so. Sollte ich für eine weitere Mission eingezogen werden, würde ich mich mit den verfickten Hive anlegen und alles tun, um zu ihr zurückzukehren.

Mit dem Daumen strich ich über ihre Unterlippe, dann verpasste ich ihrem Mund einen letzten, flüchtigen Kuss. "Benimm dich dort."

Sie lachte und ihre Augen funkelten geradezu diabolisch. "Das kann ich dir nicht versprechen, das weißt du."

Ich vergrub meine Hand in ihrem Pferdeschwanz und zog ihr Haar nach hinten, sodass sie zu mir aufblicken musste. Durch unsere Halsbänder konnte ich die Erregung spüren, die mein grobes Zupacken in ihr hervorrief. Ich blieb still, es war nicht nötig, dass ich sie mit Worten an meine Übermacht erinnerte. Erst dann schmolz sie buchstäblich dahin, sie unterwarf sich mir derartig grazil, dass mein Beschützerinstinkt mit voller Power auflöderte. Ich zog sie an mich heran und verpasste ihr einen allerletzten, derben Kuss. "Chloe, ich liebe dich. Wahrscheinlich ist es dafür noch zu früh, aber du sollst es wissen, nur für den Fall, dass—"

Sie legte einen Finger auf meine Lippen und stoppte mich. "Sag es nicht. Und ich liebe dich auch." Ich konnte die Tiefe ihrer Worte spüren, noch bevor sie sie aussprach. Ich spürte es durch das Halsband, in meinem Herzen, mit jeder Zelle meines Körpers. Diese Worte zementierten eine Art Beschluss in meiner Brust, etwas Hartes, Entschlossenes, Unnachgiebiges; etwas, das wie verbissen zu ihr zurückkehren würde. Unsere Geschichte war noch nicht vorüber. Bei Weitem nicht. Die Hive würden sie mir nicht entreißen.

Hand in Hand liefen wir in Richtung Kommandodeck. Die Tür öffnete sich und vor uns stand Kommandant Karter, er hatte die Arme verschränkt und machte ein finsteres Gesicht. Sein Blick verriet aber auch, dass er erleichtert war sie zu sehen ... und das beunruhigte mich noch mehr.

"Willkommen auf dem Kommandodeck, Kommandant Phan." Karter hob die Arme, damit die übrigen Anwesenden verstummten. "Meine Damen und Herren, das hier ist Kommandant Phan, sie war früher beim Geheimdienst tätig. Sie gehört jetzt zu uns und obwohl sie technisch betrachtet keine Armeekommandantin mehr ist, so blickt sie doch auf jahrelange Erfahrung auf dem Schlachtfeld zurück. Sie ist als interstellare Braut zu uns gestoßen und ich habe sie zur zivilen Kommandantin ernannt. Sie werden ihren Anweisungen folgen und ihr den gebotenen Respekt erweisen." Er wandte sich wieder uns beiden zu und deutete auf einen Sitz vor einer kompliziert wirkenden Kommunikationsanlage. "Kommandantin, Ihr Arbeitsplatz."

Sie quetschte kurz meine Hand und ich zog sie einmal mehr in meine Arme und flüsterte ihr ins Ohr, ohne Rücksicht auf die Zuschauer, "Ich liebe dich, Kommandantin. Sei vorsichtig."

"Ich liebe dich auch. Und jetzt mach, dass du hier rauskommst, Captain. Ich habe einen Job zu erledigen." Ihr Lächeln ließ mich schmunzeln und ich nickte kurz Kommandant Karter zu, bevor ich zurücktrat.

Chloe war leidenschaftlich und dreist und ich liebte einfach alles an ihr.

Die Tür schob sich zu, sperrte mich regelrecht aus und ich machte mich auf den Rückweg zu unserem Privatquartier. Ich brauchte eine Dusche und musste mich für den nächsten Einsatz fertig machen, denn ich könnte jederzeit angepingt werden. Lieber würde ich zu Hause bleiben und auf Chloe warten, aber dann wäre ich wohl wie eine überfürsorgliche Mutter, die ihr Kind zum ersten Tag im Kindergarten abgeliefert hatte. Ich war hinüber. Zermürbt. Das musste ich mir eingestehen. Dorian fühlte sich genauso beschissen, aber er war jetzt verfügbar, damit wir uns gegenseitig bemitleiden konnten. Wir waren wohl die einzigen Kämpfer, die in eine Kommandantin verliebt waren.

Ich grinste und beschleunigte meinen Gang. Chloe war nicht die Einzige, die einen Job zu machen hatte.

Dorian

Seth trat ein und ich wachte auf. Ich hörte einen Stiefel, wie er zu Boden fiel, dann den anderen. Er war dabei, im Badezimmer zu verschwinden.

"Wo ist Chloe?" fragte ich schließlich, als mir klar wurde, dass ich allein im Bett lag.

"Ich habe sie eben zum Kommandodeck gebracht. Du schläfst wie ein Baby," antwortete er.

"Chloe hat mich schlapp gemacht." Ich musste unwillkürlich grinsen und mein Schwanz wurde unversehens wieder steif. "Warum schläfst du dich nicht aus?"

Er schüttelte den Kopf, zog eine Augenbraue hoch. "Das Bett werde ich nur mit dir teilen, wenn Chloe zwischen uns liegt."

"Ich kann es immer noch nicht glauben. Sie ist unsere Braut und heute ist ihr erster Tag als Kommandantin Phan," brüskierte sich Seth. "Nicht Lady Mills." Verbitterung schwang in seiner Klage mit.

Ich stieg aus dem Bett, sammelte meine Klamotten zusammen und zog mich an. "Wir können es ihr aber nicht übelnehmen, dass sie so clever und erfolgreich ist."

In der Tat war ich recht stolz auf sie. Aber das bedeutete nicht, dass ich sie gerne in den Kampf ziehen ließ, nicht mehr als Seth. Zum Glück würde es nicht soweit kommen. Ausnahmsweise war ich froh über das strenge Regelwerk der Koalition.

"Ich hasse es, dass wir nichts über ihre Vergangenheit wissen dürfen. Es ist wie eine vier Jahre lange Lücke in ihrem Leben, von der wir nichts erfahren werden." Er öffnete sein Beinhalfter und legte seine Ionenwaffe auf den Tisch.

Jemand war heute Morgen wirklich angepisst. Letzte Nacht hatten wir unsere Partnerin bis zur totalen Erschöpfung durchgefickt und Seth müsste dementsprechend gut gelaunt sein. Er wirkte aber überhaupt nicht zufrieden oder gut gefickt. Er führte sich auf wie ein kleines Kind, dem man sein liebstes Spielzeug weggenommen hatte.

"Scheiße, mein Ständer will einfach nicht mehr weggehen. Im Gang habe ich sie geküsst und jetzt könnte ich sie schon wieder nehmen." Er seufzte. "Ich kann so nicht zum Briefing gehen. Mein Vorgesetzter würde mich wegschicken. Ich würde es nie bis zum Ende durchstehen."

Ich konnte ihn verstehen. Mein Schwanz war ebenfalls spitz wie Oskar und willig Chloe noch einmal durchzunehmen. Wir hatten sie ordentlich bearbeitet und sie hatte jede Minute sichtlich genossen. Wir hatten sie die ganze Nacht über dominiert. Genau das vermittelte ich Seth. "Ich wette, dass sie sich gerade vor lauter Hitze auf ihrem Stuhl hin und her windet."

"Ich habe ihr vorher noch den Plug rausgenommen."

Ich dachte an den Trainingsplug in ihrem Arsch zurück, wie er sie dehnte und auf unsere gemeinsame Inanspruchnahme vorbereitete und der Lusttropfen sickerte nur so aus meiner Spitze raus. "Ich wäre überrascht, wenn sie noch aufrecht gehen kann."

Damit entlockte ich Seth ein Grinsen. "Sie hat gesagt, dass sie wund ist."

Ich stöhnte. Nicht nur sie war wund. Meine Eier würden den ganzen Tag lang weh tun, bis ich wieder in ihr versinken könnte.

"Ich muss duschen und meinen Schwanz waschen, bevor ich irgendwohin gehe." Er zog sich das Hemd über den Kopf und ließ es auf den Boden fallen, dann marschierte er aus dem Zimmer. Ich hörte, wie die Badewanne volllief. Er war verstimmt. Ich konnte es ihm nicht verübeln. Wir hatten eine Partnerin, die jetzt aber nicht brav und gefügig zwischen uns im Bett lag. Nein, Seth war mit einer verdammt vorlauten Koalitionskommandantin verpartnert worden.

Sie passte perfekt zu ihm, zu uns beiden. Die Tatsache, dass sie willensstark, unabhängig und dreist war bewirkte nur, dass wir mehr von ihr wollten und dass ihre Unterwerfung im Schlafzimmer umso reizvoller war.

Wir würden auf sie aufpassen, sie aber nicht von der Arbeit abhalten. Am Feierabend würden wir ihr noch in der Eingangstür die Kleider vom Leib reißen, sodass sie ihre Rolle als

Kommandantin und alles andere außer uns vergessen würde.

"Mach hin," rief ich ins Bad hinüber. "Ich will zu unserer Partnerin. Scheiß drauf, was Karter sagt."

Seth streckte den Kopf durch die Tür. "Vergiss es. Glaub mir, wir sind total pussysüchtig. Ich habe es eingesehen und du solltest das auch tun. Wir können nicht eben mal aufs Kommandodeck stürzen und den Eindruck machen, Chloe würde uns mit der Hundeleine an den Eiern herumkommandieren."

Scheiße, er hatte recht.

"Na schön," antwortete ich wenig begeistert. Ich nahm mein Kissen, richtete es hübsch ordentlich auf dem Bett zurecht und rollte mich auf den Bauch. Mein verfluchter Schwanz ließ mich aber nicht in dieser Position ruhen, also drehte ich mich auf die Seite. "Ich lege mich wieder schlafen. Sie werden mich bestimmt bald zum Einsatz rufen."

9

hloe

Ich hatte mehrere Stunden an meinem neuen Arbeitsplatz verbracht, nach Hochfrequenzen gelauscht und Anomalien gesucht. Meine vierjährige Praxis in diesem Gebiet kehrte nur langsam und stückweise wieder zurück. Die experimentelle NPU in meinem Schädel stellte aber sicher, dass ich den Job erledigen konnte. Ohne das lernfähige Kopfimplantat wäre ich aufgeschmissen. Da ich die Einzige war, die diesen Job machte und Karter auch nichts davon erwähnt hatte, musste ich davon ausgehen, dass niemand hier über diese Technologie Bescheid wusste. Und weder gehörte es zu meiner Aufgabe, noch hatte ich die Befugnis streng geheime Infos auszuplaudern.

Egal, ich würde meine Arbeit machen.

Es war aufregend, wieder gebraucht zu werden, wieder Teil eines Teams zu sein. Tatenlos herumzusitzen hatte mir noch nie gefallen und ich war mehr als erleichtert darüber, auf diesem Schlachtschiff eine wichtige Position innezuhaben. Ich half im Kampf gegen die Hive.

Außerdem würde ich meine Partner befriedigen. Nicht nur sexuell, was ziemlich aufreizend war, sondern auch emotional. Ich wusste, wie sehr sie sich dagegen sträubten, dass ich wieder auf Mission ging. Ich spürte es über unsere Halsbänder und hatte gesehen, wie sie sich tags zuvor bei Kommandant Karter aufgeführt hatten. Ich hatte ihre Worte gehört. Ich würde Kompromisse machen müssen und kein unnötiges Risiko eingehen. Im Gegenzug würden sie mir alles geben, was ich brauchte. Einen sicheren Hafen, in dem ich alle Verantwortung abgeben konnte, wo ich beschützt und verehrt werden würde. Wo ich einfach ich selbst sein konnte. Chloe Phan, oder Lady Mills. Nicht Kommandant Phan. Sie hatten mich zur Partnerin genommen, nicht die ranghohe Kommandantin.

Das konstante Gewusel und geschäftige Hin und Her auf dem Kommandodeck war eine Wohltat für mich. Wie ich das vermisst hatte. Mir fehlte die präzise Routine einer gut geölten Maschine, Offiziere, die sich so gut kannten, dass sie im Auge des Sturms genau wussten, wie der andere tickte und reagieren würde.

Kommandant Karter stand gleich einer Marmorskulptur in der Mitte des

Decks. Nichts schien ihn aus der Ruhe zu bringen. Aber ich erkannte die Last auf seinen Schultern, während er seine Teams delegierte. Er verkörperte genau das, was die Crew von ihm erwartete und das spornte mich an, ebenfalls mein Bestes zu geben.

Ich wandte mich wieder dem Kommunikationspanel zu. Meine Kopfhörer waren dermaßen alt, ich hatte sie zum dritten Mal frustriert abgenommen, bevor ich aufblickte und Kommandant Karter plötzlich mit einer familiären kleinen Schachtel vor mir auftauchte. Ich erschrak. Das Ganze war wohl doch nicht so streng geheim. "Woher haben Sie das?"

"Ich weiß nicht, wovon Sie reden, Kommandant Phan," antwortete er nur.

"Ist das nicht das, wofür ich es halte?"

Kommandant Karter stellte die kleine Schachtel vorsichtig vor mir ab, als ob er genau wüsste, wie kostbar die Technik darin war. Dann ließ er umgehend die Finger von dem Behälter. "Ich habe nichts mitbekommen, Kommandant. Ich bin sicher, dass Doktor Helion vom Geheimdienst auch nichts bemerkt hätte." Er zog eine Augenbraue hoch und grinste, ein Auge machte eine eigenartige Bewegung, die wohl ein Augenzwinkern bedeuten sollte und die für einen Prillonischen Kommandanten das Höchste der Gefühle darstellen musste.

Ich grinste zurück und öffnete mit zittrigen Händen die Schachtel. Darin fand ich mein altes Paar Kopfhörer mit der fortschrittlichsten Geheimdienst-Technologie. Selbst innerhalb der Flotte. So selten, dass niemand außerhalb meiner Abteilung beim Geheimdienst je so einen Hörer zu Gesicht bekommen hatte, zumindest soweit ich wusste. Kommandant Karter aber schien alle möglichen Regeln neu zu interpretieren, und das meinetwegen. Er räusperte sich. "Ich bin sicher, dass Ihnen so die Arbeit erleichtert wird."

Ich konnte nur ein Nicken erwidern und zog die eigenartigen Kopfhörer über. Ich wartete auf das metallische Klicken und Summen in meinem Kopf, als der Kopfhörer sich mit der NPU in meinem Schädel verband. Wann immer ich das Ding aufhatte, kam ich mir vor wie ein wandelnder Computer.

Das Gerät verstärkte für den Menschen nicht-hörbare Frequenzen und entschleunigte verschlüsselte Codes und Kommunikationen der Hive, damit ich sie mir anhören konnte. Es war, als ob ich das Radio angeschaltet hätte und einem altbekannten, familiären Song lauschen würde. "Jawohl, Sir "

Er nickte und wirkte überaus zufrieden. Kein Wunder. In meiner Abteilung beim Geheimdienst gab nur etwa ein Dutzend Codebrecher wie mich. Und wir befanden uns in einem Krieg mit gewaltigen Ausmaßen, der sich über hunderte von Sternensystemen und Koalitionswelten spannte. "Nur Sie dürfen das Gerät benutzen, Chloe. Wenn

Sie nicht im Dienst sind, wird es in meinem Safe aufbewahrt. Sie müssen es am Ende ihrer Schicht entweder mir oder dem befehlshabenden Offizier überreichen, damit wir es sicher verwahren können."

"Ja, Sir."

"Dieses Gerät gibt es nicht und es wird diesen Raum nicht verlassen. Soll heißen, Ihre Partner dürfen nichts davon zu Ohren bekommen."

Seine Worte ließen mir alle Haare zu Berge stehen; wie konnte er nur glauben ich würde Dienstgeheimnisse ausplaudern. Dann aber erinnerte ich mich daran, dass keiner seiner Kommandanten mit einfachen Kämpfern verpartnert war. Ich war eine Art Kuriosum und meine Verbindung zu Seth und Dorian war eng. Zu eng vielleicht, insbesondere der Halsbänder wegen. Es war weise, dass er mir eine Warnung aussprach, aber es war ebenso überflüssig.

"Ich verstehe, Sir." Und das tat ich.

Das hier war eine gefährliche Technik. Ich war schockiert, dass sie Kommandant Karter das Gerät in die Hände gespielt hatten.

Allerdings gab es nicht in jeder Kampfgruppe einen Ex-Geheimdienstoffizier, der wie ich damit umgehen konnte. Und nicht jeder Koalitionssektor war täglicher Schauplatz von Gefechten mit den Hive, so wie Karters Kampfgruppe. Sektor 437 war berüchtigt für die höllischen Verhältnisse hier, ein Ort, an dem sich einigermaßen vernünftige Krieger nur ungern aufhielten. Die einzigen Krieger, die gerne hier Stellung bezogen waren ruhmgeile Goldgräber oder schießwütige Adrenalinjunkies.

Wie ironisch, dass ich das ganze Gegenteil davon verkörperte. Ich war glücklicher als je zuvor in meinem Leben und das hatte nichts mit dem Krieg zu tun und alles mit meinen Partnern.

Ich setzte mich und begann noch

einmal ganz von vorne und diesmal verstand ich zehnmal mehr als zuvor. Die hoch komplizierte Computersoftware, die die Koalitionsflotte bei Standardoperationen verwendete, konnte die meisten Hive-Transmissionen auf Standardfrequenzen entschlüsseln, diese gingen von Schiff zu Schiff oder quer durch den Weltraum. Die internen Verbindungen aber zwischen den einzelnen Hive waren intuitiver und weniger maschinenartig als angenommen. Sie hatten einen Rhythmus, einen Sprechfluss. Etwas, das ich instinktiv verstehen konnte und was die Computersysteme noch nicht zu entschlüsseln vermochten, weil ihre Kommunikationen zu organisch waren. Zu unlogisch. Zu menschlich.

Elektrisiert arbeitete ich mehrere Stunden lang weiter, während meine Partner ihrerseits ihren Aufgaben nachgingen. Es war merkwürdig, wieder im Weltraum zu sein, wenngleich zusammen mit meinen Partnern. Es verwunderte mich, wie oft meine Gedanken zu ihnen abstreiften. Dorian war noch am Schlafen, das wusste ich. Nachdem sie mich bis zur totalen Erschöpfung durchgefickt hatten, war ein Ping ertönt, das ihn zu einem spät nächtlichen Flugeinsatz gerufen hatte. Keine Ahnung, wie lange er unterwegs war, aber als er zurück ins Bett geklettert kam, hatte er mich geküsst, die Arme um mich geschlungen und war prompt eingeschlafen.

Und jetzt, während ich arbeitete, war Seth auf Mission mit der ReCon 3. Ich überwachte seinen Einsatz, hörte die Einsatzberichte über die Kommunikationsstation am anderen Ende des Raumes. Sollte ReCon 3 oder Seth etwas zugestoßen sein, würde ich es sofort erfahren. Ich würde wohl sehr viel Zeit in diesem Raum verbringen und auf Neuigkeiten warten, wenn einer meiner Männer auf Mission war.

Hatte ich mich in nur ein paar

Tagen in die beiden verliebt? Ich konnte es mir nicht erklären, aber so war es.

Ich sehnte mich nach ihren Berührungen. Ich verzehrte mich nach Seths dominanter Ader und Dorians schutzgebenden Umarmung und nicht nur, weil ich es—also sie beide—durch die Halsbänder spürte. Mit den Fingern griff ich nach meinem Halsband. Ich war wie süchtig nach ihrer Stärke, ihrem herrischen Alphamann-Gehabe und der Art, wie sie mich berührten, sobald wir allein waren. Nach dem Gefühl der Geborgenheit. Nie zuvor hatte ich so etwas erfahren. Und irgendwie wusste ich, dass ich so etwas nie mehr erleben würde.

Sie gehörten mir, genau, wie ich ihnen gehörte.

Ein merkwürdiger Summton in meinem Kopf riss mich aus meinen Gedanken und ich konzentrierte mich mit aller Kraft auf meine Aufgabe, ich suchte nach Hochfrequenzen und versuchte, eventuell darin verborgene Kommunikationen zu entziffern.

Aber ich war nicht zufällig über irgendetwas *gestolpert*. Es war wie eine Explosion in meinem Kopf und ich krümmte mich vor Schmerzen. Ich schrie auf und klappte auf dem Steuerpult zusammen, alles drehte sich und mein Kopf schmerzte, als ob ein Tornado aus Rasierklingen durch mein Hirn wirbelte.

Alle Augen im Raum drehten sich überrascht zu mir um, aber ich konnte den Kopf nicht mehr heben. Der Schmerz ließ nicht nach, sondern wurde immer stärker, wie ein Dolch, der sich durch meine Ohren direkt ins Zentrum meines Schädels bohrte.

"Kommandant Phan?"

Ich wollte den Kopf anheben und mich wieder aufsetzen, dann fasste ich an den Kopfhörer, der mit meiner NPU verbunden war, damit Kommandant Karter ihn mir nicht abnehmen konnte. "Nein. Rühren Sie mich nicht an. "

Der Kommandant stand jetzt vor mir, er hatte die Hände auf die Hüften gestützt und wirkte gar nicht amüsiert. "Reden Sie mit mir."

Ich versuchte es, allerdings konnte ich ihm nicht erklären, was überhaupt los war. Es war, als ob ich plötzlich in einen Knotenpunkt der Hive hineingeplatzt war. Es war so laut und belebt, dass ich mir wie inmitten eines Rockkonzerts vorkam. Außer, dass ich mir nicht die Ohren zuhalten konnte. Und ich stand direkt vor den Lautsprechern. "Es ist laut."

"Kommandant Karter, ein Anruf von der Krankenstation."

Der Kommandant drehte sich um und nickte "Auf den Bildschirm."

Ein wildfremder Prillonischer Krieger erschien auf dem Display. Seine grüne Uniform deutete auf seinen Rang. Hinter ihm stand eine Menschenfrau, eine Ärztin in ebenfalls grüner Uniform, die mit Atlanischen Paarunghandschellen bestückt war. Sie war damit beschäftigt, einen mir unbekannten Atlanen zu beruhigen.

Der Doktor wischte sich den Schweiß von der Stirn und hechelte, als wäre er eben einen Marathon gelaufen. "Die Hive sind dabei, irgendetwas auszuhecken, Kommandant. Kriegsfürst Anghar saß plötzlich kerzengerade im ReGen-Tank, schreiend und die Hände an den Kopf gepresst. Und vorher war er bewusstlos."

Ich stützte mich auf den Ellbogen, um den Atlanen näher zu betrachten. Mein Kopf schmerzte immer noch, als ob man mir ein Messer ins Hirn gerammt hätte, aber es war kein überraschendes Gefühl mehr. Ich würde es aushalten.

Kommandant Karter musterte den Doktor und den Atlanen und ich fragte mich, ob er sich Sorgen darum machte, dass der Krieger zur Bestie werden würde. "Wie viel Hive-Technologie steckt noch im Kriegsfürsten?"

"Ich habe so viel wie möglich

entfernt," beteuerte der Doktor. "Mit dem Rest wird er sich abfinden müssen …"

"Ist er Herr seiner Sinne? Ist das hier Kriegsfürst Anghar, oder eine Drohne der Hive?"

Der Doktor schüttelte nur den Kopf und fuhr sich nervös durch sein rotbraunes Haar. "Das kann ich nicht sagen, Sir. Er hat zwei Tage lang bewusstlos im ReGen-Tank gelegen. Dann ist er aufgewacht und hat uns alle zu Tode erschreckt. Bis jetzt hat niemand mit ihm gesprochen."

"Kann er mich hören?"

Der Doktor nickte. "Ich verbinde ihn, Sir." Er wandte sich um. "Kriegsfürst Anghar, der Kommandant möchte gerne mit Ihnen sprechen."

Der Atlane blickte zum Monitor auf und das gesamte Kommandodeck schien die Luft anzuhalten und wartete darauf herauszufinden, womit wir es hier zu tun hatten. Einer rational denkenden Person? Oder einer Bestie, die das gesamte Schiff auseinandernehmen konnte. Seine Hände waren zu Fäusten geballt. "Ich höre Sie, Karter." Seine Stimme glich einem tiefen Grollen, klang aber zurechnungsfähig.

Kommandant Karter beugte sich vor, als ob er so den Atlanen besser unter die Lupe nehmen könnte. "Ausgezeichnet. Ich sehe Sie in fünf Minuten auf dem Kommandodeck." Er wandte sich mir zu und kniff die Augen zusammen. "Sie kommen in mein Büro, sofort."

Er lief zum Besprechungsraum. Ich wollte ihm folgen, aber mir wurde dermaßen schwindelig, dass ich einen Moment lang innehalten musste. Die Hände auf ein Steuerpult gestützt sammelte ich mich für ein paar Augenblicke und der Prillonische Krieger an meiner Seite bot mir mit ausgestreckter Hand seine Hilfe an. Ich aber wiegelte ab.

"Alles in Ordnung, danke ..." Ich atmete tief durch und ignorierte den Schmerz. Dann lief ich ins

Besprechungszimmer und nahm neben dem Kommandanten Platz. Stillschweigend wartete er an einem großen ovalen Tisch, bis der Doktor und die Bestie mit dem Namen Anghar in den Raum traten. Der Atlane passte kaum durch den Türrahmen, so gewaltig war er.

Der Kommandant machte ihm ein Zeichen, sich am anderen Ende des Tisches niederzulassen. Bevor ich mich versah, füllte sich der Raum mit anderen fremden Kriegern, deren Kommandoabzeichen sie aber als befehlshabende Offiziere der einzelnen Abteilungen der Kampfgruppe auswiesen.

Eifrige Diskussionen flackerten auf, als der Doktor die anwesenden Krieger über den Zustand des Kriegsfürsten in Kenntnis setzte. Für einen Atlanen war dieser bemerkenswert still. Genau genommen für irgendeinen dieser Alphakrieger. Das konnte nur beweisen, was der Kriegsfürst alles durchgemacht hatte, oder was für unfassbare Schmerzen er gerade erleiden musste. Der Doktor erwähnte, dass man ihm den Großteil der Hive-Implantate entfernt hatte, einige aber nicht entnommen werden konnten, ohne dabei sein Leben aufs Spiel zu setzen. Er würde so bald wie möglich, also nach Bewilligung der Transportcodes zur Kolonie transportiert werden. Der Atlane war sichtlich wenig erfreut darüber, er hatte die Hände auf den Tisch gelegt und zu engen Fäusten geballt. Wie für alle anderen, die zur Kolonie verbannt wurden, gab es herzlich wenig, was er dagegen ausrichten konnte und wir alle wussten das.

Ich schleppte ebenfalls eine Variante der Hive-Technologie mit mir herum, aber mein Implantat war von der Koalition geprüft und vom Geheimdienst speziell modifiziert worden und in diesem Moment trieb es mich regelrecht in den Wahnsinn. Zum Glück war der krasse Schmerz zu einem dumpfen Kopfweh abgeklungen, das konstante Summen aber hielt weiterhin an. Ich mal wieder.

Der Kommandant musste dem Doktor eine Weisung gegeben haben, denn dieser kam zu mir herübergelaufen und legte mir ein Injektionsgerät an den Nacken. Innerhalb von Sekunden war der Schmerz wie weggeblasen. Ich atmete erleichtert auf. "Vielen Dank, Doktor."

Der Doktor nickte und setzte sich auf den leeren Platz neben mir. Seine dunklen Augenringe und die Linien um seinen Mund ließen vermuten, dass die achtundvierzig Stunden andauernde Strapaze mit der Bestie ihn komplett ausgelaugt hatte.

Kommandant Karter blickte auf den Kriegsfürsten am anderen Tischende.

"Vielen Dank, dass Sie uns Gesellschaft leisten, Kriegsfürst. Da Sie jetzt den ReGen-Tank verlassen haben, können Sie uns vielleicht etwas darüber sagen, was hier vor sich geht?"

Ich selbst wusste nicht, was los war und wollte es gerne herausfinden. Ich war leicht durcheinander, als ob ich etwas entscheidendes verpasst hatte. Es war aber mein erster Tag im neuen Job, also hatte ich so oder so Nachholbedarf.

Der Atlane blinzelte gemächlich, er beäugte die Anwesenden, als ob er sie zum ersten Mal sah. Seine Augen waren nicht vollkommen silbrig, wie bei den komplett Assimilierten, aber sie schimmerten von innen heraus. Der arme Typ blickte durch Augen, die nicht länger seine eigenen waren.

Und ich dachte, das wirre Summen in meinem Kopf war nur eine Justierung.

"Es ist eine Falle, Sir," sprach er mit tiefer Stimme.

10

hloe

DER ATLANE RÄUSPERTE sich unüberhörbar laut. "Sie benutzen diesen Sektor, um eine neue experimentelle Waffe einzusetzen ..." Der Kriegsfürst hatte die Hände jetzt flach auf den Tisch gelegt, seine extreme Anspannung spürte ich aber auch noch an der anderen Seite des Raumes. "Sie müssen die Kampfgruppe hier rausschaffen."

"Das geht nicht, das wissen Sie,"

entgegnete Kommandant Karter. "Die Koalition hält den Sektor 437 seit Jahrhunderten. Wir werden ihn auch heute nicht verlieren." Als Anghar nichts mehr darauf zu sagen hatte, stieß der Kommandant ein Seufzen aus und hakte weiter nach. "Was für eine Falle?"

Der Atlane schüttelte frustriert den Kopf und verzog das Gesicht. "Das weiß ich nicht, Sir. Ich erinnere mich nicht mehr. Ich weiß, dass da draußen eine Falle lauert. Wir gehen ihr gerade ins Netz. Das ist alles."

"Nun, Kriegsfürst Anghar, das ist besser als nichts." Kommandant Karter wandte sich mir zu. "Sagen Sie mir etwas erfreuliches, Chloe. Können sie hören, was diese Mistkerle vorhaben? Geben Sie mir etwas, womit ich arbeiten kann."

Alle Blicke richteten sich auf mich, die meisten voller Neugierde. Ich war neu hier und der Kommandant wollte mir die ganze Verantwortung für diesen Schlamassel aufschultern, verlangte Antworten. Ich blickte auf. "Die normalen Kommunikationsabläufe haben keine eindeutigen Hinweise gegeben. Ich werde einige Stunden benötigen, um ihre Signale zu analysieren und daraus meine Schlüsse zu ziehen."

"Was hat es mit diesem Angriff auf sich? Mit Ihren Kopfschmerzen?"

"Ich bin mir nicht sicher," antwortete ich. War ich auch nicht. Ich wusste nicht, was da urplötzlich auf mich eingestürzt war ... irgendetwas.

Anghar ballte die Hände zu Fäusten, aber ohne sie vom Tisch zu heben. "Ihnen bleiben keine zwei Stunden Zeit. Ich spüre sie, sie kommen näher."

Ich spürte es auch. Keine Ahnung, wie das möglich war, aber ich wusste es.

Ich blickte dem Kriegsfürsten in die Augen und wir verstanden uns ohne Worte. Irgendwie wusste er, dass ich es auch spüren konnte. Zwischen uns bestand eine merkwürdige, summende Verbindung, als ob die Hive-Frequenzen uns irgendwie aneinander gekettet hatten. Wie zwei Punkte an den Enden einer vibrierenden Gitarrensaite.

Ich blickte zu Kommandant Karter. "Er hat recht. Uns bleiben keine zwei Stunden. Ich kann sie ebenfalls spüren."

"Mit allem gebührenden Respekt, Kommandant Karter, was zur Hölle reden sie da?" Ich kannte den Atlanischen Kriegsfürsten, der das Wort ergriff nicht, aber er war enorm und mit Narben übersät und trug ebenfalls eine Kommandantenuniform.

Die Atlanen wählten ihre Anführer. Der Krieger vor mir war also von den anderen bestimmt und gewählt worden. Er wurde respektiert, hatte Erfahrung. Er bemerkte, wie ich ihn anstarrte und seine Augen huschten flüchtig über das Prillonische Halsband an meinem Nacken, bevor er sich leicht verneigte.

"Meine Dame, ich bin Kriegsfürst Wulf."

"Kommandant Chloe Phan, von der Erde."

Der gigantische Kriegsfürst türmte

sich über mir auf. Er war beinahe zwei Meter fünfzig groß.

"Und was war Ihr Spezialgebiet, Kommandant Phan? Wie sind Sie zur Kommandantin der Koalitionsflotte geworden?"

Kommandant Karter erhob sich und stützte sich ab, seine Ellbogen waren durchgestreckt, seine Arme gerade und angespannt, seine Muskeln traten mit unverhohlener Anspannung hervor und seine Fingerknöchel pressten auf die Tischplatte. "Kommandant Phan war vier Jahre beim Geheimdienst tätig. Das ist alles, was ich Ihnen sagen kann. Wir brauchen jetzt ihre Hilfe. Was sie sagt, wird gemacht."

Einer der anderen Offiziere rührte sich ebenfalls. Ich konnte sein Gesicht nicht genau erkennen, hörte aber seine Worte. "Sollten wir den Geheimdienst nicht über diese Bedrohung informieren?"

"Bei den Göttern, selbstverständlich." Kommandant Karter

bäumte sich zu seiner gesamten Größe auf und ließ den Kopf über seinen Nacken rollen. Das unheilvolle Knacksen seiner Halswirbel war quer durch den Raum zu hören. "Benachrichtigen Sie umgehend die Zentrale. Wir brauchen ein Team, sofort."

Er blickte zu mir herunter. "Kommandant Phan. Sie gehen zur Kommunikationsstation und finden so viel wie möglich über die Sache hinaus."

Ich wusste nicht, was diese *Sache* war, entgegnete aber nur, "Ja, Sir." Ich stand auf, verneigte den Kopf vor den Kriegsfürsten und Kriegern und besonders nachdrücklich vor dem Kommandanten und Kriegsfürst Anghar, bevor ich mich wieder an die Arbeit machte.

Ich ging an meinen Platz und setzte einmal mehr die speziellen Kopfhörer auf. Sie sahen aus wie ein halber Footballhelm auf meinem Kopf. Die Ausrüstung war sperrig, und hässlich.

Schwer. Aber ich hatte einen eingebauten Displaybildschirm, auf dem ich aus beiden Augenwinkeln die Kommunikationssignale sehen konnte. Wichtiger noch, ich wurde vor Fremdgeräuschen auf dem Kommandodeck abgeschirmt. Ich arbeitete in meiner eigenen Sphäre, meiner lautlosen, stillen Seifenblase.

Aber hier drinnen war es nicht ruhig. Ganz im Gegenteil. Über meine Kopfhörer wurde ich ununterbrochen von Weltraumkrach aller Art bombardiert, der wie eine Surfwelle durch die Lautsprecher auf mich einkrachte.

Und ich lauschte, wartete auf das unmerkliche Geflüster einer lebenden Kreatur. Einer Kreatur, die mehr Maschine war als sonst was.

Es begann als ein abgeschwächtes Ping in meinen Ohren. Leise, wie ein Kätzchen, dessen Schnurrhaare gegen eine Fensterscheibe pressten. Es war kaum wahrnehmbar, aber ich hörte es und folgte der Fährte wie ein Bluthund. Wie ein großer weißer Hai, der soeben einen einzigen Tropfen Blut in den Weiten des Ozeans gewittert hatte.

Mein Partner war da draußen. Seth war jetzt mit ReCon 3 unterwegs. Dorian würde schon bald wieder auf Mission geschickt werden. Wenn die Hive uns eine Falle gestellt hatten, dann würde ich sie aufspüren. Diese herzlosen Maschinen würden niemals meine Partner von mir reißen. Sie würden niemanden aus dieser Kampfgruppe holen. Nicht, wenn ich es verhindern konnte.

Eine familiäre Wut bauschte sich in mir, aber sie wurde von einer laserartigen Präzision begleitet, die ich seit über einem Jahr nicht mehr gespürt hatte. Wir waren im Kampf. Das hier war Krieg. Die Art von Schlacht, bei der ich immer als Sieger hervorging.

Ich zoomte auf das Signal, blendete alle anderen Geräusche aus und drehte den Ton so weit auf, bis nur noch das fast lautlose Signal in meinem Schädel herumschwirrte, wie ein Trommelschlag. Wieder und wieder. Ich übertrug das Geräuschmuster auf mein Display und stellte schockiert fest, dass es eine Struktur bildete, die wie Honigwaben aussah. Der Ton sprang von einem Knotenpunkt zum anderen und bildete dabei ein sechskantiges Muster, lauter miteinander verwobene Hexagons.

Es sah aus wie ein Netz und die gesamte Kampfgruppe steuerte direkt darauf zu.

Ich sprang auf und rief den Kommandanten, "Kommandant Karter, stoppen Sie das Schiff! Alle Schiffe, sofort anhalten."

Zwei Schritte später war der Kommandant an meiner Seite. "Was haben Sie gefunden?"

"Eine Falle, wie der Kriegsfürst gesagt hat. Ich weiß nicht, was es ist. Aber es sieht aus wie eine Art Netz, oder ein Netzwerk und wir steuern genau drauf zu."

Der Kommandant warf einen kurzen Blick auf meinen Bildschirm und stellte keine weiteren Fragen. Sofort befahl er, alle Schiffe der Kampfgruppe anzuhalten. Ich wusste nicht genau, wie nahe wir dem Ding waren, aber wir waren nicht mehr weit entfernt. Gott weiß, was passieren würde, sollten wir dem Ding ins Netz gehen. Oder ob die Hive uns dahinter auflauerten.

Das Schiff erbebte regelrecht unter meinen Füßen, mit einem Ruck kam es abrupt zum Stehen und das plötzliche Manöver musste alle schlafenden Passagiere an Bord mit einem unsanften Stoß aus dem Bett geworfen haben. Aber das war jetzt unsere geringste Sorge. Ein anderer Offizier blickte zum Kommandanten auf. "Kommandant, Transportanfrage von der Geheimdienstzentrale. Soll ich den Transport genehmigen?"

"Ja. Ich bin schon unterwegs." Er

drehte sich um und machte mir ein Zeichen. "Sie kommen mit mir."

Ich nickte und erschauderte zugleich. Ich fürchtete, dass ich genau wusste, wer da gleich an Bord dieses Schiffes transportieren würde und ich hatte absolut keinen Bock ihn zu sehen. Wahrscheinlich war es eine gute Idee, mich hinter dem Kommandanten zu verstecken, damit ich Bruvan nicht gleich im ersten Moment an die Gurgel ging.

Wir waren fast schon zur Tür hinaus, als einer der Offiziere Alarm schlug. "Kommandant, Frachter 572 reagiert nicht auf den Befehl. Wir bekommen keine Antwort."

Der Kommandant machte auf dem Absatz kehrt und marschierte zur Arbeitsstation des Offiziers herüber, wo ein dreidimensionales Modell der Kampfgruppe über einem flachen Koordinatenfeld schwebte. Auf seinen Befehl hin war die gesamte Armada zum Halten gekommen, die kleinen holografischen Schiffsmodelle schwebten regungslos in der Luft. Alle, außer einem Raumschiff.

Der Kommandant blickte über seine Schulter. "Wie viele Krieger sind auf dem Schiff?"

Der Offizier schaute nach unten auf seinen Bildschirm. "Zwei, Sir. Zwei Prillonische Krieger. Junge Piloten, die erst vor wenigen Wochen von Prillon Prime zu uns gekommen sind, Sir. Wahrscheinlich schlafen sie gerade."

Der Kommandant rührte sich. "Wie weit sind sie der Kampfgruppe voraus?"

"Zweitausend Meilen, steigend."

"Kontaktieren Sie sie weiter." Er wandte sich einem anderen Offizier zu. Dieser ähnelte so sehr einem Menschen, dass er nur vom Planeten Trion stammen konnte. "Wenn Sie sie in zwei Minuten nicht erreichen können, dann übernehmen sie das Schiff und holen es per Fernsteuerung zurück."

"Ja, Sir."

Ich war gerade wieder unterwegs zur

Tür, als ein Alarm schrillte. Der Kommandant drehte sich einmal mehr um. "Berichten Sie."

Der Offizier, der eben noch verzweifelt versucht hatte den Frachter zu kontaktieren, drückte wie wild auf Knöpfen herum und fuchtelte mit den Händen, als ob er so irgendwie das Hologramm beeinflussen könnte. Das winzige Modell, das eben noch hellrot leuchtete, jenes kleine Leuchtzeichen in der Luft, das eben noch den Frachter darstellte, war verschwunden. "Sir, wir haben den Frachter verloren."

"Was soll das heißen, verloren?" Kommandant Karter lief zu dem Hologramm hinüber, seine Stiefel bewegten sich lautlos über den harten Boden und diese Stille verdeutlichte seine absolute Selbstbeherrschung.

Der Offizier blickte nicht von seinem Pult auf, sondern bemühte sich weiter, während er dem Kommandanten Rede und Antwort stand. "Das Schiff ist verschwunden, Sir. Es ist weg."

Der Kommandant war wie versteinert. "Ich will eine Grafik sehen. Sofort."

So leise wie möglich schlich ich mich hinter ihn, ich war nicht sicher, was ich auf dem Monitor sehen würde, wusste aber, dass es grässlich sein würde. Das gesamte Kommandodeck verstummte, als wir den Frachter dabei beobachteten, wie er durch die lichtlosen, unendlichen Weiten des Raumes glitt, bis er plötzlich mit einem gewaltigen Lichtblitz explodierte.

"Noch einmal," befahl der Kommandant. Die Aufzeichnung wurde dreimal mehr abgespielt, während wir das grausige Schauspiel beobachteten und zu analysieren versuchten. Es gab keine sichtbaren Einschüsse. Die Explosion ging vom Äußeren des Schiffs aus, von seiner Ummantelung, nicht vom Inneren. In der Nähe waren aber keine feindlichen Schiffe unterwegs, weder die Hive, noch Raketen oder Ionenfeuer oder

Kanonenschüsse waren zu sehen. Nichts.

Eben war der Frachter noch in Ordnung. Im nächsten wurde er in tausend Stücke zerfetzt.

Der Transportoffizier meldete sich zu Wort. "Sir, das Geheimdienstteam ist soeben auf Transportfläche 2 eingetroffen."

"Wie viele?"

"Acht, Sir."

Der Kommandant starrte immer noch auf den Bildschirm, auf die schwebenden Trümmer und die brennenden Überreste des Raumschiffs und der beiden Piloten an Bord. "Rufen Sie die ReCon-Einheiten zurück. Bringen Sie unsere Angriffstruppen hier her. Wir verlassen Latiri 7. Wir brauchen alle verfügbaren Truppen, um die Kampfgruppe zu verteidigen. Und stellen Sie sicher, dass alle Einheiten über die Koordinaten verfügen, um diesem Netz aus dem Weg zu gehen."

"Sir, das wird Stunden dauern." Der

leitende Offizier, ein gigantischer Prillone namens Bard trat näher. "Wenn wir uns von Latiri 7 zurückziehen und das eroberte Territorium dort aufgeben, werden die Hive ihre Truppen auf Latiri 4 nur verdoppeln. Es wird Monate dauern, den Planeten zurückzuerobern."

Kommandant Karter legte seinem Prillonischen Mitstreiter die Hand auf die Schulter. "Ich weiß. Aber wie wir alle wissen sind wir nicht im Sektor 437, um hier den Krieg zu gewinnen. Wir sind hier, um den Status Quo zu gewährleisten, um die Hive daran zu hindern, weiter ins Koalitionsgebiet vorzudringen. Wir haben hier eine Art Linie in den Sand gezogen, Bard. Wenn wir sie nicht aufhalten, wenn die gesamte Kampfgruppe mit einer unsichtbaren Waffe angegriffen wird, dann verlieren wir den gesamten Sektor."

Der Prillone war nicht erfreut, gab aber keine Widerworte. Er wusste, dass der Kommandant letztendlich recht hatte. Eben hatten wir mit eigenen Augen die unmittelbare Vernichtung eines Frachters mitangesehen. Wir alle wussten, was auf dem Spiel stand. Sollte die Kampfgruppe Karter geschlagen werden, dann würde ein halbes Dutzend Koalitionsplaneten plötzlich in Reichweite der Hive fallen. "Ziehen sie alle verfügbaren Truppen ab. Wir halten die Stellung auf Latiri 4. Die können sich meinetwegen ein paar Tage auf Latiri 7 austoben, während wir die Sache in den Griff bekommen. Ich will alle Schiffe in Verteidigungsformation um die Kampfgruppe sehen. Ich will alle Shuttles und Ziviltransporter im Zentrum haben, in Kampfformation."

"Sir, gehen sie von einem bevorstehenden Angriff aus?" wollte der Prillone wissen.

"Kriegsfürst Anghar hat gesagt, die Hive haben uns eine Falle gestellt. Ich fürchte, wir haben sie soeben getriggert."

"Verstanden, Sir."

Der Kommandant begab sich

Richtung Ausgang und Bard begann, den Rückzugsbefehl an alle ReCon-Einheiten, Angriffstruppen, Frachter und Piloten weiterzugeben. Und zwar mit einem Notfallcode, von dem ich bisher nur gehört hatte, den ich aber nie persönlich erlebt hatte.

Der Kommandant eilte den Gang entlang und achtete nicht weiter auf mich, bis wir fast die Transportstation Nummer zwei erreicht hatten. Als er abrupt Halt machte, rannte ich ihn beinahe in den Rücken.

Er wandte sich zu mir um und vorbei war es mit dem einst so besonnenen Kommandanten. An dessen Stelle war ein vor Wut nur so schäumender Prillone getreten, der eben zwei Piloten verloren hatte und alles andere als erfreut darüber war. "Womit habe ich es hier zu tun, Chloe? Wer wird in diesem Raum sein?"

Ich schüttelte den Kopf. "Das weiß ich nicht genau. Wahrscheinlich ein Kommunikationsteam des

Geheimdiensts, oder eine Hive-Infiltrationseinheit. Wenn das der Fall ist, werden Sie jemanden wie mich dabei haben."

"Jemanden wie Sie." Sein Blick wanderte über mein Gesicht, zu dem merkwürdigen Silberapparat, den ich immer noch übers Ohr geklemmt trug. Das seltsame Metall schmiegte sich meinem Schädel an, es schaffte einen Arbeitskreislauf, eine Verbindung zwischen dem Kopfhörer und der NPU hinter meinem Ohr. "Jemand, der so ein Ding aufhat. Jemand, der sie hören kann?"

Ich nickte und er packte mich an der Schulter, so wie er es mit Bard getan hatte und knuffte mich leicht, damit ich verstand, dass er mir den Rücken freihielt. "Gut. Wir brauchen alle Hilfe, die wir bekommen können. Ich werde nicht noch ein Schiff verlieren." Er wandte sich ab und trat in den Transportraum.

Ich heftete mich an seine Fersen und

musste mir einen Aufschrei verkneifen, als deutlich wurde, was uns dort erwartete. Auf der Transportfläche stand, aufgeplustert und selbstherrlich, also wie ein wichtigtuerisches Stück Scheiße, mein alter Teamkollege, Kommandant Bruvan. Und wie ich es vorausgesagt hatte, hatte er eine voll bewaffnete Hive-Infiltrationseinheit mitgebracht. Spezialkräfte, die der Geheimdienst einsetzte, um sich an Orte zu schleichen und auch wieder herauszukommen, ohne dass die Hive uns aufspüren konnten. Wie SEALs auf der Erde, aber mit besserer Ausrüstung.

Die Hive-Infiltrationseinheiten waren ein hoch spezialisierter Zweig des Geheimdienstes. Eine aktive Einheit setzte sich normalerweise aus einem Codebrecher zusammen, also jemanden wie mich, sowie einem Kommunikationsagenten mit einer besonderen Art NPU, die mit zusätzlichen Hive-Protokollen programmiert worden war. Wir waren die Augen und Ohren, die fortschrittlichste Waffe der Koalition im Kampf gegen den Feind. Wir waren die einzigen, die sie hören konnten.

Nicht jeder, der mit einer experimentellen NPU versehen wurde, konnte auch ihre sonderbare Sprache entziffern. Meistens basierte dieses Verständnis auf dem Bauchgefühl, nicht harten Fakten, die vom System geliefert wurden—was eine gewisse Fehlermarge zur Folge hatte. Meine. Bruvans. Wenn wir falsch lagen, würden Leute sterben.

Der Rest des Teams bestand aus hoch qualifizierten Waffenspezialisten und zwei Sprengstoffexperten, die genau wussten, wo man auf einem Hive-Schiff oder Stützpunkt zuschlagen musste, um ihre Anlagen so effizient wie möglich zu zerstören.

Und ihr Kommandant?

Als unsere Blicke sich trafen, brodelte sogleich eine allzu bekannte Wut in mir auf. Es handelte sich um Kommandant Bruvan, und er wirkte in etwa genauso erfreut über unser unverhofftes Wiedersehen wie ich. Ich achtete nicht weiter auf den klobigen Prillonen und inspizierte den Rest der Crew.

Er tat zum Glück dasselbe und machte einen Schritt nach vorne, als Kommandant Karter ihn begrüßte. "Willkommen auf dem Schlachtschiff Karter. Ich bin Kommandant Karter."

Kommandant Bruvan streckte ihm die Hand aus und wie bei Kriegern üblich legten sie kurz die Arme über Kreuz. "Kommandant Bruvan, und das hier ist mein Team."

Kommandant Karter musterte die Leute kurz und eindringlich und ich wusste, dass ihm dabei keine Einzelheit entging, weder die speziellen Präzisionsgewehre, noch die Hive-Technologie an ihren Panzerungen oder die schwer bepackten Taschen voller Sprengstoff. Kommandant Bruvan blickte auf. "Wie lange ist es her, dass die Hive-Transmissionen entdeckt wurden?

Ich muss den Offizier sprechen, der sie aufgespürt. Ein gewisser Kriegsfürst Anghar?"

Kommandant Karter nickte, rührte sich ab er nicht von der Stelle, außer dass er leicht mit dem Arm in meine Richtung deutete. "Genau genommen war es Kommandantin Phan, die die Signale entdeckt hat. Kriegsfürst Anghar hat uns vor einer Falle gewarnt. Aber sie ist diejenige, die sie aufgespürt hat."

Kommandant Bruvan blickte mich an und ich stierte zurück. Ich kam mir vor wie bei einem Showdown in einem alten Wildwestfilm.

"Bruvan."

"Phan." Er trat näher an mich heran. Zehe an Zehe. Ich hätte Nase an Nase gesagt, wäre er nicht mindestens einen Kopf größer als ich gewesen. Er türmte sich über mir auf und ich war sicher, dass es Absicht war.

Ich stemmte die Hände auf die Hüften, wich aber nicht zurück. Als ich aufblickte, warf er mir einen finstern

Blick zu. "Zeigen Sie mir, was Sie gefunden haben, Phan. Und dann kommen Sie mir gefälligst nicht mehr in die Quere."

Klar, als ich freiwillig zu den interstellaren Bräuten ging, wollte ich unter anderem auch einer gewissen Person im gesamten Universum so weit wie möglich fernbleiben. Was für ein Reinfall.

11

DER ALARM HEULTE auf und schreckte mich aus dem Tiefschlaf auf. Rasch legte ich meine Uniform an. Ich dachte daran, dass Chloe auf dem Kommandodeck war, in Sicherheit, bei Kommandant Karter. Seth war auf Mission mit der ReCon. Sein Pieper hatte Alarm geschlagen, als er unter der Dusche war und eilig hatte er sich angezogen und war herausgerannt. Dann war ich eingeschlafen.

Ich schnappte mir meine Waffe und steckte sie ins Halfter.

Seth musste mit derselben Ungewissheit leben, der wir alle Tag für Tag ausgesetzt waren und wir beide hatten uns damit abgefunden. Ich hoffte nur, dass Chloe ebenfalls mit den Umständen Frieden schließen könnte.

Gepanzert und bestiefelt verließ ich unser Privatquartier und in Rekordzeit war ich Briefingraum für Piloten, wo ich schockiert feststellte, dass Chloe zusammen mit Kommandant Karter und Kriegsfürst Anghar ebenfalls anwesend war. Ein Stück weiter befand sich eine Gruppe unbekannter Krieger. Sie trugen eine eigenartige Aufmachung, die mit silberfarbenen Schaltkreisläufen versehen war; es war eindeutig Hive-Technologie.

Ihr Anführer schien meine Partnerin anzufunkeln und die Art, wie er sie anglotzte, gefiel mir nicht. Verdammt, ich brauchte nur einen Blick auf den Typen zu werfen und wusste schon, dass er ein Arschloch war. Aber durch das Halsband konnte ich spüren, dass Chloe diesen Mann nur allzu gut kannte. Sie hasste ihn. Er aber vermochte Chloes Wesen nicht richtig einzuschätzen, denn sie starrte entschlossen zurück und wich nicht einen Millimeter beiseite. Ich spürte, wie ihr Stolz von einem unangenehmen Gefühl der Machtlosigkeit angestichelt wurde und wie sie sich entschlossen gegen ihn behauptete.

Ich war unglaublich stolz auf meine mutige, wunderschöne Partnerin, selbst als der Ernst der Lage immer deutlicher wurde. Alle Piloten waren versammelt. Niemand wurde schlafend im Bett liegengelassen. Kommandant Karter persönlich trat vor die Gruppe und besprach mit uns die Situation, die für den Moment nichts als höchste Alarmbereitschaft von uns verlangte. Wir mussten jederzeit bereit sein auszuschwärmen. Wie es aussah, war der Atlane, den ReCon 3 von dem Frachter gerettet hatte, in seinem ReGen-Tank aufgewacht und hatte den Kommandanten vor einer Art Falle gewarnt. Dass Chloe mittendrin war, überraschte mich ganz und gar nicht. Aber ich spürte eine beunruhigende Gefühlsmischung in ihr. Emotionen, die ich jetzt nicht entziffern würde.

Scham. Schuldgefühle. Angst. Wut. Entschlossenheit.

Im Moment verströmte nichts mehr von der zärtlichen Bedürftigkeit von zuvor. Sie war eine Kriegerin.

Es war, als ob sie sich bereits auf dem Schlachtfeld befand.

Bald würde ich ausschwärmen und ich atmete erleichtert auf, als der Kommandant uns darüber informierte, dass alle ReCon-Teams und Angriffstruppen vorsorglich zurück zur Karter gerufen wurden.

"Alle Piloten aufs Landungsdeck,"

beorderte Kommandant Karter. "Machen Sie sich bereit. Viel Glück."

Ich musste los, Seth war bereits auf dem Rückweg. Er würde hier sein. Leben und Tod bedeuteten mir nicht mehr oder weniger als sonst auch. Ich wollte leben, musste aber ins Gefecht ziehen. Als wir den Befehl zum Wegtreten bekamen, wollte ich sicher sein, dass Chloe in Sicherheit war.

Ich stand auf und ging zu ihr herüber. Chloe wurde von Atlanen und Prillonen umzingelt, die doppelt so groß erschienen wie sie.

Ich zog sie beiseite und nahm sie kurz in meine Arme, nur damit ich ihren Geruch, ihre Berührung mit in den Kampf nehmen konnte. Ich umarmte sie und sie drückte mich fest. Dann verpasste ich ihren Lippen einen sanften, gemächlichen Kuss. Durch unsere Halsbänder spürte ich ihr Verlangen für mich und sicher konnte sie meine Gefühle für sie durch ihr eigenes Halsband spüren.

"Du wirst zu mir zurückkommen, Captain," flüsterte sie. "Ich bin total verliebt in dich."

Ihre Worte brachten mein Herz fast zum Infarkt. Die Gefühle überschlugen sich in mir und ich konnte nicht länger zurückhalten, was ich für sie empfand. Sie spürte es über ihr Halsband, aber ich wollte, dass sie es mit eigenen Ohren hörte. Sie sollte die Wahrheit erfahren. "Ich liebe dich auch, und zwar über den Tod hinaus."

Dann ließ ich sie gehen, aber es war das schwerste, was ich je getan hatte. Ich wusste, dass sie auf dem Schlachtschiff, an Kommandant Karters Seite sicher war, aber Seth war noch nicht eingetrudelt. Noch nicht. Wir beide würde da draußen sein, in der Gefahrenzone. Aber das war alles, was ich tun konnte.

12

orian

"Was machen wir hier, wenn wir den Frachter nicht fliegen sollen? Es ist unser Schiff." Der Prillonische Pilot, der mit mir auf dem Landungsdeck herumlungerte, wirkte genauso angepisst wie ich. Sein Name war Izak und wir flogen seit zwei Jahren miteinander. Er war ein verdammt guter Pilot, vielleicht sogar besser als ich. Aber er wollte Antworten, die ich ihm nicht geben konnte.

"Weiß ich auch nicht. Aber wir haben die Leute vom Geheimdienst an Bord, also werden nur die Götter wissen, in was für einen Bockmist die uns mit reinziehen werden."

Izak stöhnte und lehnte sich kopfüber nach vorne, seine Ellbogen waren auf die Knie gestützt und er hielt sich den Schädel. "Hörst du das?"

Ich lauschte aufmerksam. Nichts. "Nein."

"Sie haben mir diese verfluchte Panzerung gegeben und jetzt kann ich sie auch hören." Er rieb sich die Schläfen, dann setzte er sich auf und lehnte den Kopf an die Wand.

"Wen kannst du hören? Wer hat dir den Anzug gegeben?"

"Der Geheimdienst."

Der Geheimdienst. "Und du hörst sie? Wen denn?"

Er blickte mir in die Augen. "Die Hive, Dorian. Die verfluchten Hive."

Die Hive. Der Geheimdienst. Komische Anzüge und Tarnkappenschiffe? Ja. Wir waren am Arsch.

Wir befanden uns auf einer kleinen Abflugrampe, wo wir abwarten sollten. Zwei Tarnkappenshuttles waren startklar. Sie boten höchstens einer Handvoll Leute Platz, weniger als zehn Kriegern und auch nur, wenn alle Mann an Bord sich stehend auf der kleinen Ladefläche direkt hinter der Pilotenkanzlei zusammenpferchten. Diese Schiffe waren als Infiltrationseinheiten konzipiert worden, um hinter feindlichen Linien Informationen zu sammeln und was diese Mission betraf, so hatte ich ein sehr, sehr schlechtes Gefühl.

"Was sagen sie?" fragte ich. Izaks Panzerung sah anders aus als meine. Ich trug den standardmäßigen, schwarzen Camouflageanzug für Außeneinsätze, seine aber war mit silbernen Strängen und eigenartigen Schaltkreisläufen durchzogen, die unverkennbar den Hive angehörten.

Er schüttelte den Kopf. "Ich verstehe überhaupt nichts davon. Es ist wie ein Insektenschwarm in meinem Kopf." Izak begann seine Panzerung auseinanderzunehmen und ließ ein Stück nach dem anderen auf den Boden fallen. "Ich kann so nicht fliegen. Bei den Göttern, das geht nicht."

Rekordverdächtig schnell hatte Izak sich ausgezogen, dann lief er splitterfasernackt zur nächsten Umkleidekabine und kramte eine neue Uniform hervor. Er war dabei, sich die Hosen überzuziehen, als die Türen zur Startrampe sich öffneten und ein Dutzend Leute hereintraten, darunter Kommandant Karter und meine Partnerin. Chloe trug dieselbe, mit Silberfäden durchzogene Panzerung, die Izak zuvor getragen hatte und das Herz rutschte mir in die Hose.

Nein. Bei den Göttern, nein. Sie sollte eigentlich hinter einem

Schreibtisch sitzen und nicht in einer Kampfmontur stecken. War da etwa eine Ionenkanone an ihrem Schenkel festgeschnallt?

Die Bestie, also Kriegsfürst Anghar war direkt hinter ihr und er trug eine ähnliche Aufmachung. Der Einzige, der keine Kampfmontur anhatte, war Kommandant Karter. Izak und ich sollten antreten und mir fiel wieder ein, dass Izak vollkommen nackt war. Eine gleißende Flamme der Eifersucht loderte in mir auf und ich fürchtete, dass Chloe den entblößten Leib des Kriegers zu Gesicht bekommen könnte. Als ich aber zu ihr aufblickte, starrte sie mich einfach nur an, nur mich, und zwar mit so viel Liebe, dass es mir fast die Kehle zuschnürte. Ihre Emotionen überschwemmten mich regelrecht. Liebe. Hoffnung. Angst. Sie hatte sich damit abgefunden, dass wir alle auf Mission gingen und eventuell nicht zurückkommen würden.

Götter, nein! Das gefiel mir

überhaupt nicht. Auf keinen Fall.

Ich schnappte mir Izaks Brustpanzer und schleuderte ihn hoch, dann knuffte ich ihn an der Schulter. "Mach hin, beeil dich. Karter ist hier."

Izak folgte mir und streifte sich seine restliche Ausrüstung über, als wir über das Deck liefen. Einmal angekommen war nicht zu übersehen, dass es zwei sehr separate Cliquen gab. Der Geheimdienst hatte eine komplette Infiltrationseinheit entsendet. Acht Mann, die die spezielle Panzerung trugen, die Izak eben ausgezogen hatte. Dann waren da noch Chloe, Anghar und zwei Prillonische Krieger, die als Garden oder Leibwächter dienten, was genau konnte ich nicht ausmachen. Der Kommandant rasselte die Namen aller Anwesenden herunter und mir fiel auf, wie Bruvan meiner Partnerin einen eigenartigen Blick zuwarf. Er trug dasselbe silberne Gerät über dem Ohr wie Chloe. Es war das erste Mal, dass ich so ein Ding zu Gesicht bekam, aber ich erkannte die Hive-Technologie auf den ersten Blick und zu sehen, wie dieses Ding einem Parasiten gleich am Schädel meiner Partnerin angeheftet war, beruhigte mich kein bisschen.

Nach der kurzen Vorstellung räusperte sich der Kommandant. "Gut, Krieger. Sie alle wissen, warum sie hier sind. Wir müssen dieses Netz zerstören. Wir sitzen inmitten einer Falle und das gefällt mir überhaupt nicht. Aber wir müssen herausfinden, wie sie funktioniert und wie man sie aufspürt. Sie könnten diese Waffe in anderen Sektoren verwenden, es auf andere Kampfgruppen abgesehen haben. Wir müssen herausbekommen, womit wir es zu tun haben und wie man die Vorrichtung neutralisiert."

Karter wandte sich an mich und Izak. "Captain Kanakor, Sie steuern das Shuttle mit Kommandant Phan und Kriegsfürst Anghar. Ihr Team wird zur Unterstützung entsendet. Alle Koordinaten und Anweisungen wurden bereits in den Schiffscomputer eingegeben. Auf dem Feld wird Kommandant Phan die Befehle erteilen, ist das klar?"

"Ja, Sir." Ich nickte. Der Kommandant wollte mir offenbar einschärfen, dass Chloe den Oberbefehl über das Shuttle hatte und ich störte mich herzlich wenig daran. Ich war nämlich mehr als erleichtert darüber, dass Chloe nur zur Unterstützung angetreten war und nicht selber im Weltraum herumwerkeln würde, um diese Falle zu entschärfen. Nur die Götter wussten, was für einen teuflischen Hinterhalt die Hive da ausgeheckt hatten.

"Captain Morzan," er wandte sich Izak zu. "Sie werden das Angriffsshuttle steuern. Kommandant Bruvan wird Ihnen alle nötigen Befehle erteilen."

"Jawohl, Sir."

Kommandant Karter warf uns einen eindringlichen Blick zu. "Ich werde Sie beide nicht beleidigen, indem ich Sie an

Ihren Dienstgrad und die Kommandostruktur erinnere, aber das hier ist keine Standardoperation. Es handelt sich um einen Geheimdiensteinsatz. Haben Sie verstanden?" Er starrte mich an, als er Letzteres sprach; eine zweite, unmissverständliche Erinnerung daran, dass Chloe jetzt das Sagen hatte, dass meine Partnerin jetzt meine Vorgesetzte war und dass, auch wenn ich mit ihren Entscheidungen nicht einverstanden sein sollte, ich verpflichtet war ihren Anweisungen Folge zu leisten. Egal, mit welcher Art von Bedrohung wir es zu tun hätten.

Verfluchte Scheiße.

Wir nickten einstimmig, aber ich erschauderte regelrecht und eine düstere Vorahnung ließ meine Gliedmaßen ganz taub werden. Izak schien weniger berührt zu sein, aber er würde auch nicht zusammen mit seiner Partnerin in den Kampf ziehen und sie dabei beschützen müssen.

Wenn sie meinen Schutz überhaupt zulassen würde.

Kommandant Bruvan erhob das Wort, "Ich bin der befehlshabende Offizier auf dieser Mission, gefolgt von Kommandant Phan. Sobald wir das Schiff verlassen werden wir nur auf Kurzwellenfrequenz operieren. Keine Ausnahmen."

"Aber dann werden wir keinen Kontakt zur Karter haben," sprach Izak.

"Genau." Kommandant Bruvan setzte seinen Helm auf. "Alle Mann an Bord. Gehen wir die Sache an."

Izak und ich verabschiedeten uns wie unter Kriegern üblich, wir überkreuzten kurz unsere Unterarme und dann führten wir unsere Passagiere in die kleinen Shuttles. Kurze Zeit später hatten sich meine Partnerin, der Kriegsfürst und die zwei Prillonischen Krieger hinter mir eingefunden und ich schloss die Türen des Shuttles. Chloe nahm den Platz des Copiloten ein und zu meinem Entsetzen assistierte sie mir bei der Startsequenz. "Haben Sie noch andere Geheimnisse parat, Kommandantin Phan?"

"Das werden Sie abwarten müssen, Captain." Sie schenkte mir ein breites Lächeln, ihr schwarzer Helm rahmte ihr hübsches Gesicht ein und ich fühlte mich auf einmal ganz unbekümmert, obwohl ich mich gerade auf die wohl waghalsigste Mission in meiner gesamten Flottenkarriere begab. Mit ihr an meiner Seite.

So unversehens ihr Lächeln aufgetaucht war, war es auch schon wieder verschwunden und an die Stelle meiner Partnerin war eine Kommandantin getreten. Chloe war jetzt ganz Profi, ihre Konzentration und Entschlossenheit waren über unsere Halsbänder deutlich zu spüren. "Wir folgen dem anderen Shuttle. Wir werden uns an das Netz annähern und einige Messungen durchführen, bevor wir entscheiden, wie man es außer Kraft setzt."

Direkt hinter uns stand Kriegsfürst Anghar und hinter ihm wiederum die beiden Prillonischen Krieger. Für derartige massiv gebaute Krieger bot das Schiff nur ein paar Stehplätze, und keinerlei Privatsphäre.

Ich konzentrierte mich auf den Flug, auf meine Anweisungen, und folgte Izaks Schiff aus der Startrampe und weg von der Kampfgruppe. Vor uns konnte ich absolut nichts Ungewöhnliches sehen, aber wir hatten einen Frachter verloren. Irgendetwas war da draußen.

"Ich kann sie hören." Anghars tiefes Grollen machte das letzte bisschen Glück über Chloes Anwesenheit zunichte. Die Gefühlswärme und die Liebe, die zwischen unseren Halsbändern hin und her ging, endete urplötzlich und wurde von blanker Furcht ersetzt. Ihre nächsten Worte jagten mir einen Schauer über den Rücken und vertrieben den letzten Anflug von Romantik.

"Ich höre sie auch. Und sie wissen, dass wir kommen."

Chloe

DAS NETZ WAR GIGANTISCH. Vielfach größer als alles, was ich je gesehen hatte und mir wurde klar, dass uns früher beim Geheimdienst nur Prototypen dieser Waffe untergekommen waren, also kleinere Installationen, mit denen die Hive die Wirksamkeit des Hinterhalts testen wollten.

Das hier aber war etwas vollkommen anderes. Es war monumental. Es spannte sich über tausende Meilen und war mit unseren Sensoren kaum aufzuspüren. Eine flott dahingleitende Armada würde pulverisiert werden noch bevor ihnen überhaupt klar wurde, was los war.

Dorian mit meinen Pilotenkünsten

zu überrumpeln war das Sahnehäubchen inmitten dieses Schlamassels. Alle Geheimdienstoffiziere mussten eine Grundausbildung zum Piloten absolvieren, damit man sich als eventuell letzter Überlebender bei einem Einsatz auch eigenhändig retten konnte. Ich hatte bisher nur ein einziges Mal davon Gebrauch gemacht und dieser Zwischenfall zementierte Bruvan sozusagen als meinen ewigen Erzfeind und besiegelte gleichzeitig mein Ausscheiden aus dem Geheimdienst. Aber ich konnte damals meine Haut retten. Und seine.

Dieses undankbare Stück Scheiße.

Egal. Ich konnte nicht länger der Vergangenheit nachtrauern, nicht wenn ein massives Netzwerk aus Hive-Minen die Kampfgruppe Karter und die beiden Männer, die ich liebte, einschloss. Einer von ihnen saß in diesem Moment an meiner Seite und durch unsere Halsbänder strömte so viel Zuneigung und beschützerische Liebe auf mich ein, dass ich mir verdammt nochmal fast unbesiegbar vorkam. Es war ein berauschendes, ja süchtig machendes Gefühl und bekräftigte meinen Beschluss diese Sauerei zu überleben. Ich musste sichergehen, dass diesmal nichts in die Hose ging.

Mit Driftgeschwindigkeit dauerte es fast eine Stunde, um den Perimeter der Hive-Sprengsätze zu erreichen. Kriegsfürst Anghar kauerte auf einem Knie, mit einer Hand stützte er sich an meiner Rückenlehne ab und sein enormer Kopf blickte suchend das Gebiet vor uns ab, als ob er sie mit eigenen Augen sehen konnte.

Das konnte er aber nicht. Keiner von uns war dazu in der Lage. Für das bloße Auge waren sie unsichtbar. Genau, wie für die meisten unserer Sensoren.

Aber nicht für mich. Oder Angh, dank unserer Spezialausrüstung. Und wir waren nicht mehr weit.

"Hier stoppen," wies ich Dorian an

und wir hielten an, während Bruvans Shuttle näher an das Netz herandriftete.

"Ich sehe überhaupt nichts," sagte Dorian.

"Glaub mir, Prillone, es ist da." Anghs Blick wanderte von Seite zu Seite, er suchte den riesigen Bildschirm vor uns ab. "Captain, können sie das Bild vergrößern?"

"Aber ja." Dorians Hände wanderten flink über die Steuerung und zoomten immer weiter hinein, weit entfernte Sterne erschienen immer größer, bis sie den Bildschirm mit Lichtern ausfüllten, die die Größe einer Faust hatten.

"Das reicht." Angh schüttelte den Kopf und machte eine kapitulierende Handbewegung. "Sie sind sehr gut versteckt."

Ich war derselben Meinung. Es war mehr als verstörend, wie eindeutig ich die Gegenwart der Hive-Waffe spüren konnte und doch absolut nichts zu sehen war. Es kam mir vor, als würden wir einem Phantom hinterherjagen.

Aber der Frachter war nicht von Geisterhand in die Luft gejagt worden. Diese Männer starben, weil da draußen etwas sehr reales am Gange war.

"Und jetzt, Kommandant?" Dorian blickte zu mir und ich schüttelte den Kopf.

"Schalten sie das Kurzwellenradio ein. Wir warten auf Kommandant Bruvans Befehle."

"Für wie lange?" fragte Angh.

Ich wollte verachtungsvoll ausprusten, bewahrte aber professionell die Haltung. Gerade so. "So wie ich ihn kenne, mindestens eine Stunde."

Dorian entgegnete nichts darauf, aber über die Halsbänder konnte ich deutlich seinen Ärger spüren. Genau wie er ohne Zweifel meine Abneigung für Bruvan spüren konnte.

In der Tat verstrich eine ganze Stunde ohne irgendeine Nachricht von Bruvan oder seiner Crew auf dem zweiten Shuttle. Währenddessen lief Angh in der Enge des Shuttles ungeduldig auf und ab, die beiden Prillonischen Krieger quetschten sich mit dem Rücken gegen die Wand, um der aufgebrachten Bestie so viel Raum wie möglich zu geben. Trotz ihres Entgegenkommens konnte er nur drei Schritte machen, bevor er kehrtmachen musste und das ganze Schauspiel sich wiederholte.

Ich war Bruvans Psychospielchen allerdings gewohnt. Er behauptete, dass er so lange brauchte, um seine Entscheidungen abzuwägen und erstmal alle Daten zu analysieren. Aber Bruvan und ich kannten die Wahrheit. Die eigentliche Analyse fand in unseren Köpfen statt, wo die speziellen NPUs in unseren Schädeln pausenlos daran arbeiteten, die Kommunikationen und Codes der Hive zu knacken. Ich war nur zur Unterstützung da. Kommandant Karter wie auch Bruvan hatten das unmissverständlich klar gemacht. Also würde ich mich nicht in seine Angelegenheiten einmischen. Aber irgendetwas stimmte hier nicht. Ich war sicher, dass Bruvan es ebenfalls fühlen konnte. Wahrscheinlich war genau das der Grund, warum er jetzt zögerte. Und Anghs wildes hin-und-her-Gestapfe? Ich vermutete, dass die Atlanische Bestie sehr viel mehr hören konnte, als ihr lieb war.

"Hörst du es, Angh? Das tiefe Summen im Hintergrund? Hinter dem Geschwirr der anderen?"

"Ja."

Ich stand auf und lief zu ihm nach hinten. "Was glaubst du ist das?" Ich wollte seine Meinung dazu wissen, für den Fall, dass ich mich irrte oder mir die Sache nur einbildete.

"Es ist ihre Mutter."

"Ja!" Ich sprang auf und umarmte ihn kurz. Als er mich nur verwundert anblickte, hastete ich zurück auf den Copilotensitz, um das andere Shuttle zu kontaktieren.

"Kommandant Bruvan, hier spricht Kommandant Phan. Hören sie mich?"

"Hier spricht Captain Morzan. Kommandant Bruvan ist nicht an Bord, Kommandant."

"Was?" Meine Kinnlade klappte herunter. "Was soll das heißen, er ist nicht an Bord? Und warum wurde ich nicht informiert?"

"Anweisungen, Sir." Der Prillon-Krieger blieb ungerührt.

"Können Sie mich mit ihm verbinden?"

"Ja, Kommandant." Izak verstummte kurz und ich konnte hören, wie er sich in seiner sperrigen Panzerung rührte. Er war ein mächtiger Prillonischer Krieger, mit einem sehr knackigen ... ich verscheuchte den Gedanken, bevor ich ihn zu Ende denken konnte. "Kommandant Bruvan. Hören Sie mich?"

"Bruvan hier. Ich höre, Captain." Bruvans Stimme klang distanziert, sie kam aus seinem Helmmikrofon. Ich wusste, wo er und sein Team sich befanden—sie schwebten im Weltraum, hatten einen Düsenantrieb an den Rücken geschnallt.

"Kommandant, hier spricht Kommandant Phan. Wo sind Sie?"

"Wie nähern uns einem Verbindungspunkt des Rasters."

"Warum wurde ich nicht informiert? Was ist ihr Plan?" Ich kochte vor Wut, in mir brodelte es wie in einem Vulkan. Wie konnte er es wagen, uns alle in Gefahr zu bringen, seine Crew und meine und nur, weil er mich nicht ausstehen konnte? Uns eine Stunde lang Däumchen drehen lassen, während er seinen Anzug anlegte und mit seinem gesamten Team auf Weltraumspaziergang ging? Dieses Arschloch.

"Das war nicht notwendig."

"Als ihr Supportteam denke ich schon, dass wir das wissen sollten, Sir." Das "Sir" klang schon fast wie ein Zähnefletschen, aber das war mir egal.

Er seufzte unüberhörbar, als wäre ich die nervigste Person im gesamten

Weltraumsektor. "Na schön, Kommandant. Wir nähern uns gerade dem nächsten Knotenpunkt im Netz. Sobald wir dort sind, wird mein Sprengstoffteam Bomben platzieren und es zerstören, wir schaffen eine Kettenreaktion, die das gesamte Netzwerk zerlegen müsste."

Ich räusperte mich und Anghs Fauchen verriet, dass er genau dasselbe dachte. "Das wird nicht funktionieren, Sir. Einer unserer Frachter ist vor wenigen Stunden mit dem Netz kollidiert. Das Schiff wurde zerstört, aber das Netz blieb unversehrt."

Kommandant Bruvan antwortete knapp. "Wir verwenden einen speziellen Sprengstoff, Phan. Er wurde extra für diese Art von Szenario entwickelt."

Noch bevor er seinen Satz beendet hatte, wackelte mein Kopf von Seite zu Seite. "Sir, hinter dem Netz befindet sich ein schwebendes Objekt, das alles steuert. Wenn Sie genau hinhören, werden Sie ein beinahe unmerkliches

Summen wahrnehmen. Kriegsfürst Anghar und ich sind der Meinung, dass es sich dabei um eine Art übergeordneten Kontrollmechanismus handelt."

Angh wandte sich an Bruvan. "Es ist ihre Mutter. Sie kontrolliert alle anderen."

Kommandant Bruvan verstummte geschlagene zwei Minuten lang und ich hielt den Atem an, als er höchstwahrscheinlich genau hinhörte. Wir hatten dieselbe, experimentelle NPU im Schädel. Sicher würde er es auch hören. Das musste er. Zu viele Leben standen auf dem Spiel, um sich einen Fehler zu leisten.

"Ich höre nichts, Kommandant Phan. Und Kriegsfürst Anghar, mit allem Respekt, Sie sind zu stark mit der Hive-Technologie kontaminiert worden, um eine verlässliche Meinung abzugeben."

Angh knurrte und mit erhobener Hand musste ich ihn von der Pilotenkanzlei fernhalten. "Bruvan, hören Sie mir bitte zu. Kommandant Karter hat Kriegsfürst Anghar aus gutem Grund mit auf diese Mission geschickt. Das gilt für uns alle. Wir müssen zusammenarbeiten anstatt uns gegenseitig zu bekriegen. Bitte. Ich wiederhole nochmal, eine einzelne Mine hochzujagen wird nichts Gutes bewirken. Wir müssen die Mutter ausschalten."

Dorian kam mir zur Hilfe. "Noch mehr von ihren Minen zu zerstören könnte einen Angriff der Hive triggern, Kommandant. Ein einzelner Treffer könnte auf Trümmerstücke, einen Meteor oder Asteroiden zurückgeführt werden. Weltraummüll. Aber zwei Treffer könnten das Fass zum Überlaufen bringen und sie über die Präsenz der Kampfgruppe alarmieren."

"Notiert, Captain. Kommandant. Aber ich bin für diese Mission verantwortlich und wir werden dieses Ding zerstören. Jetzt gleich."

"Jawohl, Sir," nuschelte ich und

sackte in meinen Sessel, dann lauschten Dorian, Angh, die zwei Prillonen und ich aufmerksam ihrem Mikrofongeschnatter. Die beiden Sprengstoffexperten platzierten ihre Bomben und das Team schwebte zusammen zum Shuttle zurück. Sobald sie wieder in Sicherheit waren, würden sie die Sprengsätze zünden und wir alle würden uns schleunigst davonmachen.

"Schaff uns hier weg, Dorian. Ich möchte nicht hier rumhängen, wenn das Ding hochgeht."

"Ja, Kommandant." Mein Partner klang durch und durch professionell, aber die Halsbänder sprachen Bände. Er war erleichtert, mich aus der Gefahrenzone zu schaffen. Wir glitten zurück und Dorian nutzte den Antrieb des Shuttles, um uns sanft von dem Netz zu stoßen, ohne dabei ein eventuelles Aufspürsystem zu triggern.

Aber wir waren noch nicht aus dem Schneider, bei Weitem nicht.

Bruvan und seine Leute erreichten

das Shuttle und er erteilte Izak die Anweisung, sie auf sichere Distanz zu bringen.

Sie waren eben erst aufgebrochen, als wir mitansehen mussten, wie das erste Ionenfeuer das andere Shuttle am rechten Antrieb traf. Wie eine monumentale Wand aus soeben erwachten Monstern tauchte aus dem Nichts heraus plötzlich das Minenfeld auf; die Sprengsätze gaben ihre Tarnung auf und attackierten das winzige Raumschiff. Das Minennetz flog nicht in die Luft, sondern feuerte enorme Ionenkanonen, die die Größe unserer Frachter hatten.

"Heilige Scheiße," flüsterte ich.

"Weg da, Izak!" schrie Dorian, aber es war zu spät. Ein zweiter Schuss traf die Hülle ihres linken Antriebs. Dann ein dritter ihren Außenmantel.

Die Hauptfunklinie aktivierte sich und Kommandant Karters Stimme ertönte in meinem Helmmikrofon. "Rückzug. Sofort. Wir werden von hinten angegriffen. Eine ganze Armada aus Hive-Schiffen. Alle Truppen zurück, wir müssen die Flotte verteidigen."

"Götter, sie haben uns eingekreist." Dorian blickte zu mir. "Wir sitzen in der Falle. Die gesamte Kampfgruppe sitzt in der Falle."

"Seth ist irgendwo da draußen," sprach ich, allerdings eher zu mir selbst. Natürlich war er da draußen. Alle Krieger der Kampfgruppe waren ausgeschwärmt. Und würden sterben.

Angh beugte sich über meine Schulter und wir beobachteten, wie Izaks Shuttle völlig unkontrolliert umhertrudelte, zurück in Richtung Flotte. "Eine Armada. Mit so vielen Schiffen können wir es niemals aufnehmen. Sie werden uns alle vernichten."

"Nein, werden sie nicht." Das wusste ich mit einer Bestimmtheit, die meine Zähne vor Kälte klirren ließ. "Sie haben nicht die Absicht uns zu vernichten." Die Hive hegten nie die Absicht, irgendetwas zu vernichten. Sie wollten mehr Drohnen. Mehr Soldaten. Mehr biologische Wesen, die sie in ihr System integrieren konnten. Sie waren wie Kannibalen und sie wurden niemals satt.

"Nein!" Anghs ohrenbetäubendes Gebrüll hallte durch den kleinen Raum und ich stand umgehend auf und wartete, bis er sich beruhigt hatte. Ich wusste, was wir zu tun hatten. Ich konnte es in meinen Eingeweiden *spüren*.

"Sind Sie soweit, Kriegsfürst?"

Dorian drehte sich zu mir um, er rang mit Skepsis und Verärgerung. Ohne Zweifel verstörte ihn meine Besonnenheit, meine Überzeugung. Wenn irgendjemand an Bord dieses Schiffes verstehen konnte, was ich zu tun hatte, dann die Bestie. Denn sie konnte sie ebenfalls hören.

Alle vier Krieger blickten neugierig zu mir, aber ich ließ mich nicht aus der Ruhe bringen. Es war, als ob ich meinen

Körper verlassen hatte. Ich spürte ... überhaupt nichts.

"Kriegsfürst Anghar und ich werden einen Weltraumanzug anlegen und durch das Netz schlüpfen. Die Minen wurden in Intervallen platziert. Er und ich können ihre Kommunikationsverknüpfungen hören, also sollten wir ihnen ohne Probleme ausweichen können." Ich blickte auf zu Angh, der mir aufmerksam zuhörte. Seine riesigen Augen blinzelten gemächlich, als er meine Worte verarbeitete. "Sobald wir auf der anderen Seite sind, spüren wir die Steuerzentrale auf und nähern uns mit dem Düsenantrieb."

"Wir werden ihre Mutter unschädlich machen," sagte Angh. Er schnappte sich sogleich das spezielle Panzerungszubehör, mit dem wir aus dem Shuttle aussteigen und uns in die kalte Schwärze des leeren Raums begeben würden.

"Wir nehmen die Sprengsätze, suchen das Mutterschiff mit dem das

Netz genährt wird und jagen es in die Luft. Sobald das Netz unten ist, kann Kommandant Karter mit dem Rest der Kampfgruppe dem Angriff entkommen."

"Sie wissen nicht, wo sich diese zentrale Steuerung befindet," sagte einer der Prillonischen Krieger. Ich kannte weder seinen Namen, noch den seines Kumpels. "Wenn Sie sich zu weit hinauswagen oder das Netz nicht lahmlegen können, dann werden wir sie nicht mehr erreichen können."

Der andere Prillone blickte zu Angh, dann zu mir. "Wenn Sie auf der anderen Seite festsitzen, dann wird der Treibstoff der Düsen nicht ausreichen, um Sie zum Shuttle zurückzubringen."

Jedes einzelne ihrer Worte war korrekt, aber es musste gemacht werden. Wir durften die Kampfgruppe nicht verlieren. All diese Leute. Fünftausend davon. Und nicht nur Krieger, sondern auch Kinder. Ich blickte zur Bestie auf. "Angh, ist das ein Problem für dich?"

Er blickte mir ins Auge. Wir beide

wussten, was auf dem Spiel stand. "Nein, meine Dame. Kein Problem."

Ich wandte mich Dorian zu und beschwichtigte ihn, damit er nicht ausrastete. "Dorian, niemand sonst kann das erledigen. Wir sind die einzigen, die sie hören können. Die Mutter wird unsichtbar sein, getarnt und abgeschirmt, wie die anderen vorher auch. Wenn wir dieses Ding nicht finden und ausschalten, dann wird ihnen die gesamte Kampfgruppe ins Netz gehen. Integriert. Selbst die Kinder. Der ganze Sektor wird fallen. Wir beschützen sechs Planeten, Dorian. Milliarden von Leben. Wir müssen es versuchen."

Dorian verkniff sich alle Einwände und zog mich einfach in seine Arme um mich zu drücken. "Du musst zu mir zurückkommen, Liebling."

"Das werde ich." Ich musste zurückkommen. Vielleicht war ich bereits schwanger und dieses Kind würde *nicht* unter der Geißel der Hive das Licht der Welt erblicken. Von Geburt an assimiliert werden. Der zerbrechliche Körper und Geist des Babys vernichtet.

Eher würde ich sterben.

Die Prillonischen Krieger traten zur Seite, damit Angh und ich an die speziellen Raumanzüge gelangten, mit denen wir uns im Weltraum fortbewegen konnten.

Wir legten sie so schnell wie möglich an und die Krieger überprüften unsere Monturen doppelt und dreifach, damit wir für den Kampf bereit waren.

Dorian reichte Angh eine Tasche voller Sprengstoff.

"Ich brauche auch so eine, nur für den Fall."

Einer der Prillonischen Krieger reichte mir eine ähnliche Tasche. Ich ächzte, als ich die Gurte über meine Schultern hievte. Das Ding musste mindestens dreißig Kilos wiegen. Aber einmal draußen im Weltraum würde jede noch so schwere Masse an Bedeutung verlieren.

"Bereit?" rief Dorian vom Pilotensitz.

"Bereit," rief ich zurück. Angh und ich traten in die winzige Dekompressionskammer am hinteren Ende des Shuttles. Wir mussten uns eng aneinander drängeln, denn der Raum war begrenzt. Die Hand des Kriegsfürsten griff nach einem schweren, etwa zwei Meter langem Seil und zog es von der Wand, um uns damit an der Taille miteinander zu verketten. Wir mochten in der Schwerelosigkeit umherdriften, aber wir würden zusammenbleiben.

Die Tür schob sich zu und trennte uns vom Rest des Shuttles. Ich legte meine Hand auf die Scheibe vor uns. Dorian hob seine Hand und legte sie auf der anderen Seite der Scheibe an meine.

"Dorian, ich liebe dich."

Das waren meine letzten Worte, bevor das Heck des Shuttles aufging und Angh und ich in den leeren Raum gesogen wurden.

13

"Bitte melden ReCon 3. Hier ist die Karter."

Ich lehnte mich über die Schulter meines Piloten, als er den Schalter des Kommunikationsgerätes betätigte. "ReCon 3. Hier ist Mills."

"Captain, hier spricht die Karter. Wir werden angegriffen. Die Kampfgruppe sitzt zwischen dem Netz und einer Hive-

Armada in der Falle. Sie haben Befehl das Geheimdienstteam auf Shuttle 547 zu retten und anschließend sofort zur Karter zurückzukehren um dort weitere Anweisungen zu erhalten."

"Verflixt nochmal." Trinity stand zu meiner Rechten. Jack war hinter ihr.

"Eine Armada? Wie viele Schiffe der Hive sollen das sein?" fragte Jack.

"Zu viele. Bringen sie das Geheimdienstteam zurück. Karter Ende."

Die Verbindung verstummte und eine Schockwelle des Entsetzens ging durch mein Team. Das waren kampferprobte Leute. Alle waren erfahren, auf der Erde wie auch hier draußen im Weltall. Nie zuvor hatten wir eine Hive-Attacke solchen Ausmaßes erlebt.

"Okay, lasst uns diese Spione dort rausholen und dann schwingen wir unsere Ärsche zur Karter zurück." Ich beugte mich vor und klopfte meinem

Piloten die Schulter. "Was sagen die Scanner?"

"Zwei Tarnkappenshuttles. 546 hat beide Triebwerke verloren und treibt ohne Kontrolle durch das Gebiet."

"Beide Triebwerke verloren? Wie zur Hölle ist das passiert?" Ich schielte auf den Bildschirm und machte das kleine Raumschiff ausfindig. Tatsächlich, das Heck des Shuttles sah aus, als ob es als Hauptgang bei einer Grillparty serviert worden war.

"Sieht nach Treffern aus einer Ionenkanone aus," merkte Trinity an.

"Ja, aber von wo?" fragte Jack.

Vor uns lag nichts als leerer Raum, aber wir alle hatten bei unserer Einsatzbesprechung von dem unsichtbaren Netz gehört, von dem zerstörten Frachter. Also war irgendetwas da draußen. Nie hatte ich das Gefühl, dass der Weltraum eine Persönlichkeit oder eine eigene Präsenz hatte. Für mich hatte er sich immer nur leer angefühlt. Wie ... Nichts. Jetzt aber, als ich in die Dunkelheit hinausstarrte, hätte ich schwören können, dass ich etwas wahrnehmen konnte. Eine Bedrohung.

"Lasst uns das Shuttle mit Enterhaken abschleppen. Ich habe ein komisches Gefühl bei der Sache." Ich richtete mich auf und wandte den Kopf zur Seite, damit mein gesamtes Team mich hören konnte. "Helme auf, Leute. Vollverschluss. Wir könnten jederzeit einen Druckabfall haben."

Ich setzte meinen Helm auf und stellte sicher, dass er luftdicht versiegelt war. Gerade, als ich das beruhigende Zischen hörte, schwebte etwas quer über den Bildschirm. Ich deutete mit dem Finger. "Was ist das?"

Der Pilot war mit der Steuerung beschäftigt und der Copilot antwortete mir. "Das ist Shuttle 539. Tarnkappenmodell, Sir. Seine Triebwerke sind voll funktionsfähig."

Kalte Schauer liefen mir über den Rücken, während wir uns annäherten, bis ich plötzlich von Dorians Emotionen überflutet wurde und fast in die Knie ging. Dorian war auf diesem Schiff. Und er stand kurz vorm Zusammenbruch. Irgendetwas war überhaupt nicht in Ordnung. "Ruft das Shuttle. Sofort."

Der Pilot folgte meiner Anweisung und in der Tat antworte Dorian der Anfrage. Ich scherte mich nicht länger um Formalitäten. Die Emotionen, mit denen ich bombardiert wurde, verrieten mir schon mehr als genug.

"Wo ist sie, Dorian? Was ist los?"

Dorian rekapitulierte mir schnell den Einsatz; den Streit zwischen unserer Partnerin und Kommandant Bruvan, Bruvans Entscheidung einen der Knotenpunkte des Netzwerks in die Luft zu jagen und die Tatsache, dass meine Partnerin gerade an einen Atlanen gekettet auf der anderen Seite dieses Netzes durch den Weltraum schwebte und die Treibstofftanks auf ihrem Rücken der einzige Weg waren, um wieder zum Shuttle zurückzufinden.

"Scheiße. Scheiße. Scheiße. Wie konntest du sie nur gehen lassen?" wollte ich wissen, aber ich kannte die Antwort bereits. Er hatte keine andere Wahl. Keiner von uns hatte das. Sie war eine Kommandantin. Eine Kriegerin. Entweder würden wir sie so lieben, wie sie eben war, oder uns davonmachen.

Und so weit würde es *nicht* kommen.

"Kein Problem, Dorian. Vergiss es. Du hattest keine Wahl."

Dorians Geschmunzel besänftigte mich, war aber ohne jede echte Freude. "Du hast vollkommen recht. Genau, wie du Izak und alle anderen auf diesem Shuttle retten und Chloe mir überlassen musst."

Am liebsten hätte ich Bruvan verrotten lassen, aber das war auch keine echte Option. Und Izak war ein erstklassiger Pilot. Ein feiner Krieger. Ich musste ausrücken. "Verflucht. Du hältst mich auf dem Laufenden, Dorian."

Er hatte verstanden. Das wusste ich, denn die Sorge um unsere Partnerin überwältigte uns jetzt gleichermaßen. Und sofort nachdem dieser Wirbelsturm der Gefühle über uns hinweggezogen war, machten wir uns an die Arbeit. Die Pflicht rief. Wir würden genau das tun, was unsere Aufgabe war. Für Chloe. Für alle anderen. Wir waren Soldaten und hatten einen Job zu erledigen.

"Du bist im Bilde, Seth. Sobald du das andere Shuttle abgeschleppt hast, könntest du mit deinem ReCon-Team noch ein paar Minuten in der Gegend bleiben. Für den Fall, dass ich sie zurückholen muss."

"Verstanden." Der Pilot beendete das Gespräch und ich wandte mich an mein Team. "Lasst uns den Scheißkerl retten, der meine Partnerin in Gefahr gebracht hat."

Trinity schenkte mir ein fettes

Grinsen. "Wird es etwa Zeit für eine weitere Degradierung, Captain?" Damit meinte sie das letzte Mal, als ich ein Problem mit den Anweisungen eines anderen ReCon-Captains hatte. Dieser Vollidiot von der Erde hatte mich zwei Männer gekostet und mein Schiff schrottreif gemacht, nur weil er die Verfolgung eines feindlichen Schiffes nicht aufgeben wollte. Und *das*, nachdem wir ihm vor einer Integrationseinheit der Hive den Arsch gerettet hatten. Er war nur wenige Stunden entfernt gewesen, selber ein Hive zu werden.

Damals konnte ich seine blinde Wut nachvollziehen. Als er sich aber mein Schiff unter den Nagel gerissen hatte und uns alle in einen Kampf hineingezogen hatte, den wir niemals gewinnen konnten? Nun, nachdem wir lebend dort rausgekommen waren, hatte meine Faust ein krachendes Rendezvous mit seiner Nase. Nach dem Schlag wurde ich drei Monate lang zum Leutnant herabgestuft. Aber seine Nase war schief geblieben und er hatte sich mir nicht mehr unter die Augen getraut.

Das war es vollkommen wert gewesen.

"Allerdings!" und ich grinste zurück.

Chloe

Ich musste ständig daran denken, wie verdammt kalt es im Weltraum war. Angh und ich näherten uns zielstrebig dem surrenden Minennetz, das unserer Kampfgruppe die Flucht vor dem Angriff unmöglich gemacht hatte. Es war nicht einfach nur kalt, sondern es war eine knochenbetäubende, bitterstumme Kälte. Wir waren verloren, mitten im Nirgendwo. Vollkommen und gänzlich allein.

Als ich aber diesen trostlosen

Gedanken nachging, wurde ich über mein Halsband von Dorians Entschlossenheit überschwemmt und ich wusste, dass ich nicht wirklich allein war und es auch nie mehr sein würde. Meine Partner waren an meiner Seite. Wir waren miteinander verbunden. Sie gehörten zu mir. Und wenn ich sie wiedersehen, ihre Berührungen, ihre Küsse spüren wollte ... nun, dann musste ich es schaffen. Was bedeutete, dass ich mich zusammenreißen und mich gefälligst auf meine Aufgabe konzentrieren musste.

Angh zerrte so lange an unserem Seil, bis wir uns gegenüber standen und er die Arme um mich schlang. "Wir müssen uns dünn machen."

"Verstanden." Ich umfasste seine Taille, oder so weit das eben möglich war und klammerte mich fest. Es war nicht auf die herkömmliche Art intim, nicht mit einer dicken Panzerung zwischen uns und genügend Sprengstoff, um einen kleinen Mond zu pulverisieren, aber auf eine andere Weise war es sehr wohl intim.

Wir beide konnten den Ruf der Mutter hören, den Nexus des Netzwerkes, jenes Wesen, das mit dem Zentralhirn der Hive verbunden war. Auf gewisse Art waren wir mit den Hive verschmolzen. Und so verstanden wir uns gegenseitig.

"Wir sind fast am Netz. Nicht bewegen," warnte Angh. Er feuerte seinen Antrieb, um uns zwischen zwei Minen hindurch zu manövrieren. Wir drifteten voran und das Summen wurde unglaublich laut, ein elektrisierendes Knistern war zu hören, wie jene statisch aufgeladenen Funken, wenn ich zu Hause den Weichspüler vergessen hatte und meine flauschigen Pullis aus dem Wäschetrockner ziehen musste.

Außer, dass das hier keine elektrostatische Ladung war und wir sterben würden, sollten wir eine gewischt bekommen.

Die Lücke zwischen den Hive-Minen

glich einem Tunnel. Als wir auf der anderen Seite hinauskamen, wurde das Summen des Netzes sehr viel leiser, der Sog der zentralen Steuerung wurde aber umso lauter. Zu laut. Es war überall. Und nirgendwo.

Sobald es sicher war, ließ Angh mich wieder los und wir schwebten weiter, Seite an Seite, wir scannten das Gebiet, suchten wir nach unserem Ziel.

"Ich sehe nichts. Siehst du etwas?" fragte ich.

"Nein, aber ich kann es spüren."

"Ich auch." Unser Funksystem schien auf dieser Seite des Netzwerks nicht mehr zu funktionieren. Ich konnte keine Gespräche zwischen Dorian und den anderen Schiffen mehr hören. Wir waren sozusagen unter uns. "Lass uns ein paar Minuten weiter schweben und genau hinhören."

Er grunzte einvernehmlich und wir trieben immer weiter weg vom Shuttle, weg vom Netz, weg von der Weltraumschlacht, die sich hinter uns abspielte. Das Minenfeld schien alle Geräusche zu ersticken. Ich konnte Lichtblitze aufleuchten sehen, Explosionen und Ionenfeuer, aber alles war wie hinter einem Schleier.

Ich wollte gerade wieder umkehren, als ich es hörte; ein leises Brummen, das ich vorher schon aufgeschnappt hatte. Ich rupfte und zerrte das Seil, das mich mit Angh verband. "Hier. Hast du das gehört?"

"Ja. Es ist genau vor uns."

Er lag richtig. Ich konnte es ebenfalls fühlen.

Wie herbeizitiert war es plötzlich da. Schwarz wie Kohlenteer und wie ein langgestrecktes Ei geformt, das mindestens zehnmal so groß wie unser Shuttle war. Die Hauptsteuerung der Hive schwebte wie ein Phantom in der Dunkelheit.

Es war vollkommen glatt. Keinerlei Haken oder Einbuchtungen. Keine Griffe oder Türen oder Abgasleitungen. Es war eben und schwarz wie Marmor.

"Angh, haben wir genug ... Stoff dabei?" Ich wollte nicht das Wort *Sprengstoff* in den Mund nehmen, nur für den Fall, dass die Hive irgendwie mithörten.

"Das weiß ich nicht, meine Dame." Wir tauschten einen kurzen Blick miteinander aus und bewegten uns näher an das Objekt heran. Ich war ziemlich sicher, dass das Ding unbemannt war. Das hier war ein vollautomatisiertes System, eine künstliche Intelligenz, ferngesteuert von den Hive. Gott allein wusste, wie lange dieses Ding schon hier draußen war. Tage? Monate? Jahre?

Als wir nahe genug dran waren, fasste ich in meine Tasche und holte das erste Set Sprengsätze hervor und brachte sie zügig an der Oberfläche an. Alle waren auf fünf Minuten gestellt. Sobald wir den letzten anbringen würden oder den Hauptschalter betätigten, würde der Countdown beginnen.

Im Zweierpack schwebten wir über die Oberfläche der Station und brachten überall Sprengsätze an. Ich ignorierte das Gefecht, das hinter uns am Toben war. Wenn wir dieses Ding nicht zerstören würden, dann würden wir nicht nur ein paar Piloten und Frachter verlieren, sondern wir würden alles verlieren.

Wir hatten eben das Objekt umrundet und machten an seinem Scheitelpunkt Halt, als Angh die erste sichtbare Anomalie an der sonst makellos glatten Außenhülle bemerkte. Er deutete auf eine Nabe, die wie eine Antenne aussah. Sie war aus Kristall und Silbermetall und das Summen in meinem Kopf wurde immer stärker, als wir uns näherten. "Dort werde ich die letzte Ladung anbringen."

Ich nickte und prüfte noch einmal meine Tasche. Leer. "Ich bin fertig."

Wir trieben näher heran. Ich schwebte am anderen Ende des Seils und wippte wie ein Drache im Wind hin und her, als Angh seinen Düsenantrieb benutzte, um uns beide in Richtung

Spitze des Objekts zu ziehen. Er griff in seine Tasche, holte den letzten Sprengsatz hervor und befestigte ihn genau unter dem Kristall, der aus der Spitze hervorragte. Ich erschauderte erleichtert, als der Sprengsatz andockte und in meinem Helm ein rotes Licht aufleuchtete; der Countdown hatte begonnen.

Anghs Grinsen wirkte mehr wie ein Zähnefletschen, als er die Hände von dem Mutterschiff nahm und die Beine anwinkelte, um uns beide von dem Ding abzustoßen.

Urplötzlich aber zuckte ein blauer Lichtblitz an der Oberfläche auf, das grelle Licht wanderte in einer Bruchsekunde seine Beine hinauf und hüllte ihn komplett ein. Er sah aus wie Frankensteins Monster, das auf einmal zum Leben erweckt wurde.

"Angh!" Ich zerrte an unserer Leine und zündete meinen Düsenantrieb, um ihn von der Sphäre loszureißen. Wie ein totes Gewicht zog ich ihn hinter mir her, als wir uns von dem Ding entfernten. Ich achtete nicht darauf in welche Richtung wir uns bewegten, solange wir nur von der riesigen Mutterstation wegkamen.

In wenigen Minuten würden die Sprengsätze zünden, und zwar eine ganze Menge davon.

"Angh. Hörst du mich?" Mein Herz hämmerte in meinen Ohren und fast überhörte ich sein schwaches Stöhnen. "Angh. Wach auf. Kriegsfürst, los jetzt. Wir müssen schleunigst verschwinden."

Seine Hände rührten sich und ich seufzte erleichtert. Zu meiner Überraschung aber machte er sich vom Seil los und stieß mich von sich weg, zurück zum Netz und zu unserem Schiff. "Gehen Sie. Sie müssen weg hier."

"Nein. Ich werde dich nicht zurücklassen."

Er klang erschöpft. "Das blaue Licht. Es hat etwas mit mir gemacht. Mein Treibstoff ist fast alle. Ich werde es nicht schaffen. Aber Sie können es schaffen. Gehen Sie. Los. Gehen Sie zu ihren

Partnern. Ich bin nichts. Lassen Sie mich."

"Nein. Gott verdammt nochmal, Angh. Du wirst jetzt nicht den edlen Ritter spielen." Aber es war gar keine Sache der Ehre. Er hatte recht. Die Ladung der Hive-Station hatte seinen Treibstofftank angeschmort und wir waren verdammt weit vom Shuttle entfernt. Ich würde es vielleicht zurück schaffen können. Aber mit einer Bestie im Schlepptau? Ich war mir nicht so sicher.

"Gehen Sie. Zu ihren Partnern."

"Nein." Ich trieb näher an ihn heran und er schob mich mit den Armen weg, er wollte mich zwingen ihn aufzugeben. "Gott verdammt, Angh. Halt still. Ich werde dich nicht zurücklassen. Das ist ein Befehl."

Am Ende musste ich die sture Bestie von hinten packen und meinen Arm durch die Gurte seines Antriebs stecken, dort, wo er mich nicht packen konnte. Dann feuerte ich meinen Düsenantrieb und hoffte auf so viel Schwung wie möglich.

Sollte das Netz durch die Explosion nicht zerstört werden, dann würden wir auf dem Rückweg gegrillt werden. Aber wenn das Netz weiterhin stehen würde, dann waren wir ohnehin allesamt dem Untergang geweiht.

Die Explosion war blendend grell. Brillant. So heiß, dass ich dachte, mein Raumanzug würde hinten schmelzen und mir das Fleisch verbrennen. Ich ignorierte den Schmerz und steuerte weiter, ich betätigte mit voller Kraft meinen Antrieb, bis mir der Treibstoff ausging.

Und dann schwebten wir einfach.

Gefangen. Ohne Treibstoff. Und mit schwindendem Sauerstoffvorrat.

Und das Netz stand immer noch.

Dorian

. . .

UNSER KLEINES SHUTTLE wurde von einer Explosion durchgerüttelt und die beiden Prillonen fluchten laut, weil sie wie Flummibälle in der Kabine herumgeschleudert wurden. Als sie das Gleichgewicht wiedergefunden hatten, schnallte sich der ältere der beiden Cousins auf dem Copilotensitz fest.

"Dorian, wo ist deine Partnerin?"

Ich prüfte die Scanner und suchte den Bildschirm ab. Nichts. "Das weiß ich nicht."

Ein Funkspruch kam rein und ich wusste schon, wer dran war, und zwar noch bevor ich Seths Stimme hörte. "Bitte sag mir, dass Chloe nicht in dieser Explosion war."

"Das weiß ich nicht. Wir suchen sie jetzt." Ich musste ihm nicht erst sagen, wie verzweifelt ich sie finden wollte. Er konnte es fühlen.

"Halt mich auf dem Laufenden." Seth beendete den Funkspruch und ich dachte nicht weiter an ihn, denn meine gesamte Kraft war gerade darauf konzentriert, die einzige Frau im gesamten Universum zu finden, die mir im Moment etwas bedeutete. Meine mutige, furchtlose Partnerin.

"Da ist etwas." Der Prillone neben mir deutete auf seine Sensoren und zoomte in den Bildschirm hinein. Es war Chloe, die Rückseite ihres Raumanzugs war verkohlt und ausgefranst. Und sie hatte sich an Anghs Rücken geklammert, schleifte ihn hinter sich her. Erleichtert atmete ich auf. Sie war am Leben.

Der Kriegsfürst schien das Bewusstsein verloren zu haben.

Was zum Teufel ging da draußen nur vor sich?

"Sie befinden sich immer noch auf der anderen Seite des Netzwerks."

"Kannst du ihre medizinischen Werte ablesen?" fragte ich. Der Copilot huschte über die Steuerung, er verlinkte den Schiffscomputer aufs Neue mit Chloes und Anghars gepanzerten Raumanzügen.

"Anghars Zustand ist kritisch.

Sauerstoff ist niedrig. Sein Anzug verliert an Druck und seine Körperkerntemperatur ist zu niedrig."

Scheiße. "Und Chloe?" Im Moment war sie nicht länger Kommandantin Phan. Nicht für mich. Sie gehörte mir. Chloe. Meine Partnerin.

"Sauerstoff niedrig. Sie ist nicht ganz so kalt, aber ihr geht bald die Luft aus."

"Wie viel Zeit bleibt den beiden?" fragte ich.

Er prüfte die Anzeige. "Weniger als fünf Minuten."

"Ich werde zu ihnen gehen. Wenn ihr etwas dagegen habt, dann könnt ihr euch einen Raumanzug schnappen und in die andere Richtung trudeln."

Mein Copilot grunzte beleidigt, sein Cousin kniete hinter uns auf dem Boden. "Du musst das Netz irgendwie rammen. Ich werde den Raumanzug nehmen und sie zurückholen." Der Prillonische Krieger richtete sich auf, lief zum Heck des Shuttles und legte denselben Anzug an, den Anghar und

Chloe jetzt trugen. Ich musste ihn nah genug heranbringen, damit er sie einsammeln konnte.

"Zuerst sollten wir auf das Netz feuern," schlug mein Copilot vor. "Dieses Schiff hat einige Waffen."

Ich fasste an den Auslöser der Ionenkanonen. "Haltet euch fest. Gleich wird's krachen."

"Großartig!" Der Prillone hinter uns jubelte geradezu und ich eröffnete das Feuer. Ich zielte vorsichtig und so weit wie möglich weg von meiner Partnerin, die hilflos im Raum umherdriftete.

Der Schuss war ein Volltreffer, der Knotenpunkt explodierte und über die zuvor unsichtbaren Maschen breitete sich eine Schockwelle zum nächsten Knotenpunkt aus ... und zum nächsten. Das Netz fiel wie eine Feuerkaskade in sich zusammen und die Explosionen waren so laut, dass unser kleines Shuttle nur so wankte. Die Schallwellen jeder einzelnen Detonation stießen Anghar und Chloe aber immer weiter weg vom Shuttle.

"Ich fliege jetzt durch."

"Nur zu." Der Prillone hinter mir drückte den manuellen Hebel und schloss mich und den Copiloten in der Kabine ein, während im hinteren Teil des Shuttles der Druck abfiel. Er war an einem Sicherheitshaken im Inneren der Dekompressionskammer festgemacht und vor ihm tat sich die kalte Schwärze des Weltraums auf, während ich auf das Netz zusteuerte.

"Kontakt in 3, 2, 1."

Die Ummantelung des Shuttles rammte die verkohlten Überreste eines Knotenpunkts des Netzes. Der Antrieb lief auf Hochtouren und ich gab weiter Vollgas, bis das Gebilde nachgab und zusammenkrachte.

Auf dem Weg zu meiner Partnerin griff ich noch schnell zum Funkgerät. "Kommandant Karter, hier spricht Captain Kanakor."

"Ich höre, Captain." Der Kommandant klang knapp und beschäftigt und ich konnte hören, wie das Kommandodeck förmlich im Chaos versank.

"Das Netz ist unten, Sir. Die Kampfgruppe hat freie Bahn."

Der Jubel auf dem Kommandodeck drang bis zu uns durch, aber mir war nicht zum Lachen zumute. Noch nicht. Meine Partnerin war noch nicht sicher.

"Verstanden, Captain. Und Kommandant Phan?"

"Kann ich noch nicht sagen, Sir. Wir werden sie und Kriegsfürst Anghar jetzt einsammeln."

"Die Götter mögen mit ihnen sein, Captain." Die Verbindung verstummte und ich beschleunigte das Shuttle und lenkte es in Richtung jener winzigen Punkte am Horizont, die den Atlanen und meine Partnerin darstellten.

Wir näherten uns ihnen an und ich biss die Zähne zusammen, als der Prillone aus dem Heck des Shuttles ausstieg und in den Raum hinausschwebte. Es kam mir vor wie eine Ewigkeit, in Wirklichkeit dauerte es aber nur wenige Minuten, bis der Prillone zurück war und Chloe und Anghar reinholte.

Er schwebte mit ihnen in die Hinterkammer des Shuttles und schloss die Tür. Es dauerte noch eine Ewigkeit, bis der Druck in der Kammer wieder normal war und die Innentür geöffnet werden konnte. Ich überließ meinem Copiloten die Steuerung und ging sofort zu Chloe, um ihr den Helm vom Kopf zu ziehen.

Wie benommen blinzelte sie, aber sie lächelte. "Wir haben es geschafft."

"In der Tat, Liebling, das hast du. Du hast uns alle gerettet." Ich kauerte neben ihr und hielt sie in meinen Armen, während der Prillone seinen Anzug ablegte und sich um den Atlanen kümmerte. Wir befanden uns in Hive-Gebiet, hinter dem jetzt zerstörten Netz und ich wollte keine weiteren Risiken eingehen. Also befahl ich dem Copiloten uns so schnell wie möglich zur Karter zurückzubringen.

Chloe

AUF DER KARTER herrschte ein buntes Durcheinander. Helfer führten uns von Bord und nahmen uns die Panzerung und Waffen ab, nachdem unser kleines Shuttle angedockt hatte.

Noch bevor ich mein Beinhalfter abgelegt hatte, war der Kommandant auch schon an mich herangetreten.

"Kommandantin," sprach er. Ich ließ alles stehen und liegen und wandte mich ganz ihm zu. "Ausgezeichnet." Er blickte kurz zu Angh rüber und dem Prillonen, der ihm dabei half seinen Anzug abzulegen.

"Er benötigt ärztliche Behandlung, Sir," informierte ich ihn. Dorian stand an meiner Seite. Ich spürte ihn über das

Halsband und die Verbindung war so viel intensiver als der Druck seiner Hand auf meiner Schulter. Nach außen hin blieb er vollkommen ungerührt. Aber ich wusste, dass er sich des Anstands willens zusammenriss.

"Das brauche ich nicht," entgegnete Angh und zog leicht grinsend den Mundwinkel nach oben.

"Gute Arbeit, Kriegsfürst Anghar. Und jetzt schaffen Sie sich und ihre Bestie zur Durchsicht auf die Krankenstation. Das ist ein Befehl."

Angh blickte zu mir. "Ich schulde Ihnen mein Leben."

Ich schüttelte den Kopf. "Wir haben uns gegenseitig den Arsch gerettet. Ich würde sagen, wir sind quitt."

Meine Antwort gefiel ihm nicht besonders, aber er nickte kurz, dann blickte er zum Kommandanten. Den Prillonen wimmelte er noch schnell ab. "Wenn ich schon auf die Krankenstation gehe, dann aber allein," motzte er. Seinem gereizten Tonfall nach zu urteilen wusste ich, dass er wieder in Ordnung kommen würde.

Wir blickten ihm nach, als er die Rampe verließ. Die anderen Krieger sprangen regelrecht zur Seite. Obwohl sie damit seinem Rang als Kriegsfürsten den nötigen Respekt zollten, schienen die Leute auch irgendwie zu wissen, dass er derjenige war, der uns alle gerettet hatte.

"Chloe!"

Ich hörte meinen Namen und spürte gleichzeitig einen heißen Schwall der Erleichterung und der Eifersucht durch mein Halsband strömen. Seth.

Ich wirbelte herum und mein Partner schaufelte mich in seine Arme, seine stürmische Umarmung presste mir fast die Luft aus den Lungen.

"Captain, lassen sie der Kommandantin ein bisschen Atemluft," mahnte Karter. Seth stellte mich wieder auf meine Füße, ohne mich allerdings loszulassen. "Mit allem gebotenen Respekt, Kommandant, Chloe hat das

Netz in einem verdammten Raumanzug durchquert und ein paar Sprengsätze gelegt, die die verfluchte Steuerzentrale für die gesamte Anlage hochgejagt haben. Nach der Sprengung hat ein einziger Schuss mit der Shuttlekanone das gesamte Ding niedergemacht. Was sie da gemacht hat, ist purer Wahnsinn und scheißgefährlich und wenn ich jetzt meine Partnerin halten möchte, dann werde ich das auch tun."

Ach du Kacke.

Der Kommandant musterte Seth, ohne ein Wort zu verlieren. Ich spürte seinen Trotz, seine Aufgebrachtheit über das Halsband.

"Da stimme ich ihnen zu," entgegnete schließlich der Kommandant. "Halten sie ruhig ihre Partnerin. Sie beide haben es sich verdient."

Dorian räusperte sich und Karter schüttelte den Kopf. "Sie alle drei haben es sich verdient."

"Was zum Teufel haben Sie sich

dabei gedacht, Kommandant Phan? Meinen Befehl zu missachten?" Bruvans Stimme schallte über die Rampe, als er auf uns zustapfte. Der Rest seiner Crew folgte, aber sie wirkten nicht feindselig gestimmt wie er, sondern einfach nur neugierig.

Bei seinem Ton stellten sich mir die Nackenhaare auf. Dieses Gehabe. Wie konnte so ein Typ überhaupt existieren?

Seth ließ mich los, lief zu Bruvan hinüber und schlug ihn mitten auf die Fresse. Wie angewurzelt starrte einfach nur geradeaus, vollkommen überrascht.

Bruvan beugte sich fluchend nach vorne, die Hände am Gesicht. Oh ja, dem makaberen, knochenbrecherischen Geräusch nach zu urteilen hatte Seth ihm die Nase gebrochen.

"Kommandant, sie können mich gerne in den Knast werfen. Ist mir scheißegal," wetterte Seth und zog mich wieder in seine Arme. Ich spürte seine Wut, seine angestrengte Atmung.

"Alle haben es gesehen. Sie alle sind Zeugen. Kommandant, sie müssen—"

"Seien Sie still," Karter schnitt ihm das Wort ab.

Bruvan richtete sich langsam auf, eine Hand hielt er weiter an der Nase und das Blut tropfte ihm übers Kinn auf seinen Brustpanzer.

"Meine Befehle wurden missachtet und dieser Captain hat mich tätlich angegriffen."

"Ja, das ist richtig so und aus diesem Grund befindet sich die Kampfgruppe jetzt nicht unter Kontrolle der Hive. Was den Übergriff anbelangt, so hat Captain Mills an meiner Stelle gehandelt. Es würde nämlich keinen guten Eindruck machen, wenn der Kommandant einer ganzen Kampfgruppe einen untergeordneten Offizier verprügelt. Oder meinen Sie, dass Sie mir nicht unterstellt sind?"

Bruvan kniff die Augen zusammen und atmete schwer durch offenen Mund.

"Ich habe die Gespräche mitgehört,

Kommandant. Was sie ihrem Team gesagt haben, wie sie dem anderen Shuttle die Hände gebunden haben. Was Dorian an die ReCon-Einheit weitergegeben hat. Alles. Sie mögen es vielleicht gewohnt sein, dass sich beim Geheimdienst alles im Verborgenen abspielt, aber nicht hier."

Wieder spürte ich Dorians Hand auf meiner Schulter.

"Sie haben fahrlässig und entgegen dem Protokoll gehandelt. Ich enthebe Sie mit sofortiger Wirkung ihrem Dienstgrad als Kommandant und sie werden vor einen Ausschuss treten, der ihre gerechte Strafe bestimmen wird."

Ich staunte nicht schlecht. Vielleicht gab es ja doch so etwas wie Karma? Zwar gefiel mir nicht, dass ausgerechnet eine gesamte Kampfgruppe fast draufgegangen wäre, aber so hatte das Ganze doch etwas Gutes.

Bruvan fing an zu protestieren und allen möglichen Scheiß von sich zu geben, von wegen der Geheimdienst würde alle Kommunikationen verschwinden lassen, dass seine Vorgehensweise nichts Ungewöhnliches war.

"Nichts Ungewöhnliches? Falls ihre heutigen Handlungen für sie ganz *normal* waren, dann werde ich ein Wörtchen mit dem Geheimdienst reden, damit ihre vergangenen Missionen noch einmal gründlich untersucht werden."

Kommandant Karter rief ein beistehendes Sicherheitsteam hinzu. "Bringen sie Bruvan zu seinem Quartier, mit Sicherheitsverriegelung."

Binnen Sekunden wurde mein Erzfeind abgeführt und ich musste einfach nur hoffen, dass ich ihn nie mehr zu Gesicht bekommen würde.

"Und was Sie betrifft, Kommandant Phan."

"Sir?"

"Sie können wegtreten. Schlafen Sie sich aus. Ihre Partner haben die Erlaubnis, Sie zwölf Stunden lang in ihrem Quartier festzuhalten. Sollte ich

Sie früher sehen, dann werde ich Ihnen ebenfalls den Dienstgrad entziehen."

Seth beugte sich vor, sein warmer Atem fächerte über mein Ohr und er neckte mich. "Keine Sorge, Liebling, wir werden dir nur deine Kleider entziehen. Deinen Dienstgrad kannst du ruhig behalten."

14

hloe, fünfzehn Stunden später ...

"Alles klar bei dir?" wollte ich von Angh wissen. Wir standen im Transportraum, aber ein bisschen abseits. Alle hatten ihre schweren Panzeranzüge ausgezogen, aber die meisten Krieger stanken nach Schweiß, Todesangst und Krieg. Anders als ich hatten sie keine Verschnaufpause bekommen. Aber alle waren anwesend. Und dieser Sieg wäre ohne den riesigen

Atlanen vor mir nicht möglich gewesen. Ich wusste, dass meine Partner mich im Auge behielten, aber aufgrund von Anghs enormer Gestalt konnte ich sie gerade nicht sehen. Er wirkte eingefallen, als ob er sich kein bisschen erholt hatte. Er trug immer noch seine Panzerung und ich hatte keine Ahnung, ob er seit unserer Rückkehr geschlafen oder gegessen oder auch nur eine kurze Pause von seinen Pflichten eingelegt hatte.

Meine Männer allerdings waren nicht weit gekommen, seitdem wir von unserem Einsatz zurückgekehrt waren. Genauer gesagt waren wir einfach nur ins Bett gekrabbelt, hatten uns gegenseitig in den Armen gehalten und waren eingeschlafen. Sie *hatten* mich tatsächlich ausgezogen, wir alle drei waren nackig, außer aber erschöpft zusammenzuklappen hatten wir nichts anderes zustande gebracht. Seth hatte mich über seinen drahtigen Körper gezogen und Dorian hatte sich an meinen Rücken geschmiegt. Ich konnte ihnen ihre Anhänglichkeit nicht übelnehmen, denn ich verspürte dasselbe Bedürfnis sie zu berühren, ihnen nahe zu sein. Und jetzt, im Transportraum wollte ich sie mit eigenen Augen sehen, obwohl ich sie durch mein Halsband spüren konnte. Ich musste sie sehen, wohlauf und lebendig.

Anghs medizinische Versorgung war schnell und unkompliziert und er war für das nächste Kapitel in seinem Leben bereit. Sein Platz war jetzt nicht länger bei der Flotte. Er war für ein neues Leben in der Kolonie bestimmt.

Angh nickte. "Ja, Kommandantin."

Insgeheim rollte ich die Augen. "Wir haben Seite an Seite gekämpft. Und vielleicht mehr als das." Ich hob eine Hand an meinen Kopf und war erleichtert, dass die NPU unter meiner Kopfhaut relativ still war. Das Summen war immer noch da; ein undefinierbares Rauschen, das mich für immer mit diesem Atlanen verbinden würde, mit den anderen kontaminierten Kriegern, und mit den Hive. "Angh, die Formalitäten können wir uns sparen, oder?"

Er entkrampfte sich leicht und nickte erneut. "Ja, Lady Chloe."

Nun, ganz ohne Förmlichkeiten schien er wohl nicht auszukommen, aber das hier schien das Höchste der Gefühle mit ihm zu sein und ich fand es irgendwie süß. Er war nicht besonders redselig, allerdings wollte ich wissen, ob mit ihm alles in Ordnung sein würde. "Du hast die Chance auf ein zweites Leben. Ich habe gehört, dass es sich in der Kolonie wunderbar leben lässt." Ich klang wie ein Immobilienmakler, der eine miese Nachbarschaft auf der Erde schönreden wollte. Meine Worte hörten sich oberflächlich an, selbst in meinen eigenen Ohren. "Mehrere Bräute von der Erde leben jetzt dort. Vielleicht wirst du dich für eine eigene Braut testen lassen?"

Seinem Gesicht nach hatte er diese

Möglichkeit noch nicht einmal in Betracht gezogen.

"So? Ich versichere Ihnen, Kommandantin ... ich meine Lady Chloe, da wird sich niemand finden."

"Jede Frau wäre glücklich, einen Mann wie dich zu haben." Das war die Wahrheit und ich würde mich mit jedem anlegen, der anderer Meinung war. "Du verdienst es glücklich zu sein. Du bist ein herausragender Kriegsfürst und Veteran."

"Danke."

Kommandant Karter gesellte sich zu uns und klopfte Angh auf den Rücken. "Die Koordinaten sind geladen, der Transport kann losgehen."

Angh schenkte mir eine leichte Verneigung, dann lief er durch den Raum und schüttelte die Hände einiger Krieger. Vor Seth machte er aber Halt.

"Du bist mir also nicht böse?" fragte Seth. Ich fühlte seine Sorge um den Kriegsfürsten. Ich war zwar nicht dabei gewesen, aber er hatte mir erzählt, wie

Angh von Seth den Gnadenschuss haben wollte, um seinen Qualen ein Ende zu setzen und wie Seths ReCon-Team ihn gerettet hatte, indem sie ihn betäubt und dann von dem Frachter geschafft hatten. Angh war so fortgeschritten integriert gewesen, dass er um seinen eigenen Tod gefleht hatte. Wie ein Krieger zu sterben war vielleicht besser für diejenigen, die dermaßen stark von den Hive integriert wurden. Aber bei Angh waren die Ärzte in der Lage, einige der Implantate zu entfernen, sicher jedoch nicht alle. Wenn er wollte, könnte er ein erfülltes Leben führen. Mit einer Partnerin, Kindern, einer neuen Karriere bei der Koalition, in der Kolonie. Er musste sich nur aufraffen.

"Danke, dass du mir das Leben gerettet hast," entgegnete Angh. "Ich habe es dir nie gesagt und dafür möchte ich mich entschuldigen. Die Schlacht hat bewiesen, dass ich mehr Kriegsfürst bin als Hive und immer noch nützlich sein kann."

Obwohl er es selbst so sagte, war ich nicht sicher, ob er wirklich davon überzeugt war. Ich konnte nur hoffen, dass die anderen in der Kolonie, also diejenigen, die ähnliches Grauen überlebt hatten, ihm auf eine Art und Weise helfen konnten, zu der wir leider nicht imstande waren.

"Wir bleiben in Kontakt. Das ist ein Befehl." Die Bestie grinste mich tatsächlich an.

Seth legte eine Hand auf den Oberarm des Atlanen; mehr demonstrative Zärtlichkeit unter Männern würde mir auf der Karter wohl nie unterkommen.

Angh verabschiedete sich von den anderen und stieg auf die Transportplattform. Ohne großes Trara nickte er ein letztes Mal und das Knistern und elektrische Wummern ließ den Boden erbeben und mir alle Haare zu Berge stehen.

Innerhalb von Sekunden war er verschwunden. Auf in ein neues Leben. Weit weg von den Hive und hoffentlich an einen Ort, wo er Glück und Frieden finden würde. Wenn ich die Aufseherin Egara irgendwie kontaktieren könnte, oder die Erdenfrauen auf der Kolonie, dann könnte ich ihn vielleicht verkuppeln, ihm eine eigene Braut von der Erde finden. Eventuell würde auch seine innere Bestie ihn dazu zwingen, wenn das Paarungsfieber bei ihr ausbrach. Ich hatte einiges davon gehört. Er müsste sich dann eine Partnerin nehmen oder er würde hingerichtet werden.

Dieser Gedanke war bedrückend und ich fasste den Beschluss, so bald wie möglich die Aufseherin zu kontaktieren. Vielleicht könnte sie ja ein paar Hebel in Bewegung setzen. Das war zu bezweifeln, aber nachfragen schadete ja nicht.

Seths Arm schmiegte sich um meine Taille und riss mich aus meinen

Gedanken. Ich schaute zu ihm auf und erblickte ein strahlendes Lächeln. "Bist du soweit?" fragte er.

Ich nickte zaghaft und er führte mich Richtung Dorian. Natürlich wussten alle, dass wir miteinander verpartnert waren, aber wir waren zu der Übereinkunft gekommen, unsere Zuneigung nicht öffentlich zur Schau zu stellen. Wir konnten in unserem Quartier schmusen und uns um den Hals fallen, aber das war privat und nur uns vorbehalten. Ich liebte meine Partner, aber für eine Kommandantin schickte es sich einfach nicht, wie ein Teenager auf dem Flur herumzumachen. Sobald wir allein wären, würde ich ihnen alles geben. Aber hier draußen sollten sie sich zurückhalten und das respektierten sie auch.

Die Hand an meiner Hüfte war ein angemessenes Zugeständnis und fühlte sich richtig an.

Während wir schliefen, hatte

Kommandant Karter die Weisung erlassen, dass alle Beteiligten an der Schlacht der Bestie, wie der Kampf jetzt genannt wurde, drei Tage lang von allen Einsätzen befreit wurden, allerdings wurde erwartet, dass die Krieger weiterhin an Bord des Schiffes tätig waren.

Wir blickten ein letztes Mal auf die jetzt leere Transportfläche.

"Captains," rief Kommandant Karter. Meine Partner drehten sich um und salutierten. Ich stand zwischen ihnen und tat es ihnen nach. "Sie alle sind zwei Tage lang beurlaubt. Der Doktor ist nicht der Meinung, dass Kommandantin Phan bereit ist, sofort wieder ihren Dienst anzutreten. Ihre Nervenbahnen brauchen etwas mehr Zeit, um sich zu erholen."

Als Dorian antwortete, runzelte ich nur die Stirn. "Warum hat man mir das nicht mitgeteilt? Das ist inakzeptabel. Ich werde sofort ein Wörtchen mit dem Doktor reden." Er schien sich kein

Bisschen daran zu stören, dass er damit dem anderen Prillonen, also unserem Kommandanten, richtig pampig kam.

"Zurücktreten, Dorian. Warum glauben Sie bin ich hier?"

Seth wirkte verbissen, er hatte die Fäuste in die Flanken gepresst und schüttelte so unauffällig den Kopf, dass ich es kaum bemerkte.

"Captain Mills?"

"Alles bestens, Kommandant. Aber bis sie wieder vollkommen gesund ist, werde ich keinen Schritt von ihrer Seite weichen."

Er beäugte das Duo, dann blickte er auf mich. "Ich kann Ihnen keinen Vorwurf machen. Wenige Stunden nach ihrer Ankunft habe ich Ihre Partnerin auf eine gefährliche Mission entsendet, die sie fast umgebracht hätte. Ich verstehe, dass Sie sie beschützen möchten—"

"Mit allem nötigen Respekt, Kommandant, aber das tun Sie nicht. Noch nicht. Nicht, solange Sie keine eigene Partnerin haben." Dorian trat ein Stückchen nach vorne und legte die Hand auf meinen Oberarm, als ob er mich vor dem Kommandanten in Schutz nehmen wollte. Ich erwartete, dass sich der Prillone darüber brüskieren würde, aber er schien das primitiv-maskuline Manöver nachzuvollziehen, ja er schien sogar Sympathie zu hegen für Dorians Neanderthalergehabe. Er war ein guter Mann. Ein erstklassiger Anführer. Und ich musste mich fragen, warum er Single war.

Kommandant Karter verneigte sich leicht, mit dem winzigsten Knicks in der Hüfte, und zwar vor mir, nicht vor meinen Partnern. "Lady Mills, wie ich an der schwarzen Färbung ihrer Halsbänder erkennen kann, müssen sie diese beiden hier erst noch als ihre Partner beanspruchen."

Die Bemerkung ließ mich knallrot anlaufen. Ohne Zweifel wusste er, dass wir in der ersten Nacht wie die Karnickel gevögelt hatten, allerdings täuschten die

Halsbänder nicht über die noch ausstehende Prillonische Verpartnerungszeremonie hinweg. Er wusste, was Sache war, schließlich war er selber Prillone. Seth und Dorian mussten mich gleichzeitig ficken, ihren Samen in mich spritzen. Erst dann würden die Halsbänder ihre Farbe wechseln und das Match offiziell machen. Es war wie eine Art Ehegelübde, außer der Tatsache, dass dabei zwei Schwänze in mir stecken würden. Danach gab es kein Zurück mehr. Und anders als auf der Erde gab es hier keine Scheidung.

Seth und Dorian schwiegen.

"Achtundvierzig Stunden, Soldaten. Ich möchte Sie drei nicht vorher wiedersehen. Ich möchte nicht von Ihren Vorgesetzten hören, dass Sie einem Einsatzalarm gefolgt sind. Was mich betrifft, sind Sie von jetzt an beurlaubt. Und was die Funktion ihrer Partnerin in der Kommandozentrale angeht, so brauche ich sie gesund und munter auf ihrem Posten zurück, und zwar so bald wie möglich."

"Bei allem Respekt, Kommandant, aber ich möchte nicht, dass meine Partnerin weitere Einsätze absolviert." Seths Stimme war kalt wie Eis.

Ich wollte protestieren, aber der Kommandant kam mir zuvor. "Die Hive haben eine Falle aufgestellt. Es könnte mehr davon geben. Sie hat die gesamte Kampfgruppe gerettet. Auch Sie verdanken ihr das Leben."

"Ja, Sir, aber das heißt nicht, dass sie das nochmal machen muss," sagte Seth. Der Griff an meiner Taille wurde fester und er drehte uns um und führte uns aus dem Transportraum hinaus.

"Falls ich sie brauche, dann wird sie ausrücken. Es gibt nur einen Weg, damit sie bei mir auf dem Kommandodeck sitzen kann, Captain. Sie kennen die Vorschriften genauso gut wie ich."

"Ja, das tun wir." Das kam von Dorian, und er grinste. Was zur Hölle war eben passiert?

"Und, Captains?" Wir drehten uns halb um, damit wir den Kommandanten ansehen konnten. Er deutete mit dem Finger auf uns. "Sehen Sie zu, dass diese verdammten Halsbänder die richtige Farbe bekommen."

Ich dachte, ich wäre vorher schon rot angelaufen, jetzt allerdings fühlte es sich an, als ob mein Gesicht in Flammen stand. War ja nicht so, als ob mein Boss mir gerade gesagt hätte ich sollte mich von zwei heißen, sexy Männern doppelt penetrieren lassen.

Dorian türmte sich neben mir auf und ich kam mir klein, behütet und ein bisschen dumm vor. "Was hat Karter gemeint?" fragte ich.

"Dass wir dich ficken sollen, bis du ordentlich und vollständig beansprucht worden bist," erklärte Dorian. "Bis unsere Halsbänder golden sind." Seine Worte waren so besonnen und wohl bemessen, ich hätte geglaubt, dass er über das Abendessen oder das Wetter redete—obwohl es auf einem

Raumschiff so etwas wie Wetter gar nicht gab.

Ich rollte mit den Augen und Seth musste grinsen. "Nicht das, die andere Sache."

Dorian nickte einem Passanten zu, dann bogen wir ab und liefen einen weiteren Gang entlang. "Dass du weiter auf Mission gehen sollst?"

"Ja," antwortete ich. Allerdings wollte ich nicht, dass er über meine Beanspruchung noch weiter ins Detail ging, wie wer meine Pussy und wer meinen Arsch nehmen würde. Wer wo unterkam war mir vollkommen egal und mich diesbezüglich überraschen zu lassen war irgendwie ... aufregend.

"Als Kommandant sind ihm die Hände gebunden, wenn es darum geht, die qualifiziertesten Leute auf Mission zu schicken. Er wird jeden verfügbaren Mitarbeiter riskieren, um seine Crew zu retten, um die Hive zu schlagen."

"Richtig," sprach ich und wollte, dass er es endlich ausspuckte. Warum spannte er mich dermaßen auf die Folter?

Vielleicht spürte Seth meine Verärgerung, denn er ergriff das Wort. "Es gibt nur eine Sache, die es unmöglich machen wird, dass du wieder auf Mission geschickt wirst."

"Und das ist bitte was?"

"Wenn du schwanger bist. Sie riskieren ihre Soldaten. Offiziere. Ganze Schiffsbesatzungen, aber die Koalition riskiert nie ihre Kinder. Denn jeder Krieger hier kämpft, um sie zu beschützen."

Ich blieb stehen, sie aber liefen weiter und kamen ein paar Schritte vor mir zum Halt.

"Also werdet ihr in den nächsten beiden Tagen versuchen mich zu schwängern, damit ich, was? An einen Schreibtisch gekettet werden kann?"

Dorian trat an mich heran und hob mein Kinn hoch, damit ich ihm in die Augen sehen musste. "Das hat der Kommandant damit gemeint, das ist aber nicht, was wir vorhaben. Komm, wir besprechen deine Begattung in unserem Quartier."

Ich geriet ins Stottern. "Begattung? Ich bin kein verfluchtes Milchvieh."

Dorian grinste und nahm meine Hand. Seth winkte.

Durch das Halsband spürte ich ihre Unbekümmertheit und mir wurde klar, dass sie es nicht ernst gemeint hatten.

Sobald wir in unserem Quartier angekommen und die Tür hinter uns geschlossen war, verschränkte ich die Arme vor der Brust und tippelte mit dem Fuß. Ich wartete. "Dann bin ich mal gespannt."

"Über ein Baby haben wir doch schon geredet," begann Seth. Er machte sich an seinem Pistolenhalfter zu schaffen. "Verdammt, wir sind dermaßen tief in deiner Pussy gekommen, dass du bereits schwanger sein könntest."

Meine Pussywände zogen sich bestätigend zusammen. Scheiße. Die ersten Male, als wir miteinander geschlafen hatten, dachte ich nicht an Babys oder irgendetwas in die Richtung, obwohl es durchaus möglich war. Allerdings hätte ich auch nie gedacht, wieder im Weltraum unterwegs zu sein, auf Mission, und dabei mein Leben erneut zu riskieren. Ich dachte, ich würde nur an den Schreibtisch verbannt werden. Jetzt aber hatte Kommandant Karter ganz andere Vorstellungen. Zu ersten Mal seit wir zusammen waren, war ich hin- und hergerissen.

Als ich darauf etwas sagen wollte, hob Dorian die Hand hoch. "Nach deiner Ankunft hast du beschlossen, dass du für ein Baby bereit bist."

"Das war bevor ich auf die Kommandobrücke gerufen wurde. Bevor Karter herausfand, was ich früher gemacht habe."

"Genau," sagte Seth und knallte Ionenpistole und Halfter auf den Tisch. "Jetzt ist alles anders. Du bist nicht nur unsere Partnerin. Du hast einen wichtigen Job, Karter wird dich in

Zukunft noch brauchen. Du rettest Leben."

Das Letztere glich fast einem Fauchen. Ich ahnte, dass er nicht froh darüber war, dass ich auf Mission ging, aber er untersagte es mir auch nicht direkt. Jedenfalls nicht ausdrücklich, wie als sie meinen Dienstgrad entdeckt hatten.

"Du musst dich entscheiden, Chloe. Wenn du weiter mit dem Kommandanten und dem Geheimdienst arbeiten willst, dann bitteschön. Wir werden dich nicht aufhalten."

Das ließ mich verstummen. Ich war wie vor den Kopf geschlagen. "Was sagst du da? Ihr beide lasst mich auf Geheimmissionen gehen?"

"Damit meinen wir nicht, dass du dich freiwillig meldest, nein," wandte Seth ein. Dann blickte er mir fest in die Augen. "Aber wenn Karter glaubt, du bist die Beste für den Job, dann ja. Natürlich. Aber wir werden nicht aufhören dich zu ficken. Auf keinen Fall,

Liebling, allerdings werden wir dich jetzt gleich zur Krankenstation bringen, damit du eine Verhütungsspritze bekommst. Wir können warten, bis du soweit bist."

Ich blickte kurz zu Dorian, der zustimmend nickte.

Wie sehr ich sie liebte, hatte ich ihnen bereits gesagt. Sie wussten es. Spürten es. Aber jetzt, nach Seths Zugeständnis, liebte ich sie umso mehr. Ich kam mir vor wie *Der Grinch* und mein Herz wurde plötzlich größer und größer.

Tränen kullerten über meine Wangen und ich wischte sie flüchtig weg. Ich räusperte mich, wusste aber nicht, was ich darauf sagen sollte. "Ich, ähm ..."

"Willst du die Spritze?" erkundigte sich Dorian.

Ich nickte erst, dann schüttelte ich den Kopf und war mir plötzlich nicht mehr sicher. Das alles war einfach nur verrückt.

"Ich habe mich als Braut gemeldet, um der Erde zu entkommen. Ich habe mich dort nicht mehr zurechtgefunden. Ich hatte null Absicht, wieder beim Geheimdienst zu arbeiten, ich meine, ihr habt Bruvan ja selber erlebt. Ihr könnt sicher nachvollziehen, warum das nicht infrage kam. Aber nur mit Pulloverstricken und Tagträumerei werde ich auch nicht glücklich werden."

Dorian schien verwirrt durch meine Wortwahl. Er lümmelte über dem Tisch herum und überkreuzte die Fußknöchel. Seth zog einen Stuhl raus und setzte sich. Ich stand vor ihnen und ließ alles raus. Jetzt war der richtige Moment. Die Zeit der Geheimniskrämerei war jetzt vorbei—die Mission hatte dieses Problem für mich gelöst—und Karter hatte uns zwei Tage frei gegeben.

"Also zuerst wollte ich auch ein Baby. Dann ist alles so schnell gegangen und ehrlich gesagt hatte ich vorher nie über ein Baby nachgedacht—überhaupt nicht. Ich meine, habt ihr denn mitten im Kampf daran gedacht, mich zu begatten?"

Seths Kiefer verspannte sich. "Abgesehen davon, dass ich mit einem verpfuschten Manöver klarkommen musste, wollte ich dich in Sicherheit wissen. Nicht nur dich, sondern alle anderen auf der Mission auch."

"Verpfuscht verstehe ich jetzt nicht ganz," fügte Dorian hinzu. "Aber, nee, an ein Baby habe ich in dem Moment auch nicht gedacht. Ich war eher damit beschäftigt unser Schiff in einem Stück nach Hause zu bringen."

"Bevor ihr mich aber mit noch mehr Samen abfüllt," sprach ich und blickte dabei zu Seth, denn ich nutzte seine eigenen Worte. "Denke ich, solltet ihr wissen, wie ich jetzt darüber denke."

Sie warteten.

"Ich möchte für Kommandant Karter arbeiten. Ich kann nicht einfach nur untätig herumsitzen und die Hive gewinnen lassen, nicht wenn ich helfen kann. Ich möchte zu Einsätzen ausrücken, wenn Karter es für nötig hält. Genau wie ihr habe ich einen Job zu erledigen. Ich kann nicht tatenlos bleiben. Mehr Krieger werden sterben, wenn ich nicht helfe. Und damit kann ich mich nicht abfinden."

"Denkst du, du wärst auch allein darauf gekommen, also wenn Karter nicht mitbekommen hätte, wer du bist?" fragte Dorian.

Ich zuckte die Achseln. "Weiß ich nicht. Vielleicht. Ich war nicht glücklich auf der Erde. Ich habe zu viel gesehen, zu viel für die Flotte getan, um in ein normales Leben zurückzukehren."

"Was meinst du damit?" fragte Seth.

Ich seufzte. "Ich möchte weiter arbeiten, aber ein Baby will ich auch. Jetzt gleich. Ich werde an Bord bleiben, mich solange ich schwanger bin auf dem Kommandodeck herumdrücken, aber sobald ich wieder einsatzfähig bin, möchte ich auch ausrücken. Aber nur, wenn ihr euch um das Baby kümmert. Um alle Babys, die wir eventuell bekommen werden. Genau wie Dorian dein zweiter Mann ist, Seth, muss ich sicher gehen, dass ihr beide für unsere Kinder da sein werdet, wenn mir etwas zustoßen sollte."

Durch mein Halsband spürte ich eine Mischung aus Kummer und Angst, Liebe und Frustration.

"Das ist verdammt ungewöhnlich," sprach Dorian und schüttelte langsam den Kopf. Ich spürte seine Verwunderung. "Drei Koalitionskämpfer."

Seth stand auf, kam zu mir herüber und klemmte mir das Haar hinters Ohr. Dann blickten wir uns in die Augen. "Ich gebe dir mein Wort, als Vater und Koalitionskämpfer, Dorian und ich werden uns um unsere zukünftigen Kinder kümmern."

Dorian trat ebenfalls an meine Seite. Ich wurde beinahe umzingelt und das fühlte sich wunderbar an. "Du hast mein Prillonisches Ehrenwort, Liebling."

Seth atmete heftig aus. "Ich will

nicht schon wieder auf Mission ausrücken. Ich werde ein bisschen Zeit brauchen, um mich daran zu gewöhnen, um mich zu beruhigen. Ich habe einen Plan."

"Oh oh. Wird der Herr jetzt wieder Mister Dominator," witzelte ich.

Er grinste, seine Stimme aber vertiefte sich zu jenem Tonfall, der mein Höschen ganz feucht und meine Nippel steinhart werden ließ. "Wir werden dich ficken, Liebling, und zwar zwei Tage lang. Sobald du wieder zum Kommandodeck gehst, werden alle medizinischen Sensoren sofort ausschlagen."

Ich musste lachen. "Ganz schön schwanzgesteuert, oder?"

"Apropos Schwänze," wandte er ein und ich rollte mit den Augen.

"Du willst ein Baby, Liebling? Wir werden dir eines machen. Aber vorher," Dorian fasste an mein Halsband. "Muss das hier golden werden. Ich muss dich für mich beanspruchen, unsere

Verbindung offiziell und unverwüstbar machen. Chloe, ich brauche dich." Er klemmte mein Kinn zwischen seine Finger und hob meinen Kopf hoch, sodass ich zu ihm aufblicken musste. "Seth ist zwar dein Primärpartner, aber die Halsbänder und die Beanspruchung gehören zu meinen Bräuchen." Dorian blickte kurz zu Seth rüber und der nickte nur, damit er weiter machte. "Liebling, akzeptierst du Seths Anspruch auf dich? Überreichst du dich aus freien Stücken ihm und mir, deinem Zweitpartner, oder möchtest du einen anderen Primärpartner wählen?"

In ihren Blicken lag jetzt ein Hauch von Verwundbarkeit. Das hier war der Moment, an dem ich alles zunichtemachen konnte. Unsere Bindung kappen konnte. Ich konnte das Match ablehnen. Seth zum Teufel schicken und mit einem anderen verpartnert werden. Aber das wollte ich nicht und schob den Gedanken sofort zur Seite. Sie war augenblicklich gewesen, die Verbindung zwischen uns. Ich wollte sie besiegeln, nicht verwerfen.

"Seth, wären wir auf der Erde, dann würde ich sagen "ich will" und du würdest mir einen fetten Ring an den Finger stecken. Aber wir sind nicht auf der Erde und mit einem dicken Klunker am Finger würde ich hier noch jemandem wehtun. Ich bin hier, mit euch beiden, weil ich stolz bin, euch beide als meine Partner zu akzeptieren. Für mich gibt es auch keinen Zweitpartner. Nur euch beide. Ihr gehört mir."

Dorians Hand umfasste meine Hüfte und drückte mich. "Im Namen der Götter, ich beanspruche dich für mich. Du gehörst mir und ich werde jeden anderen Krieger töten, der es wagen sollte dich anzurühren."

"Dem stimme ich zu," sprach Seth. "Ich bin verdammt eifersüchtig und niemand wird dir wehtun. Dich anrühren. Oder dich auch nur mit Hintergedanken anblicken."

Ich musste einfach nur lächeln, denn dieser Augenblick stellte so etwas wie unsere Hochzeit dar—zumindest war es das, was hier draußen einer Eheschließung am nächsten kommen würde. In meiner Uniform stand ich vor ihnen, ganz in Schwarz, aber ohne Panzerung. Da ich nicht auf Mission gehen würde, war die auch nicht notwendig.

"Und wie funktioniert das nun? Die, ähm, Beanspruchung?"

Plötzlich wirkten sie ganz primitiv und aufgeheizt.

"Wir ficken dich zusammen," erklärte Dorian. "Seth als dein Primärpartner bestimmt, welche straffe Öffnung er gerne beanspruchen möchte."

Seths Hände wanderten sogleich an meinen Hemdsaum und zogen es nach oben. "Sie hat eben gesagt, dass es keinen Primärpartner gibt."

"Bist du nicht der Dominante hier?" fragte Dorian und zog eine Augenbraue hoch. "Dann benimm dich entsprechend."

Seths entspannte Haltung, sein müheloses Lächeln verflog. Mit halb hochgezogenem Hemd ließ er mich stehen und trat zurück.

"Dorian hat recht," sagte Seth mit klarer Stimme. Er deutete auf den Eingang. "Sobald diese Tür zu ist, habe ich das Sagen. Mach dich nackig, Liebling. Zeig uns, was uns gehört."

Oh ja, das hier war die Seite von Seth, die mich ganz geil und reizbar machte. Ich befeuchtete meine plötzlich ganz trockenen Lippen, während Dorian zurücktrat und wieder zum Tisch ging. Wachsam verschränkte er die Arme vor der Brust. Seth mochte das Sagen haben, aber Dorian törnte es an, wenn er zusah, wie ich mich unterwarf.

Ich streifte mein Oberteil ab und ließ es zu Boden gleiten. Seth wirbelte einfach mit dem Finger in der Luft herum, damit ich weiter machte, aber sein Blick verschlang förmlich die nackte Haut, die ich nach und nach freilegte.

Erst als ich vollkommen nackt war, regten sie sich. Und als es schließlich soweit war, wurde ich über Seths Schulter geworfen und zum Bett getragen, wo er mich ganz unfeierlich runterplumpsen ließ. Ich federte ein bisschen und rappelte mich auf meine Knie auf.

"Ah, genau wo wir dich haben wollen." Seth fing an, sich den Hosenstall aufzuknöpfen und Dorian tat es ihm gleich.

Ihre Schwänze—ansonsten waren sie ganz in ihre Uniformen gehüllt—erinnerten mich an meine Rolle, zumindest hier im Bett. Ich war diejenige, die von ihnen herumkommandiert wurde, diejenige, die ohne Widerworte gehorchte. Und auch ohne Worte wusste ich genau, was von mir erwartet wurde. Ich schraubte mich vorwärts, beugte mich runter und packte Dorians Schwanz während ich

Seths in den Mund nahm. Beide stöhnten nur so, als ich sie in die Mangel nahm; Dorian, als ich mit festem Griff seinen Schwanz wichste und mit einem Daumenwisch seinen Vorsaft sammelte und Seth, als ich mit der Zunge über seine pralle Eichel schwirbelte.

"Gutes Mädchen. Mach uns schonmal für deine Beanspruchung bereit."

Ich rockte weiter, allerdings fühlten sie sich in meiner Hand und meinem Mund jetzt schon wie Stahlträger an und ich musste mich fragen, wie viel bereiter sie denn noch werden müssten.

Nach einer Minute wechselte ich und nahm Dorian so tief wie möglich in den Mund, während ich Seths Schwanz bearbeitete und dank meiner Spucke konnte meine Hand mühelos um seinen Schaft gleiten. Für mich schmeckten sie echt unterschiedlich und ich liebte ihre individuellen Aromen. Wer hätte gedacht, dass sie auch einen eigenen Fickstil hatten.

"Schluss jetzt," knurrte Dorian und rupfte mich sanft am Haar, um mich wegzuziehen. "Dreh dich um, auf alle Viere."

Ich musste mir die Lippen lecken, blickte durch die Wimpern zu ihnen auf und sah ihre geröteten Wangen, ihre angespannte Muskulatur. Ihre Augen waren dunkler als sonst, hitzig, raubtierhaft. Und ich war ihre Beute. Langsam drehte ich mich um und nahm die Stellung ein, die sie von mir verlangten. Kein Mucks war zu hören, nicht einmal ihre Atmung und ich wusste, dass sie auf meinen emporgestreckten Arsch glotzten. Mit gespreizten Knien war meine Pussy und mein trainierter Hintereingang bestens sichtbar.

"Du hast die Trainingsplugs angenommen, Liebling, und wir haben deinen Arsch für unsere Schwänze geöffnet. Aber keiner der Plugs ist so groß wie wir. Das wird eng werden." Dorian konstatierte nur schlüpfrige

Fakten, die ich bereits kannte und auf die ich mich mental vorbereitet hatte.

Meine Pussy zog sich bereits zusammen. An meinem ersten Tag hier hatten wir miteinander gefickt und ihre Schwänze hatten meine Pussy geweitet. Mir war klar, dass es mit einem Schwanz tief in meinem Arsch nicht ganz einfach werden würde. Und nicht nur das, ein zweiter würde auch noch in meiner Pussy stecken.

"Ich bin soweit," hauchte ich und wackelte mit den Hüften.

Ich spürte einen Finger über meine klitschnassen Falten gleiten. "Ja, das sehen wir," bemerkte Seth. "Deine Pussy ist zwar schön feucht, aber wir müssen deinen jungfräulichen Arsch auch noch zum Flutschen bringen. Wir wollen dir nämlich nicht wehtun."

Mein straffes Poloch wurde sogleich mit Gleitgel eingeschmiert. Ein paar Finger kreisten und pressten und arbeiteten sich in mich hinein. Dann spürte ich die Spitze des Fläschchens an meinem Eingang und mein Körper öffnete sich, damit das kühle Gel in mich eindringen konnte. Während einer meiner Partner meinen Arsch vorbereitete, fasste der andere um mich herum und packte meine Brüste, er spielte, zog und zwackte an meinen Nippeln herum.

Es dauerte nicht lange, bis ich mich wonnig hin und her wand und meine Hüften nach hinten schob, um die Fingerspitze tiefer in meinen Arsch zu nehmen. Ich war bereit für mehr.

Ohne ein Wort zu sagen, klopfte ein Schwanz an meiner Pussy an und glitt tief in mich hinein, als ob er genau wusste, wo er sich aufhalten wollte. Nämlich tief in mir drin.

Ich warf den Kopf in den Nacken und stöhnte. Ich erkannte, dass es sich um Seths Schwanz handelte. Er war anspruchsvoller und fickte gern derbe. Und sein Daumen flutschte immer tiefer in mich hinein, sodass ich in beiden Löchern penetriert wurde.

"Du bist fast soweit, Liebling."

Er hatte nicht vor, in meiner Pussy zu verweilen. Ich wusste, dass er derjenige war, der meinen Arsch ficken würde. Er wollte mich nur aufwärmen, mich so heiß und aufgegeilt wie möglich machen, bevor die beiden in mich eindrangen.

Ich hatte mich nicht getäuscht. Binnen einer Minute zog Seth komplett aus mir heraus und Dorian ließ von meinen Brüsten ab. Dorian zog sich das Shirt über den Kopf und ließ die Hosen runter, dann legte er sich so aufs Bett, dass seine Knie angewinkelt blieben und seine Fußsohlen den Boden berührten.

"Liebling, krabbel auf mich dauf." Er blickte mich an und seine hellen Augen trafen die meinen. Er war bereit. Sein Schwanz ragte lang und dick in die Höhe und ich wollte ihn wie verzweifelt in mir spüren. Das kurze Aufwärmen, also Seths Schwanz, hatte mich geiler denn je gemacht. Vorsichtig stieg ich auf ihn drauf, voller Eifer seine schmalen

Hüften zu reiten. Ich richtete mich kurz auf und manövrierte seinen Schwanz an meine Zone, genau da, wo ich ihn haben wollte.

Ich blickte zu Seth rüber; er hatte hier das Sagen.

"Gutes Mädchen. Nimm ihn schön tief. Vögel ihn. Reite ihn so lange, bis du kommen willst. Dann hörst du auf."

Letzteres ließ mich winseln, schließlich war es ein Ding der Unmöglichkeit die Lust einfach auszubremsen, wenn sie mich erstmal beide bearbeiteten.

"Du darfst nicht kommen, Liebling, oder wir werden dir den Arsch versohlen, bevor wir dich zusammen nehmen."

Ich wimmerte und fand den Gedanken eigentlich gar nicht so schlecht.

Dorian stöhnte laut. "Verdammt, die Idee gefällt ihr."

Seth grinste. "In der Tat. Dann werden wir das eben ein anderes Mal versuchen. Keine Sorge, wir werden dich so lange verhauen, wie du willst. Später. Aber erstmal werden wir dich endgültig für uns beanspruchen."

Dorian umfasste meine Hüften und manövrierte mich in einem langen, tiefen Zug nach unten, bis sich auf seinen Oberschenkeln aufsaß.

Ich keuchte, als er mich ausfüllte und war mehr als erleichtert, endlich wieder etwas in mir drin stecken zu haben. Dorian stöhnte, seine Hände waren verkrampft. Er drückte die Hüften nach oben, dann wieder runter. Er fickte mich, wie es ihm lieb war. Er war mehr als bereit gewesen mich zu beanspruchen; seine Stirn war schweißbedeckt und sein Kiefer angespannt. Beim Luftholen blähten sich jedes Mal seine Nasenlöcher auf.

Aus dem Augenwinkel sah ich, wie Seth seine Kleider ablegte und seinen Schwanz mit reichlich Gleitgel einschmierte. Aber ich achtete nicht wirklich auf ihn; ich war voll und ganz mit Dorians tollkühnem Griff beschäftigt.

Als Seth meine Schulter berührte, hörte Dorian auf zu stoßen, sein Schwanz blieb aber tief in mir drin. Er zog mich heran und küsste mich, unsere Körper berührten sich und meine Brüste pressten gegen seinen harten Brustkorb.

Dann presste Seths Schwanz gegen meinen Hintereingang. Er hatte mich ausgiebig vorbereitet, denn ich war klitschnass und mein Ringmuskel war bereit dafür, ein Objekt durchzulassen. Nie aber hatte ich einen Schwanz hinten drin gehabt, und schon gar nicht einen von Seths Kaliber.

Ich wimmerte gegen Dorians Lippen und er küsste mich immer weiter, während Seth hinten drückte und presste, er überredete meinen Körper sich ihm wie ein Blümchen zu öffnen. Es dauerte gar nicht so lange, denn ich wollte genau das hier. Mein Geist und Körper entspannten sich, ich übergab mich Seth, schließlich würde er nicht einfach aufhören. Klar, ich könnte einfach "nein" sagen und selbstverständlich würde er meinen Arsch in Ruhe lassen. Aber ich wollte ja genau diese Dominanz. Es war die ultimative Unterwerfung.

Mit den beiden fühlte ich mich perfekt sicher und doch komplett verwundbar. Ich war bloßgestellt und akzeptierte etwas, das auf unserem Heimatplaneten dermaßen verpönt war. Dennoch, hier mit meinen Männern war es einfach herrlich. Es war genau das, was wir drei brauchten um uns zu versichern, dass wir in Sicherheit, wohlauf und vereint waren. Dass wir zusammen gehörten und ich diejenige war, die uns miteinander vereinte. Mein Körper mochte das physische Bindeglied darstellen, die Halsbänder aber waren es, was unseren Geist miteinander vereinte.

Und als Seth in meinen Arsch hinein ploppte und einen Augenblick lang innehielt, damit ich mich an ihn gewöhnen konnte und dann immer tiefer in mich eindrang, hatten sie mich erobert. Komplett. Total.

Als Seth bis zum Ansatz in mir drin war, fingen sie an sich zu bewegen. Wir atmeten schwer und für mich existierte nichts anderes als das laute Flutschen ihrer Schwänze.

Ich war zu nichts mehr imstande, konnte mich nicht bewegen, konnte nicht mehr denken. Ich konnte nur noch fühlen, als sie mich bis zur Schmerzgrenze ausfüllten, ohne jedoch dieses Limit zu überschreiten. Sie gaben mir alles, was ich brauchte und noch ein bisschen mehr. Mehr, als ich mir je erträumt hätte.

Und als ich schließlich kam, konnte ich es nicht zurückhalten, die Wonne war einfach zu groß. Dank der Halsbänder konnte ich auch ihre Lust spüren. Ich wusste, wie sehr sie es liebten zur gleichen Zeit in mir zu sein, wie eng ich war und was für eine unglaubliche Verbindung wir hatten.

Die orgasmische Ekstase schaukelte sich hoch und schäumte über, wuchs immer weiter und explodierte schließlich. Ich kreischte, konnte mich nicht zurückhalten. Sie wippten und liebkosten mich tief in meinem Inneren, bis sie ebenfalls kommen mussten. Ich spürte den heißen Schwall ihres Samens in meinem Körper und das Halsband um meinen Nacken wurde plötzlich immer wärmer.

Ohne es sehen zu können wusste ich, dass es jetzt golden war. Die Beanspruchung war offiziell. Ich hatte ihre Schwänze, ihren Samen, ihre Herzen. Alles.

Und als sie in mir verweilten, wussten sie, dass auch ich ihnen alles gegeben hatte.

Ich mochte zwar eine Kommandantin sein, mit meinen Partnern aber war ich einfach nur Chloe Phan. Nein, ich war jetzt Lady Mills. Sie hatten um mich gekämpft. Nicht nur gegen die Hive oder im Namen des

Kommandanten, sondern auch meinetwegen.

Jetzt aber hatte mich ihnen unterworfen. Der Kampf war vorüber. Für ein und alle Mal war ich ihre Partnerin.

EPILOG

Seth, neunzehn Monate später

ICH HATTE EINEN LANGEN, anstrengenden Tag hinter mir. Der Einsatz hatte mich aus dem Bett geholt. Diese Art von Alarm hasste ich am meisten. Nämlich wenn Chloe sich an meine Brust schmiegte, wir wie zwei Löffelchen in einer Schublade da lagen. Ich hatte den Arm um sie geschlungen, meine Hand hatte die perfekte Position gefunden, um ihre Brust zu bedecken. Es war dieselbe

Stellung, die wir immer zum Schlafen einnahmen, außer wenn Dorian mir zuvorkam. Dann lag er auf dem Rücken und Chloe kuschelte sich an seine Flanke. Sie konnte so oder so gut schlafen; sie war es gewohnt, dass wir sie ständig berühren und in den Armen halten mussten.

Oft würde ich sie aufwecken, indem ich von hinten mit dem Schwanz in ihre liebliche Pussy hineinglitt, ich fickte sie gemächlich, bis sie mit einem Orgasmus aufwachte und mein Samen sich in ihr ergoss. Mit Dorian mussten wir sie nur aufrichten, sodass sie in der Grätsche auf seinen Hüften saß und sie ihn reiten konnte.

Seit der Schlacht der Bestie, also vor über anderthalb Jahren und als wir sie fast verloren hatten, standen wir uns unglaublich nahe. Ich ahnte schon vorher, dass ich mich verliebt hatte, aber nachdem wir zugesehen hatten, wie sie uns alle gerettet, wie sie alles riskiert hatte, um die Kampfgruppe und eine verwundete Bestie und noch viel mehr unschuldige Leben zu retten, konnte ich ihr nicht mehr in die Augen blicken, ohne dass etwas in meinem Inneren entzweisprang.

Ich liebte sie so sehr, dass es weh tat und ich begrüßte diesen Schmerz, hegte und pflegte ihn wie einen kostbaren, fragilen Schatz. Denn egal wie stark Chloe auch sein mochte, genau das war sie in meinen Augen. Mein Leben. Meine Seele. Fragil, wunderschön und makellos. Dass wir uns dermaßen nahestanden, war vielleicht auf die Beanspruchung zurückzuführen, die ein paar Tage später stattgefunden hatte— als Dorian und ich sie zum ersten Mal gleichzeitig genommen hatten, die Verbindung besiegelt und die Verpartnerung offiziell wurde. Es war der Tag, an dem sie für immer und ewig uns gehörte und unsere Halsbänder goldfarben anliefen.

Eigentlich war mir scheißegal, warum es so war. Es war nicht relevant.

Chloe gehörte uns und nie zögerten wir, ihr das auch zu vermitteln. Ich pellte mir die Uniform vom Leib und ließ sie in einem Haufen zu meinen Füßen liegen, dann sprang ich unter die Dusche, um den Dreck und den Wahnsinn der Mission wegzuwaschen. Ich legte eine Hand an die gläserne Wand und seufzte, ich dachte an Chloe und daran, wie wir sie genommen hatten. Sie und Dorian hatten den Einsatzalarm gehört, der mir fünfzehn Minuten Zeit ließ, um bei meiner Gruppe zur Einsatzbesprechung anzutreten.

"Liebling, bevor ich gehe, muss ich dich noch einmal nehmen," hatte ich ihr mit verschlafener Stimme gesagt, denn mein Schwanz war hart wie eine verfickte Eisenbahn gewesen. Nie und nimmer konnte ich mit einem Bleirohr in der Hose bei meinem Team antanzen.

Sie hatte den Kopf von Dorians Arm gehoben und lächelte; er war ihr Kopfkissen gewesen. Dorian hatte mich angeknurrt, dann hatte er sie vorsichtig auf seinen Schoß gesetzt und war hineingeglitten. Ich hatte mir das Gleitgel geschnappt und mich großzügig eingeschmiert, dann hatte ich mir Zeit genommen und meine Partnerin mit den Fingern vorbereitet, während Dorian sie aufwärmte. Erst, als sie auf Dorians Schwanz reitend keuchte, sich wand und ihr Poloch sich begierig um meine Finger zusammenzog, arbeitete ich mich durch den strammen Muskelring hindurch, um sie tief in den Arsch zu ficken. Auch nach der vielen Zeit war es nicht ganz einfach, aber sie nahm uns beide voller Anmut in sich auf. Die anale Trainingsbox kam immer noch zum Einsatz, besonders, wenn wir einfach nur herumspielten. Aber an diesem Morgen bekam sie ausschließlich Schwanz, denn ich musste ihr so nah wie möglich sein und unsere Verbindung durch die Halsbänder spüren, bevor ich zu meiner Mission aufbrach.

Und jetzt wollte ich sie schon wieder.

Allerdings würde ich sie von der Kommandobrücke abholen müssen und wie immer konnte ich nicht mit meiner Latte in der Hose rumlaufen. Also fasste ich meinen Schaft und streichelte mich bis zum Happy End. Es war die reinste Samenverschwendung und viel lieber spritzte ich ihn in Chloes Körperöffnungen, aber der latente Adrenalinstoß des vergangenen Kampfes ließ mich gezwungenermaßen Hand anlegen. Im wahrsten Sinne des Wortes.

Flink warf ich eine saubere Uniform über und eilte im Laufschritt aufs Kommandodeck, ich freute mich auf meine Partnerin. Die Tür ging auf und da war sie, an ihrem üblichen Platz sitzend, mit dem speziellen Kopfstück Geheimdiensttechnik auf dem Kopf. Zu sagen, dass sie damit kompetent und sexy aussah, wäre eine Untertreibung. Hier oben erteilte sie die Befehle, oder beinahe jedenfalls und das war verdammt sexy. Genauso heiß, wie wenn sie sich nach einem langen Arbeitstag noch im Eingang zu unserem Quartier alle Kleider vom Leib riss, unterwürfig auf die Knie fiel und um unsere Schwänze flehte.

Sie spürte meine Anwesenheit und wirbelte mit einem breiten Lächeln auf dem Gesicht auf ihrem Stuhl herum. "Da ist mein Mädchen," sprach ich leise, mehr zu mir selbst als zu sonst irgendwem.

"Du bist zurück," konstatierte sie.

"Gerade eben."

"Ich weiß, dass dir der Gedanke ich könnte auf Mission gehen nicht gefällt, aber das hier ist einfach lächerlich. Ich kann noch nicht einmal aufstehen."

Sie grinste und strich mit der Hand über ihren dicken Bauch. Mit unserem Baby in ihrem Schoß war sie dermaßen rund, dass sie aussah, als hätte sie eine Wassermelone unter ihrem schwarzen Dienstoberteil stecken. Sie strahlte, ja leuchtete sogar und ihr Haar war zu einem schlichten Pferdeschwanz gebunden. Sie war so umwerfend, so üppig und ausgereift, dass ich aufs Neue ganz hart wurde. Zum Glück war sie während ihrer Schwangerschaft geil wie sonstwas.

Ich lief zu ihr herüber, nahm ihre Hände und zog sie auf ihre Füße.

"Wie geht's unserem kleinen Burschen?" fragte ich und legte eine Hand auf ihren Bauch. Sie ergriff meine Hand, führte sie weiter runter und ich spürte einen Knuff. Einen Fußtritt oder einen Ellbogen.

"Das hier ist eine kleine Turnerin und ich glaube, sie wird einen Salto machen, sobald sie aus mir raus ist."

Von Anfang hatten wir über die Junge-oder-Mädchen-Frage diskutiert. Keiner von uns wollte das Geschlecht erfahren. Vielleicht war es unsere Kinderstube auf der Erde, wo es ziemlich einfach war, die Antwort auf diese Frage zu umgehen. Aber Dorian wollte fast schon wie besessen herausfinden, was wir in ihren Uterus gepflanzt hatten. Er konnte schwören, dass es ein goldäugiges Mädchen war und ich hegte den leisen Verdacht, dass er richtig lag.

"Wenn diese Melone hier ein Mädchen ist, dann haben wir ein Problem."

Chloe nahm ihr spezielles Kopfstück, legte es vorsichtig in seinen Behälter und blickte in Richtung Kommandantenbüro.

Karter schenkte ich als Gruß ein leichtes Kopfnicken.

"Kommandantin, ich werde es für sie dem Kommandanten Karter überreichen." Ein Mitarbeiter hielt ihr die Hand hin. Chloe gab ihm den Behälter und blickte zu Karter hinüber, um sicherzustellen, dass dieser Bescheid wusste. Was dieses kleine Stück Technik anging, so waren sie immer verdammt gründlich. Das Kopfstück—nein, Chloe—hatte dank der Technik viele Leben gerettet und es durfte auf keinen Fall beschädigt werden. Karter war für das Kopfstück verantwortlich und ich war für die Trägerin verantwortlich.

"Lass uns nach Dorian schauen und dich ein bisschen auffüttern."

"Gott, ja. Seit zwei Wochen habe ich sie nicht gesehen und ich bin am Verhungern."

Sie klang gereizt, durch die Halsbänder war allerdings nichts davon zu spüren. Sie freute sich genauso auf das Baby wie ich.

Ich lief Richtung Cafeteria, denn Dorian würde dort zu dieser Tageszeit eine leichte Mahlzeit einnehmen. Dort angekommen, fanden wir ihn mühelos. Ein großer Prillonischer Krieger neben einem Hochstuhl mitsamt einem einjährigen kleinen Mädchen, das mit seinem Löffelchen auf dem Tablet rumhämmerte, war schwer zu übersehen.

Die Leute drumherum lächelten milde und waren überglücklich, sie in ihrer Nähe zu haben. Sie war nicht das einzige Baby auf dem Schiff, aber sie war die Einzige, die zwei Captains und eine Kommandantin als Eltern hatte.

Dorian stand auf, kam zu Chloe herüber und verpasste ihr einen Kuss, während ich mich zur kleinen Dara setzte. Sie war der Lichtschein unseres Lebens und als sie geboren wurde, waren Dorian und ich vollkommen hinüber.

Eine Partnerin zu haben war eine Sache, aber ein Baby? Wir waren erledigt. Obsession? Krankhafte Verliebtheit? Ohne Frage. Aber wenn wir geglaubt hatten, dass wir ihrer Mutter gegenüber schon eifersüchtig und überbehütend waren, dann hatten wir uns getäuscht. Daras Sicherheit und Wohlergehen lag uns dermaßen extrem am Herzen, dass die anderen Krieger sich regelrecht über uns lustig machten.

Als ob mich das juckte.

Nichts in meinem Leben war nach Plan gelaufen und nie war ich so dankbar gewesen. Ich hatte absolut alles, was ich immer gewollt und doch weggestoßen hatte. Und schon sehr bald würden wir ein zweites Baby bekommen. Dorian hatte wohl recht. Der kleine Akrobat in ihrem Bauch war wohl auch ein Mädchen und wir würden sogar noch mehr Ärger bekommen. Unsere Mädchen hatten uns fest im Griff, und wir wollten es auch gar nicht anders.

Es wurde immer schwieriger, sie bei Einsätzen zurückzulassen. Dorian und ich hatten schon darüber geredet. Über unser Ausscheiden. Den Dienst für die Koalition mit einem beschaulichen Leben auf Prillon Prime einzutauschen. Ein Schlachtschiff war kein geeigneter Ort, um eine Familie großzuziehen.

Chloe mochte zwar ihren Job, aber sie war diejenige, die nach Daras Geburt die Empfehlung des Doktors zur Empfängnisverhütung ignoriert hatte, um nicht sofort ein zweites Kind zu zeugen. Nein, sie war sofort nach ihrer Genesung wieder schwanger geworden. Sicher, wir waren virile Kerle und bestimmt hatten wir ihre perfekte Pussy mit genügend Samen gefüllt, um ein Dutzend Babys zu machen. Und eines steckte jetzt in ihr drin und in nur wenigen Tagen würde es sich unüberhörbar bemerkbar machen.

Dorian half Chloe auf einen Stuhl und Dara klatsche mit den Händchen und schickte ihrer Mutter Luftküsschen.

"Wie war dein Tag?" fragte Dorian. Er war eine Woche nach Daras Geburt aus dem Dienst ausgeschieden. Er war einfach zu seinem Vorgesetzten ins Büro gestapft und hatte seine Unterlagen eingereicht. Er war jetzt Hausmann und Vater. Dieser große Prillone, ein reichlich über zwei Meter großer, knallharter Pilot und Krieger, wurde die wichtigste Bezugsperson eines Neugeborenen. Sobald sie abgestillt worden war, hatte er sie überallhin mitgenommen. Ich war zur ReCon 3 zurückgekehrt und Chloe war nach ihrer Beurlaubung zu ihrem Posten auf dem Kommandodeck zurückgegangen. Sie lauschte den Hive.

Sie hatte der Kampfgruppe geholfen drei Planeten in diesem Sektor zurückzuerobern und solche Erfolge hatte dieser Sektor in Jahrzehnten nicht gesehen.

Unsere Vereinbarung hatte gut funktioniert, aber jetzt verspürte ich genau das, was Dorian zuvor bewegt hatte. Ich wollte für dieses Baby da sein. Ich musste nicht länger kämpfen. Es wurde Zeit, dass jüngere, wildere Krieger meinen Platz einnahmen.

"Wir wollten dich etwas fragen, Liebling," begann Dorian und machte jemandem ein Zeichen, damit Chloes Abendmahlzeit serviert wurde.

"Oh?" fragte sie, während sie mit Dara Guck-guck spielte.

"Was hältst du davon, ein bisschen Zeit auf Prillon Prime zu verbringen?"

"Es wäre schön für Dara und den Akrobaten, wenn sie ihre Großeltern kennenlernen könnten."

Dorians Familie lebte dort und Dara hatten sie einmal gesehen, aber nur für ein paar Tage. Meine Familie, also was von meiner Familie übrig blieb, nämlich meine Schwester Sarah, lebte mit ihrem riesigen Grobian von einem Partner auf Atlan, einer Bestie namens Dax. Meine Brüder waren tot, von den Hive ermordet. Meine Eltern? Schon lange verstorben. Diese Familie, meine Familie war das Einzige im Universum, was mir etwas bedeutete.

Ich blickte kurz zu Dorian, dann zu Chloe. "Wir dachten, also wenn du einverstanden bist, dass wir dorthin ziehen könnten."

Ein Mitarbeiter brachte mir und Chloe eine Portion Schmorbraten mit Kartoffelpüree. Eine Spezialität von der Erde, die alle hier zu lieben schienen.

"Nach Prillon Prime?" sprach sie und griff nach ihrer Gabel.

"Ja." Dorians Stimme klang seelenruhig, aber ich spürte seine Verunsicherung. Wir wollten Chloe jetzt, am Ende ihrer Schwangerschaft nicht unnötig strapazieren.

"Ich dachte schon ihr würdet nie fragen."

Dorian und ich starrten sie an, als wäre ihr ein zweiter Kopf statt ein Baby im Bauch gewachsen. Dara klatschte vergnügt mit den Händen, weswegen genau, konnte ich nicht ausmachen. War wohl die pure Freude darüber ein Jahr alt zu sein. Und mit ihrem dunklen Haar und grünen Augen war sie einfach perfekt, genau wie ihre Mutter.

"Willst du sagen du wolltest sowieso umziehen?"

"Ein Schlachtschiff ist kein Ort, um Kinder aufzuziehen."

Ich blickte zu Dorian und er zuckte sie Achseln.

"Genau das haben wir auch gedacht, aber wir waren nicht sicher, ob du—"

"Was? Meinen Dienst an den Nagel hängen will?"

"Ähm, ja," entgegnete ich vorsichtig. "Ich bin soweit. Ich habe es satt zu kämpfen. Ich habe meinen Beitrag geleistet. Wir können nicht zur Erde zurück, aber das will ich auch nicht. Dorian kann uns an einen Ort in der Nähe seiner Familie auf Prillon Prime suchen. Wir können ein neues Leben beginnen."

"Einverstanden." Ohne ein Wimpernzucken ließ Chloe die nächste Bombe platzen. "Ich habe schon mit Kommandant Karter darüber gesprochen. Er hat beim Geheimdienst nachgefragt und ich kann zu einer Kommandozentrale auf Prillon Prime wechseln, sobald wir soweit sind." Sie klimperte mit den Augenwimpern. "Ich habe seit Monaten auf euch gewartet."

"Du hast mit Karter geredet?" fragte Dorian. Unsere Partnerin lächelte nur, es war jenes geheimnisvolle, feminine Lächeln, das mich in den Wahnsinn trieb und meinen Schwanz einmal mehr steif werden ließ.

"Ich muss ständig an die Gefahren für unsere Familie denken. An Dara. Wenn Seth auf Mission ist. Wenn das zweite Baby erstmal da ist, wird es doppelt so schlimm werden." Sie rieb sich über den Bauch. "Kommandant Karter meinte, ihr beide werdet höchstwahrscheinlich einem Ausbildungszentrum für junge Krieger in der Hauptstadt zugewiesen. Dort befindet sich der wichtigste Militärstützpunkt. Und eine andere Frau von der Erde, die Königin, lebt ebenfalls dort. Jessica? Und sie haben auch ein Kind. Ein Spielkamerad für Dara und das neue Baby."

Dorian wirkte so verdattert, wie ich mich fühlte. Unsere Partnerin hatte heimlich unser Leben umorganisiert, alles auf den Kopf gestellt und dabei einfach gewartet, bis wir des Kämpfens überdrüssig wurden. Wenn sie mich vor sechs Monaten gefragt hätte, dann hätte ich ihren Vorschlag verworfen und ohne Ende vom Krieg und meinen Verpflichtungen geschwafelt, darüber, die Erde und die anderen Planeten zu schützen.

Aber ich hatte meine Zeit

abgesessen. Ich hatte Jahre meines Lebens und meine beiden Brüder dem Kampf gegen die Hive geopfert. Ich war müde, zwar nicht körperlich, aber seelisch. Jedes Mal, wenn ich Daras freudestrahlendes kleines Gesicht erblickte, ihre unschuldigen Äuglein, wurde es schwerer und schwerer zu zurückzulassen und auszurücken. Raus in die Dunkelheit. Zum Sterben. Zum Töten. Wie ich es satt hatte zu töten.

Ich fühlte mich jetzt allein ihr verpflichtet. Dara. Und dem Kleinen, der in Chloes Schoß heranwuchs. Dorian war sicher, dass das zweite Kind mit goldenen Augen und Haaren zur Welt kommen würde, sein genetischer Nachkomme. Ich konnte es kaum erwarten, das Baby zu sehen, das neueste Mitglied unserer Familie. Ein unschuldiges Leben, das es zu schützen, zu lieben galt.

Chloe lächelte und schob sich einen Happs Kartoffelbrei in den Mund und ihre Mundwinkel zogen sich immer noch nach oben. "Geheimaufzeichnungen kann die Flotte mir auch nach Prillon Prime übermitteln, alle Kommunikationen, die ich mir anhören und für sie entschlüsseln soll. Ich kann meinen Job auch sehr gut von dort erledigen. Und das Programm wird gerade ausgebaut, sie rekrutieren mehr Codebrecher, also werde ich weniger arbeiten können. Da Prime Nial eine menschliche Partnerin hat, hat Kommandant Karter ihm meine Situation geschildert." Einmal mehr strich sie über ihren Bauch und lächelte Dara an. "Er versteht es voll und ganz. Er meinte, ich könnte Teilzeit arbeiten und meine eigenen Zeiten festlegen. Die Erfolge in diesem Sektor waren der nötige Beweis für Doktor Helion, um den Prime dazu zu bringen mehr Leute in das Programm zu holen."

"Oh, ähm, na gut," stotterte ich ein bisschen überrumpelt. Ich hob ein Stück Fleisch auf meine Gabel, kaute und schluckte es runter. Heilige Scheiße.

Warum kam ich mir vor, als wurde ich eben von einem Vorschlaghammer getroffen? Ich hatte mich auf einen Streit mit ihr eingestellt, war bereit auf sie einzureden, sie davon zu überzeugen dieses Schiff zu verlassen. Sie anzubetteln. Sie zu umwerben. Was immer nötig wäre. Und sie war seit Monaten bereit zu gehen.

Wahrscheinlich schon seit Daras Geburt.

"Das war aber leicht," sagte Dorian und schmunzelte. "Unsere brillante Partnerin ist uns einen Schritt voraus, Seth."

"Geheimniskrämerei, Chloe. Ich denke, dafür müssen wir dir den Arsch versohlen."

Meine sexy, unerschrockene Partnerin warf den Kopf in den Nacken und lachte, Dara kicherte ebenfalls, sie imitierte ihre Mutter aus purer Freude. "Ihr habt noch gar nichts gesehen, Jungs. Wartet, bis ihr von smarten, frechen Frauen nur so umzingelt seid. Ich wünsche mir nämlich sechs oder acht Töchter, um euch beide in den Wahnsinn zu treiben."

Dorian beugte sich vor und küsste ihren prallen Bauch, in dem, wie ich vermutete, eine weitere wunderschöne Tochter heranwuchs. "Wir können nicht die Finger voneinander lassen, also wird deine Prophezeiung wohl bald wahr werden."

Mein Schwanz wurde ganz dick unterm Tisch. Ein Haus voller Kinder. Ob Junge oder Mädchen machte für mich keinen Unterschied. Wir würde sie lieben. Beschützen. Und unsere strahlende Partnerin würde glücklich und zufrieden sein, weit weg von diesem Schlachtschiff, von den Hive und den Gefahren, denen wir seit unserer Verpartnerung ausgesetzt waren.

"Alles nur Versprechungen," sagte ich. "Und was, wenn ich dir sage ich will ein ganzes Haus voll Kinder? Mindestens ein Dutzend?"

Dorian hob einvernehmlich den

Kopf, als Chloe die Finger in seinem Haar vergrub und ihn liebkoste und streichelte, hier am Tisch.

Die Liebe, die wir alle drei verströmten und unsere Halsbänder flutete war dermaßen stark, dass meine Augen brannten. Meine Kehle schnürte sich zu und meine heftige Liebe für sie erfüllte mich mit süßester Pein. Sie beugte sich über Dorians Kopf, um mir etwas ins Ohr zu flüstern. "Wenn wir schnell aufessen, kannst du mich dann genau wie heute Morgen nehmen?"

Ihre Worte bewirkten, dass ich sie—vorsichtig—über den Tisch schleudern und durchficken wollte und ich schluckte hart. "Liebling, du sollst mir doch keine Vorschriften machen."

Sie hatte noch den Anstand, unterwürfig nach unten zu blicken und zu erröten, dann aber hob sie ihr Kinn an und ihre wachen grünen Augen blickten mich fordernd an. "Captain, ich bin im neunten Monat schwanger. Wenn ich von meinen beiden Partnern gefickt werden will, dann läuft das auch so. Leg dich nie mit einer schwangeren Frau an."

In diesem Augenblick kam Kommandant Karter dazu, er beugte sich runter und verpasste Daras runden Bäckchen einen prustenden Schmatzer. Ihr vergnügtes Quietschen zog ein Dutzend Blicke auf sich, überwiegend die der Atlanischen Bestien, die zu allen Zeiten um meine Partnerin herumzuschwirren schienen, wenn sie durch das Raumschiff schlenderte. Sie alle wussten, was Chloe für Kriegsfürst Anghar riskiert hatte und das hatte ihr die Treue und den Schutz aller auf dem Schiff anwesenden Bestien eingebracht.

Genau wie unserer Tochter. Was ich vollkommen in Ordnung fand.

Der Kommandant ließ sich von Dara die Haare raufen, sie zog, feste und kaum etwas schien ihn so zu amüsieren wie ihre Mätzchen. Er redete mit uns, während er behutsam ihre kleinen Babyfinger aus seinem Haar hebelte. "Captains, ich denke, sie sollten auf

Kommandant Phan hören und ihren Befehlen folgen. Und während sie sich dieser wichtigen Mission widmen, kann Onkel Karter auf die kleine Dara aufpassen."

Karter war für Dara eine Art Ersatzonkel und tendierte zum Babysitter und brabbelnden Narren, wann immer sie in der Nähe war. Niemand störte sich daran. Es war ihnen egal.

Der Blick unserer Partnerin verriet mir, dass wir uns heute Abend auf etwas gefasst machen konnten. Sie wollte einen ordentlichen Fick und wir waren die einzigen, die das bewerkstelligen konnten.

Dorian und ich standen auf. "Ja, Ma'am," sagten wir mit aller gebührenden Ernsthaftigkeit.

Ich nahm ihre Hand, half ihr auf und nachdem ich Dara auf den Kopf geküsst hatte—sie hatte ihre Eltern vollkommen vergessen, denn Onkel Karter machte lustige Fratzen und noch lustigere

Geräusche—, führten wir sie aus der Cafeteria hinaus und zu unserem Quartier.

"Du hast die Führung, Liebling," sagte Dorian. "Wir gehorchen dir aufs Wort."

"Richtig. Wir gehören ganz dir," bekräftigte ich. Das war die reine Wahrheit. Wir gehörten ihr. Mit Körper und Seele. Dank der Halsbänder würden wir unser Verlangen nicht vor ihr verstecken können. Unsere Ergebenheit war mit der Zeit nur größer geworden.

Die Tür zu unserem Quartier schob sich auf. Sie machte auf dem Absatz kehrt und ihr dicker Bauch rempelte mich dabei an. Dorian stand neben mir und grinste erwartungsvoll. Wir beide liebten es, wenn Chloe in Stimmung kam. Sie war wild. Sexy.

Fordernd.

Das machte ihre endgültige Unterwerfung umso reizvoller.

Sie packte die Vorderseite unserer

Hemden und zerrte. "Genau. Ihr gehört ganz mir. Und ich will euch beide. Jetzt gleich."

Hinter uns schob sich die Tür zu und wir gaben unserer Partnerin genau das, was sie so dringend brauchte. Und zwar die ganze Nacht.

―――

Lies als Ihre skrupellosen Partner nächstes!

Keine Regeln. Keine Gesetze. Keine Gnade. Sie gehört jetzt ihnen.

Als Mitglied einer medizinischen Erstversorgungseinheit auf der Transportstation Zenith begegnet Harper zwei mysteriösen Fremden von einer unbekannten Welt. Mit ihren lodernden Augen und noch feurigeren Trieben beweisen ihr die beiden sündhaft gutaussehenden Aliens im

Handumdrehen, wie gut es sich mit zwei Männern anfühlt.

Für Styx, einem Milizenführer auf Rogue 5, steht sofort fest, dass Harper zu ihm und seinem Handlanger Blade gehört. Als aber Styx von einem seiner eigenen Männer hintergangen wird, gerät sie in ein mörderisches Kreuzfeuer. Ihre Partner müssen sich hüten, denn selbst wenn sie das Gefecht auf dem gesetzlosen Mond gewinnen sollten, könnten sie die wichtigste Schlacht von allen verlieren, nämlich die Schlacht um Harpers Herz.

Lies als Ihre skrupellosen Partner nächstes!

WILLKOMMENSGESCHENK!

TRAGE DICH FÜR MEINEN NEWSLETTER EIN, UM LESEPROBEN, VORSCHAUEN UND EIN WILLKOMMENSGESCHENK ZU ERHALTEN!

http://kostenlosescifiromantik.com

INTERSTELLARE BRÄUTE® PROGRAMM

DEIN Partner ist irgendwo da draußen. Mach noch heute den Test und finde deinen perfekten Partner. Bist du bereit für einen sexy Alienpartner (oder zwei)?

Melde dich jetzt freiwillig!
interstellarebraut.com

BÜCHER VON GRACE GOODWIN

Interstellare Bräute® Programm

Im Griff ihrer Partner

An einen Partner vergeben

Von ihren Partnern beherrscht

Den Kriegern hingegeben

Von ihren Partnern entführt

Mit dem Biest verpartnert

Den Vikens hingegeben

Vom Biest gebändigt

Geschwängert vom Partner: ihr heimliches Baby

Im Paarungsfieber

Ihre Partner, die Viken

Kampf um ihre Partnerin

Ihre skrupellosen Partner

Von den Viken erobert

Die Gefährtin des Commanders

Ihr perfektes Match

Die Gejagte

Interstellare Bräute® Programm: Die Kolonie

Den Cyborgs ausgeliefert

Gespielin der Cyborgs

Verführung der Cyborgs

Ihr Cyborg-Biest

Cyborg-Fieber

Mein Cyborg, der Rebell

Cyborg-Daddy wider Wissen

Interstellare Bräute® Programm: Die Jungfrauen

Mit einem Alien verpartnert

Seine unschuldige Partnerin

Die Eroberung seiner Jungfrau

Seine unschuldige Braut

Zusätzliche Bücher

Die eroberte Braut (Bridgewater Ménage)

ALSO BY GRACE GOODWIN

Interstellar Brides® Program

Mastered by Her Mates

Assigned a Mate

Mated to the Warriors

Claimed by Her Mates

Taken by Her Mates

Mated to the Beast

Tamed by the Beast

Mated to the Vikens

Her Mate's Secret Baby

Mating Fever

Her Viken Mates

Fighting For Their Mate

Her Rogue Mates

Claimed By The Vikens

The Commanders' Mate

Matched and Mated

Hunted

Viken Command

The Rebel and the Rogue

Interstellar Brides® Program: The Colony

Surrender to the Cyborgs

Mated to the Cyborgs

Cyborg Seduction

Her Cyborg Beast

Cyborg Fever

Rogue Cyborg

Cyborg's Secret Baby

Interstellar Brides® Program: The Virgins

The Alien's Mate

Claiming His Virgin

His Virgin Mate

His Virgin Bride

Interstellar Brides® Program: Ascension Saga

Ascension Saga, book 1

Ascension Saga, book 2

Ascension Saga, book 3

Trinity: Ascension Saga - Volume 1

Ascension Saga, book 4

Ascension Saga, book 5

Ascension Saga, book 6

Faith: Ascension Saga - Volume 2

Ascension Saga, book 7

Ascension Saga, book 8

Ascension Saga, book 9

Destiny: Ascension Saga - Volume 3

Other Books

Their Conquered Bride

Wild Wolf Claiming: A Howl's Romance

HOLE DIR JETZT DEUTSCHE BÜCHER VON GRACE GOODWIN!

Du kannst sie bei folgenden Händlern kaufen:

Amazon.de
iBooks
Weltbild.de
Thalia.de
Bücher.de
eBook.de
Hugendubel.de
Mayersche.de
Buch.de
Bol.de

Osiander.de
Kobo
Google
Barnes & Noble

GRACE GOODWIN LINKS

Du kannst mit Grace Goodwin über ihre Website, ihrer Facebook-Seite, ihren Twitter-Account und ihr Goodreads-Profil mit den folgenden Links in Kontakt bleiben:

Web:
https://gracegoodwin.com

Facebook:
https://www.facebook.com/profile.php?id=100011365683986

Twitter: https://twitter.com/luvgracegoodwin

ÜBER DIE AUTORIN

Hier kannst Du Dich auf meiner Liste für deutsche VIP-Leser anmelden: https://goo.gl/6Btjpy

Möchtest Du Mitglied meines nicht ganz so geheimen Sci-Fi-Squads werden? Du erhältst exklusive Leseproben, Buchcover und erste Einblicke in meine neuesten Werke. In unserer geschlossenen Facebook-Gruppe teilen wir Bilder und interessante News (auf Englisch). Hier kannst Du Dich anmelden: http://bit.ly/SciFiSquad

Alle Bücher von Grace können als eigenständige Romane gelesen werden. Die Liebesgeschichten kommen ganz ohne Fremdgehen aus, denn Grace schreibt über Alpha-Männer und nicht

Alpha-Arschlöcher. (Du verstehst sicher, was damit gemeint ist.) Aber Vorsicht! Ihre Helden sind heiße Typen und ihre Liebesszenen sind noch heißer. Du bist also gewarnt...

Über Grace:

Grace Goodwin ist eine internationale Bestsellerautorin von Science-Fiction und paranormalen Liebesromanen. Grace ist davon überzeugt, dass jede Frau, egal ob im Schlafzimmer oder anderswo wie eine Prinzessin behandelt werden sollte. Am liebsten schreibt sie Romane, in denen Männer ihre Partnerinnen zu verwöhnen wissen, sie umsorgen und beschützen. Grace hasst den Winter und liebt die Berge (ja, das ist problematisch) und sie wünscht sich, sie könnte ihre Geschichten einfach downloaden, anstatt sie zwanghaft niederzuschreiben. Grace lebt im Westen der USA und ist professionelle Autorin, eifrige Leserin und bekennender Koffein-Junkie.

https://gracegoodwin.com

www.ingramcontent.com/pod-product-compliance
Lightning Source LLC
LaVergne TN
LVHW011754060526
838200LV00053B/3598